Olivia Anderson

Finding Love

Mit einer Illustration von Regina Seidel

MIX
Papier | Fördert gute Waldnutzung
FSC® C083411
FSC
www.fsc.org

ISBN 978-3-98751-044-1

More ist eine Marke der Aufbau Verlage GmbH & Co. KG

1. Auflage 2024

www.aufbau-verlage.de
10969 Berlin, Prinzenstraße 85

Satz LVD GmbH, Berlin
Druck und Binden CPI books GmbH, Leck, Germany

Printed in Germany

OLIVIA ANDERSON

FINDING Love

ROMAN

more
Immer mit Liebe

KAPITEL 1

Loreley

Mit einem breiten Lächeln auf den Lippen lief ich den Flur des Großraumbüros entlang. Während ich mit der linken Hand wie ein Star bei seinem Weg über den roten Teppich winkte, hielt ich mit der rechten das Handy umklammert und starrte zur Tarnung wie gebannt auf das Display.

»Weltklasse, Loreley!«

»Du hast es gerockt.«

»Topleistung!«

Normalerweise hätte ich mich über den Beifall gefreut und den Erfolg ausgekostet, im Moment wollte ich jedoch nichts weiter, als mein Büro erreichen und allein sein. Ich war keine Schauspielerin, und gekünstelt zu lächeln, strengte mich an.

»Sorry, ich habe es eilig. Später reden wir«, rief ich zurück und hob demonstrativ das Handy hoch.

Als ich endlich in meiner Schutzzone anlangte, schloss ich schnell die Tür, umrundete den Schreibtisch und ließ mich in den Stuhl fallen.

Eigentlich hatte ich gehofft, bei der Arbeit zumindest einen Teil des Kummers abzulegen, doch der hehre Wunsch war nahezu auf der Stelle verpufft.

Ich war am Boden zerstört, und nicht einmal mein heiß geliebter Job als Prozessoptimiererin, der mich noch immer aus kleinen Tiefs herausgerettet hatte, änderte etwas daran. Wie sollte er auch? Dies war kein *kleines Tief*, und selbst die gute Fee aus *Cinderella* könnte mit dem leidenschaftlichsten »Bibbidi-Bobbidi-Boo« nichts ausrichten. Zu meiner Stimmung passte eher die grausame Originalversion, in der sich die Schwestern Zehen und Fersen abschnitten, um ihre Füße dem gläsernen Schuh anzugleichen.

Bei mir war zwar kein Blut im Schuh, dafür im Herzen.

Durch die Milchglaswand, die die Singleräume vom Großraumbüro trennte, gewahrte ich die charakteristische Silhouette meiner Assistentin Mia. Alles an ihr war rund, nicht zu verwechseln mit dick – die Form des Körpers, das Gesicht, die Locken ihres langen Haars und sogar ihre Persönlichkeit. Ich kannte keinen *runderen* Menschen als sie.

Abgesehen von meiner besten Freundin Cathy kam Mia trotz – oder wegen – unseres Arbeitsverhältnisses einer Vertrauten wohl am nächsten. *Ex-beste-Freundin*, dachte ich und spürte den Schauer allzu deutlich, der über meinen Rücken lief.

Würde ich es je schaffen, die Bilder zu verbannen, die sich wie verächtlich grinsende Mahnmale in meinem Kopf festgesetzt hatten?

Mia öffnete die Tür und trat ein. In der Hand hielt sie zwei Kaffeetassen. Sie setzte sich auf den mittleren der drei Stühle vor meinem Schreibtisch und schob mir eine Tasse zu. »Die Heldin des Tages! Hugh möchte dich um zehn Uhr sehen.

Ich bin gespannt, ob er einen fetten Bonus für dich bereithält.« Sie musterte mich. »Du müsstest strahlen und herumhüpfen. Nicht wie Tom Cruise auf einer Couch, dafür bist du viel zu kultiviert und dezent. Ein Minihopser aus dem Stand wäre jedoch angebracht. Was ist los?«

Zwar war ich dank des dreimonatigen Florida-Aufenthalts braun gebrannt und hatte die Schatten auf meinem Antlitz sorgfältig mit Make-up abgedeckt, die rot geweinten Augen ließen sich allerdings durch kein Beautymittel der Welt kaschieren. Mit dem Vorwand, ich hätte eine Allergie, punktete ich bei Mia nicht. Sie wusste, dass ich auf keine Substanz reagierte.

Bis jetzt hatte ich niemandem von meinem Unglück erzählt – weder meinen Eltern noch Personen aus meinem Bekanntenkreis und auch nicht den Nachbarn. Zu eng waren sie auf unterschiedliche Weise mit William, Cathy und mir verknüpft. Außerdem würde ich den mitleidigen oder kritischen Blicken nicht standhalten. Dazu fehlte mir die Distanz. Hieß es nicht, die Zeit würde alle Wunden heilen? Darauf setzte ich meine ganze Hoffnung.

Ich seufzte und winkte ab.

»Das Seufzen bestätigt meine Vermutung, dass etwas nicht stimmt, hilft mir aber keinen Deut weiter«, erwiderte Mia sofort.

Mia war nicht nur fröhlich und herzlich, zu ihren Charakterzügen gehörten ebenso ein unverblümtes Vorgehen und Hartnäckigkeit. Ich brauchte also erst gar nicht zu versuchen, mich herauszuwinden.

»Ich habe mich von William getrennt«, flüsterte ich.

Bis auf ein leises Zucken der Mundwinkel blieb Mias Mimik neutral. »Wow. Das nenne ich eine Riesenneuigkeit. Es tut mir sehr leid, Loreley.« Nach einer kurzen Pause ergänzte sie: »Ist William zu bedauern, oder ärgern wir uns über ihn?«

Trotz Mias angestammter Beharrlichkeit besaß sie genug Empathie, nicht nachzubohren, würde ich jetzt stoppen. Sollte ich das? Es wäre gut, mir alles von der Seele zu reden.

Verstohlen sah ich auf meine Armbanduhr. Es war zehn Minuten nach neun. Bis zu dem Termin mit meinem Chef Hugh hatte ich fast eine Stunde, um die Geschichte in ihrem gesamten schrecklichen Ausmaß darzulegen. Aber war ich schon bereit?

»*Wir ärgern uns*«, sagte ich. »Wobei das Wort ›ärgern‹ nicht passt.«

Trauer, Entsetzen und das Gefühl des Verlusts trafen meinen Zustand besser. Dazu mengte sich die Empfindung, erniedrigt und hintergangen worden zu sein. Letzteres war vielleicht das Schlimmste von allen.

»Daraus werde ich genauso wenig schlau.« Mia streckte den Arm aus und tätschelte über den Schreibtisch hinweg meine Hand. »Mir ist klar, dass du bereits lang und breit mit Cathy gesprochen hast, doch eine zweite Perspektive schadet nie.«

Ich ahnte, worauf Mia abzielte. Natürlich kannte sie Cathy und verstand sich mit ihr. Als Beraterin in Liebesdingen hielt Mia sie allerdings zweifellos für ungeeignet. Ein Fakt, den ich nicht abstritt.

Cathy und ich hatten uns in Berkeley kennengelernt, wo ich Ingenieurwesen studiert und anschließend den MBA für Führungskräfte absolviert hatte. Von Beginn an waren wir unzertrennlich gewesen und hatten einige Abenteuer zu bestehen gehabt. Mit Cathys Spontanität und unbekümmerter Daseinsfreude hatte ich es jedoch nie aufnehmen können. Dabei bin ich weder ein Mauerblümchen noch ein Nerd.

»Mit Cathy wechsle ich nie wieder ein Wort, aber sie kennt die Umstände«, entgegnete ich.

Mia runzelte die Stirn, dann zog sie die Brauen hoch. »Sag bloß, sie hält zu William.«

Ich blinzelte eine Träne weg. Hatte ich in den vergangenen Tagen nicht schon genug geweint? »Ach, Mia. Die Wahrheit mit allen Folgeerscheinungen ist viel schlimmer, als du sie dir gerade ausmalst.«

Tatsächlich zog das Ereignis einen Rattenschwanz an Problemen nach sich, der mir das Leben zusätzlich schwer machte. Allein der Spießrutenlauf, wenn ich meine Wohnung verließ oder nach Hause kam, war enorm belastend. Doch nahm ich ihn auf mich, um Cathy keinesfalls zu begegnen.

Dabei war ich damals so glücklich gewesen, als sie nach einem Jahr in Südkalifornien nicht nur ein Jobangebot in Seattle erhalten hatte, sondern auch den Zuschlag für die Wohnung direkt über meiner.

Kaum merklich schüttelte ich den Kopf. Ich war noch nicht so weit, das Geschehene zu offenbaren. Der Schmerz war zu präsent und riss mich selbst beim geringsten Aufblitzen in die Tiefe. Mit gestreckten Fingern rieb ich die Handinnenflächen aneinander und stellte mir vor, mein Leid zu zermahlen. »Widmen wir uns der Arbeit, für die werden wir schließlich bezahlt«, sagte ich entschieden.

KAPITEL 2

Loreley

Hugh Hoffner, mein Chef und stets Gehänselter wegen seines Namens, musterte mich über den Rand seiner Hornbrille hinweg. »Deine Leistung in Florida war beispielhaft. Und das in der Mindestanforderungszeit! Was rede ich? Du bist fast vier Wochen früher fertig geworden, als es der Plan vorsah. Das hat bis jetzt kein PO geschafft.«

Ich setzte jenes Lächeln auf, das ich bereits beim Betreten des Großraumbüros zur Schau gestellt hatte, und unterdrückte ein Stöhnen.

Vordergründig war das Unglück nämlich nur über mich hereingebrochen, weil ich den Auftrag verfrüht finalisiert hatte. Welch eine Ironie doch darin lag.

»Die Lorbeeren teile ich mit den Mitarbeitern der Myers Sun Corporation«, erwiderte ich. »Selten habe ich ein dermaßen motiviertes und produktives Team erlebt. Du weißt, wie wir Prozessoptimierer normalerweise empfangen werden. Von Ablehnung über Skepsis bis Angst ist alles dabei. In diesem Fall hat man allerdings schon sehnsüchtig auf mich gewartet. Im Sunshine State scheinen die Menschen wirklich den Tick positiver zu denken und von Grund auf fröhlicher zu sein.«

Die Erinnerung an Florida schenkte mir ein echtes Lächeln – der klägliche Rest eines Sonnenstrahls aus den Südstaaten, als meine Welt noch in Ordnung gewesen war.

»Tja, nun …« Hugh strich sich über das Kinn. »Du weißt, wie akribisch ich darauf achte, dass zwischen zwei Außeneinsätzen zumindest vier Monate liegen. Auf meinem Schreibtisch ist jedoch ein neues Projekt gelandet, das ich ungern einem anderen als dir anvertraue.« Er hüstelte. »Würdest du ausnahmsweise gleich wieder auf Tour gehen?«

Seit ich für WWS Industries tätig war, fielen mir nur zwei derartige Fälle ein. Beide Male hatte es sich um krankheitsbedingte Sondereinsätze gehandelt.

»Erzähl mir mehr«, sagte ich.

Hugh öffnete die Hände. »WWS Industries hat einen großen Holzfäller-Betrieb mit angeschlossenem Sägewerk gekauft. An die hundert feste Mitarbeiter plus externe Holzfällertrupps, die pro Saison angeheuert werden. Die Übernahme des Unternehmens erfolgte rascher als üblich. Wir alle kennen die Marktsituation. Holz ist ein begehrtes Gut. Demzufolge hat WWS auf der Stelle zugegriffen, als Hofstetter Wood am Markt angeboten wurde. Haarscharf kamen wir vor Weller Construction zum Zug.« Er zog eine Schreibtischschublade auf, entnahm eine Akte und reichte sie mir. »Leider gibt es einen Wermutstropfen. Durch den prompten Kauf wurde das übliche Prozedere nicht in vollem Umfang durchlaufen. Erst danach bemerkten unsere Buchprüfer gewisse Unstimmigkeiten in den Details, speziell in den Wareneingängen.«

»Warum treten wir nicht vom Kauf zurück?«, erkundigte ich mich.

»Hofstetter Wood fährt hohe Gewinne ein. Die abweichenden Zahlen fallen nicht maßgeblich ins Gewicht, aber natürlich müssen die Urheber des Betrugs gefunden werden. Unsere Firmenphilosophie gestattet keinerlei Abweichungen.« Hugh kratzte sich hinter dem Ohr. »Zudem würde Weller Construction sofort wieder auf der Bildfläche erscheinen. Unserem größten Konkurrenten überlassen wir freiwillig nicht einmal eine One-Man-Show-Firma, geschweige denn ein potentes Unternehmen wie Hofstetter Wood.«

Ich presste die Lippen aufeinander. Die Operation in Florida hatte mich entkräftet und ausgelaugt.

Jeder Einsatz, unabhängig vom Erfolgsgrad, forderte höchste Aufmerksamkeit und zehrte an den Energien eines Prozessoptimierers. Allein der Zeitaufwand war enorm. Durchschnittlich arbeitete man am jeweiligen Ort oft über Monate hinweg zehn bis zwölf Stunden täglich. Ein echtes Privatleben gab es nicht.

Die Phasen zwischen den Projekten – die von Hugh erwähnten vier Monate – dienten prinzipiell der Erholung, wobei man selbstverständlich auch im Headquarter seinen Aufgaben nachging. In diesen Abschnitten beschäftigte ich mich mit der Optimierung bestehender Systeme und der Erstellung neuer Konzepte. Gelegentlich hielt ich außerdem firmeninterne Schulungen ab.

Wollte ich das jetzt tun? Hier an meinem Schreibtisch sitzen, planen und skizzieren, referieren, mich alltäglich vor Cathy verstecken und hoffen, William nicht zu begegnen? In Wahrheit brauchte ich nichts dringender als körperlichen und geistigen Abstand zu meiner momentanen Misere.

Was überlegte ich also lange?

Der Schwierigkeitsgrad des Auftrags schreckte mich jedenfalls nicht ab – im Gegenteil. Je komplexer sich die Sachlage gestaltete, umso mehr musste ich mich konzentrieren und vergaß darüber hoffentlich mein Leid.

»Okay, ich bin dabei«, sagte ich und versuchte, angemessenen Enthusiasmus in meine Stimme zu legen.

Hugh lehnte sich in seinem Stuhl zurück. »Großartig! Ich bin wirklich erleichtert.« Er nickte versonnen. »Gern würde ich dir jemanden zur Seite stellen, schließlich handelt es sich um einen heiklen Sonderfall. Du verrichtest nicht nur die üblichen Standardaufgaben und prüfst die Eignung des amtierenden Geschäftsführers, sondern suchst zugleich nach einem Betrüger. An Prozessoptimierern stünden Samantha und Alexander zur Verfügung. Um etwaige Probleme zu vermeiden, definiere ich klar, dass du die Leitung innehast und dir zugearbeitet wird.«

Mir war bewusst, worauf Hugh mit seinem letzten Satz abzielte. Samantha war eine junge Kollegin, Alexander allerdings ein alter Hase, der sich nicht ohne Weiteres herumkommandieren ließ – Unerfahrenheit versus Routine und Wissen. Wofür sollte ich mich entscheiden?

Unvermittelt kam mir ein Gedanke. Grundsätzlich benötigte ich weder eine PO in Ausbildung noch einen Mitspieler, der jede meiner Entscheidungen hinterfragte und Begründungen wünschte.

»Wie du das Projekt beschreibst, brauche ich vielmehr eine gute Assistentin, die mit meinen Gewohnheiten vertraut ist. Ich würde Mia mitnehmen. Sie hat mich bereits einmal vor Ort unterstützt. Damals, bei dem Windpark in Oregon.«

Die Aussicht, einen nahen Menschen auf die Reise mitzunehmen, fühlte sich abgesehen von der Entfernung, die ich zwischen mich und Seattle brachte, wie das sprichwörtliche Licht am Ende des Tunnels an.

Hugh hob den Zeigefinger. »Oregon war eine Nachkontrolle. Ihr seid nur drei Wochen dort gewesen. Hofstetter Wood erstreckt sich über mindestens vier Monate. Mias Stellenbeschreibung schließt keine derartig langen Außeneinsätze ein. Sie müsste explizit zustimmen. Dann würde die Personalabteilung einen beschränkten Sondervertrag ausfertigen. Mia erhielte für die Zeit auch ein höheres Gehalt.«

Er drückte eine Taste seiner Telefonanlage und sagte: »Mary, holst du mir bitte Mia Thompson ins Büro? Und lass im Anschluss die gesamten Hofstetter-Unterlagen in Loreleys Büro bringen. Die Übersichtsakte hat sie schon. Danke.«

Nachdem er den Druckknopf des Apparats losgelassen hatte, wies er auf den Ordner, den er mir vorhin ausgehändigt hatte. »Ethan Hofstetter war der Besitzer des Betriebs. Der Verkauf erfolgte alters- sowie krankheitsbedingt. Offenbar gibt es keine Nachfahren, die das Unternehmen weiterführen wollten. Seit der Übergabe hat Hofstetters ehemals rechte Hand die Leitung inne. Ein gewisser Logan Finnley. Wie ich erwähnte, versteht es sich von selbst, dass du ihn gesondert unter die Lupe nimmst. Zum einen könnte er durchaus der Initiator des Betrugs sein, andererseits gilt es zu erfahren, ob er sich langfristig für die Position des Geschäftsführers eignet. Einen Ersatz zu finden, wäre unter den gegebenen Umständen nicht das leichteste Unterfangen. Hat er sich nichts vorzuwerfen, wäre es besser, ihn einzuweisen als zu entfernen.«

Ich horchte auf. »Was meinst du mit ›gegebenen Umständen‹?« Da Hugh nicht sofort antwortete, schlug ich die Mappe auf und las das Titelblatt:

Hofstetter Wood
Glacy City
Bundesstaat Alaska

»Was? Alaska?«

In diesem Moment streckte Mia ihren Lockenkopf durch die Tür. »Ihr wollt mich sprechen? Was ist mit … Alaska?«

Sie musste meinen erstaunten Ausruf aufgeschnappt haben.

»Komm herein und setz dich, Mia«, sagte Hugh.

Sie nickte, nahm neben mir Platz und sah erst Hugh, daraufhin mich fragend an.

Demzufolge übernahm ich die Erklärung. »Ausnahmsweise starte ich ohne die gewohnte Pause in ein neues Projekt. Es ist umfangreich und beinhaltet heikle Aufgaben. Aus diesem Grund benötige ich eine zweite Person. Du bist mein Vorschlag.«

»Über die gesamte Spanne?«

»Jedenfalls bis Dezember«, entgegnete ich und beeilte mich, hinzuzufügen: »Sollte sich der Auftrag über Neujahr hinweg erstrecken, würden wir den üblichen Urlaub natürlich antreten und nach Seattle zurückfliegen.«

Unsere Abteilung arbeitete das ganze Jahr unter Hochdruck, aufgabenbedingt gestaltete sich die Weihnachtszeit jedoch ruhig. Deshalb schlossen sich unsere Türen vom vierundzwanzigsten Dezember bis nach Silvester.

»Bin ich denn die Richtige dafür?«, erkundigte sich Mia zaghaft.

So hatte ich meine Assistentin noch nie erlebt. Mia wirkte verwirrt und unsicher. Lag es an der für sie neuartigen Herausforderung?

»Ich habe selbst erst von dem Fall gehört und muss mich in die Details einlesen«, erwiderte ich. »De facto brauche ich jemanden an meiner Seite, dem ich blind vertraue, der Sensibilität besitzt sowie Menschen gut einschätzt und – last not least – ein Ass in Rechnungswesen und Buchprüfung ist.«

»Lass dir Zeit, Mia, und teile uns morgen deine Entscheidung mit«, sagte Hugh. »Lange Außeneinsätze liegen schließlich nicht in deinem Aufgabenbereich. Es wäre eine große Umstellung für dich.«

Mia schüttelte den Kopf. »Vielen Dank für die Frist, sie ist aber nicht notwendig. Ich bin an Bord. Wann geht es los?«

Der glückliche Ausdruck auf Mias Gesicht ließ mich aufatmen. Ich hatte sie spontan vorgeschlagen und dabei nur an mich gedacht. Dass ich sie womöglich in Verlegenheit hätte bringen können, war mir nicht in den Sinn gekommen.

Mein Blick schwenkte zu Hugh. »Wie sieht der Ablaufplan aus?«

Er seufzte. »Nun, es ist Eile geboten. In zwei Wochen erfolgt der Startschuss.«

Ich meinte, mich verhört zu haben. Die Vorbereitungsphase betrug für gewöhnlich mindestens einen Monat.

Wider Erwarten verspürte ich in meinem Inneren ein hoffnungsvolles Gefühl aufsteigen. Ich hatte die richtige Wahl getroffen. Um das Arbeitspensum zu erfüllen, würde ich mich von früh bis spät in den Job vertiefen müssen und ab sofort keine Zeit haben, über mein Dilemma zu sinnieren.

Hugh beugte sich vor. »Ihr werdet die Situation fest im Griff haben. Und aus der Ferne stehe ich euch bei.«

Mia hob die Hand und formte mit Zeige- und Mittelfinger das Victory-Zeichen. »Nun, dann auf nach ... Alaska ist unser Ziel, oder?«

Alaska! Es handelte sich nicht nur um mein erstes Projekt in diesem Bundesstaat, sondern auch um das erste Unternehmen, das WWS Industries dort gekauft hatte. Demnach konnte ich auf keinen Erfahrungsbericht eines anderen Prozessoptimierers zurückgreifen.

Was wusste ich überhaupt über Alaska?

Auf der Stelle blockierte mein Gehirn sämtliche kritischen Orientierungspunkte, und die Phantasie formte verträumt wildromantische Bilder. Eine verschneite Landschaft, darin eingebettet das hübsche Kleinstädtchen Glacy City, Wälder und schier grenzenlose Weiten, prasselndes Kaminfeuer, ein zugefrorener See, auf dem Kinder Schlittschuh liefen. Freiheit und gesunde Luft, die tief in die Lunge vordrang und Kraft spendete.

Die frische Brise heizte das Flämmchen der Zuversicht in mir an und schaffte es, einen Hauch von Wärme herbeizuzaubern. Dieser Auftrag war ein Geschenk, das mir unvermutet überreicht worden war – und ich würde es nutzen, um mich wiederzufinden.

KAPITEL 3

Logan

Logan Finnley schreckte hoch und stieß einen Unmutston aus. »Herrje, Julia! Musst du die Tür aufreißen wie ein wütender Grizzly? Hast du noch nie etwas von Anklopfen gehört?«

»Die Macht der alten Gewohnheit. Früher hast du meine stürmische Art sehr geschätzt. Ich wäre nicht abgeneigt, sie dir von Neuem zu demonstrieren.«

»Das Thema haben wir längst abgehakt. Erinnerst du dich an unsere zahlreichen Gespräche?«

Julia ließ sich in den Stuhl vor Logans Schreibtisch fallen. »Wie könnte ich die je vergessen! Aber mir ist langweilig, und du bist der einzige Mann in Glacy, der es mit mir aufnimmt. Die anderen Frauen hast du alle durch. Wie ich von Mat hörte, sogar den zweiten Townsend-Zwilling. Willst du nicht einsam sterben, bleibt dir nichts anderes übrig, als die Runde noch mal zu drehen – beginnend mit mir. Eventuell nistest du dich ja endlich ein.«

»Lass Suzy und Mary aus dem Spiel. Die beiden sind deine wie meine Freundinnen. Außerdem war das nicht so mit Suzy, doch das geht dich nichts an.«

Warum hatte Mat seiner Schwester von der Geschichte

mit Suzy erzählt? Normalerweise war er so verschwiegen wie das sprichwörtliche Grab.

»Du fragst dich gerade, warum Mat geplaudert hat, nicht wahr?« Julia grinste breit. »Ich habe dich kürzlich mit ihr im Auto gesehen und war neugierig. Mat hat die Klappe gehalten, aber ich lese aus seiner Mimik, als würde er reden.« Sie legte den Zeigefinger auf ihren Mund. »Verrate ihm das bloß nicht.«

»Keine Sorge. Sobald du weg bist, habe ich alles wieder vergessen. Was möchtest du eigentlich hier? Sonst kommst du nie in den Betrieb.«

»Flugplancheck und Eigennutz. Mat sagte mir, du hast vor, jemanden aus Anchorage herüberzufliegen. Wann und wen? Ist er im richtigen Alter, und wie sieht er aus?« Julia zuckte mit den Schultern. »Vielleicht wäre er etwas für mich, wenn du dich weiterhin verweigerst.«

Logans Blick wanderte über die Papierstapel auf dem Schreibtisch. An seinem Notizblock verharrte er. »Freitag um dreizehn Uhr zwanzig landet das Flugzeug aus Seattle. Und es handelt sich um keinen Mann, sondern um zwei Frauen. Loreley Creed und Mia Thompson von WWS Industries.«

»Oh, wie enttäuschend!« Julia schob die Unterlippe vor. »Dann soll Mat sie abholen. Gibt es bereits einen Rückflugtermin?«

»Nein. Die beiden bleiben mindestens vier Monate«, entgegnete Logan. »Sie passen Hofstetter Wood an die Konzernstruktur an. Das benötigt seine Zeit.«

Julia verdrehte die Augen. »Warum hat der alte Idiot die

Firma verkauft? Um da oben in der kleinen Holzhütte mitten im Wald zu leben? Niemand braucht irgendwelche schnöseligen Fremden hier, schon gar keine Weibsbilder. Die bringen Glacy nur durcheinander.«

Logan zog die Brauen zusammen. Zwar wusste er, dass Julia den *alten Idioten* nicht wörtlich meinte, dennoch ärgerte ihn die Bezeichnung. Ethan Hofstetter hatte es – selbst wenn seine schlimmsten Befürchtungen zutrafen – nicht verdient, dermaßen abfällig benannt zu werden.

»Ethan ist achtundsechzig Jahre alt und seit dem Herzinfarkt nicht mehr fit. Er wollte und konnte nicht weiterarbeiten«, wies er Julia zurecht.

»Das ist allgemein bekannt, und es war auch bloß eine rhetorische Frage.« Sie klimperte mit den Wimpern. »He, nun komm schon. Es tut mir leid, Logan. Du kennst mich doch. Ich plappere ständig drauflos. Ethan ist ein toller Kerl, und ich habe ihn genauso gern wie du.« Sie beugte sich vor und musterte die Papiere, Mappen und Ordner, die Logans Schreibtisch einnahmen. »Bereitest du dich auf diese Konzern-Prinzessinnen vor?«

»Ja, und deshalb solltest du jetzt schleunigst verschwinden und mich in Ruhe lassen.« Logan zwinkerte ihr zu und zeigte Julia damit an, dass zwischen ihnen alles in Ordnung war. »Oder hast du Lust, mir zu helfen?«

Abrupt sprang sie auf. »Spinnst du? Vorher zerlege ich ein Flugzeug und baue es Teil für Teil wieder zusammen – mit auf den Rücken gebundener linker Hand, wohlgemerkt.«

Logan wartete, bis Julia das Büro verlassen hatte, dann lehnte er sich zurück und schloss kurz die Augen. Den Unbekümmerten zu spielen, wobei er am liebsten auf eine Wand einschlagen würde, zerrte an den Nerven.

Tatsächlich wühlte er in den Papierbergen, um für die bevorstehende Inspektion gerüstet zu sein. Die Arbeit strengte an, doch war sie nicht der Grund für seine Verzweiflung. Durch einen puren Zufall hatte er etwas aufgespürt, das ihm selbst heute noch – Tage nach der Entdeckung – die Kehle zuschnürte.

Wegen eines unklaren Schwunds im Sägewerk hatte er sich die handgeschriebenen Rodungslisten, die von den Leitern der Holzfällertrupps geführt und jeden Abend im Büro abgegeben wurden, sowie die daraus generierten Computerlisten vorgenommen. Zwar deckten sich die in das EDV-System eingepflegten Daten mit dem Holz, das hier in der Zentrale anlangte, aber nicht mit den faktisch gefällten Stämmen.

Dabei handelte es sich nicht etwa um ein, zwei Flüchtigkeitsfehler, sondern um das regelmäßige und bewusste Verfälschen der Zahlen. Einzeln betrachtet waren die Differenzen gering und kaum zu eruieren, unter dem Strich machten sie allerdings eine bedeutende Summe aus.

Weder Ethan noch er hatten es sich je angetan, die Aufzeichnungen zu vergleichen. Wozu auch? Für die laufende Planung der Schlagkonzepte wurden stets die ordentlich aufbereiteten Unterlagen herangezogen, und eine Kontrolle aus Misstrauen gegenüber dem Mitarbeiter wäre ihnen nie in den Sinn gekommen.

Logan ballte die Hände zu Fäusten. Wenigstens war er nicht der einzige Idiot. Wenngleich es den Prüfern bei WWS

Industries sicherlich nicht an grundsätzlichem Argwohn mangelte, hatten sie die knittrigen handgeschriebenen Listen, die damals von den Damen im Hofstetter-Büro mühevoll kopiert worden waren, wohl ebenfalls ignoriert und wussten somit nichts von den Ungereimtheiten. Insofern war er ihnen einen Schritt voraus.

Unter Hochdruck hatte er es geschafft, die vergangenen sechs Jahre zu durchforsten, und war auf den Beginn der fingierten Einträge gestoßen. Sie tauchten zum ersten Mal vor knapp zwei Jahren auf – jene Phase, in der im Betrieb Chaos geherrscht und sich letztlich alles verändert hatte.

Betrug! Diebstahl! Wie ein höhnendes Monster hatten sich diese Worte in Logans Kopf festgesetzt und seinen Glauben an ein ehrliches Miteinander über den Haufen geworfen. Dabei baute das System von Hofstetter Wood doch genau darauf auf. Eine Gepflogenheit, die in Alaska nicht allein im Geschäft gebräuchlich war. Ohne gegenseitige Hilfe und Unterstützung bestand man in dieser rauen Gegend sogar im einundzwanzigsten Jahrhundert nicht. Technische Errungenschaften erleichterten den Menschen vieles, trotzdem blieben genug Hürden übrig, die es gemeinsam zu nehmen galt.

Unwillkürlich stöhnte Logan auf. Er hatte unten angefangen, und körperlich schwere Tätigkeiten im Sägewerk und in den Camps waren ihm nicht fremd. Schon als Teenager und später während des Studiums in Anchorage hatte er jede freie Minute in der Firma gearbeitet und war nach seinem Abschluss erst Ethans Schüler, dann sein Stellvertreter geworden.

Als sein Mentor vor zweieinhalb Jahren einen Herzinfarkt erlitten hatte, waren sie gezwungen gewesen, umzuorganisieren. Ethan hatte fortan nur noch einige organisatorische Bereiche betreut, ihm selbst war die Leitung sämtlicher operativer Angelegenheiten übertragen worden. Schlagartig war dadurch eine Flut an neuen Pflichten über ihn hereingebrochen, die in Ethans endgültigem Rückzug und dem damit verbundenen Verkauf gipfelten.

Seitdem jonglierte Logan ohne Unterlass mit der Zeit, um alle Aufgaben zu bewältigen. Das Unternehmen war an der Spitze schlank – um nicht zu sagen: spindeldürr – aufgebaut und der Verlust eines Mannes kaum zu kompensieren.

Handelte es sich um einen Zufall, dass exakt in der Umbildung begonnen worden war, Holz zu stehlen?

Neben den ursächlichen Nachforschungen hatte Logan eine geheime Liste angefertigt, wer alles in das Verbrechen verwickelt sein könnte. Folgte er seinem inständigen Wunschdenken, standen die beiden größten saisonalen Holzfällertrupps unter der Leitung Brian de Corts und Frank Smith' an erster Stelle – Frank vor Brian. Frank war eine zwielichtige Gestalt, deren Personalakte gähnende Leere aufwies.

Warum Ethan ausgerechnet mit diesem Mann vor zwei Jahren einen Vertrag abgeschlossen hatte, war Logan bis heute schleierhaft geblieben. Nun würde das Unterfangen allerdings einen Sinn ergeben.

Es führte ihn auf der Verdächtigenliste direkt zu Ethan Hofstetter selbst, und damit langte er unweigerlich auch bei den im Betrieb beschäftigten Glaciern an – den fest angestellten Holzfällern und Sägewerksarbeitern bis hinauf zum

Leiter des Sägewerks, Robert Bley, dem Chef der hiesigen Holzfäller, Charly Carven, und den beiden Damen im Office: Hilary Montgomery und April Fitzgerald.

Logan spürte, wie sich seine Fingernägel durch die Muskelanspannung in die Haut gruben, und lockerte die geballten Hände. Eine dieser Personen stand nicht bloß unter Verdacht. April Fitzgeralds Name prangte auf der sonst noch leeren Liste der fest an dem Diebstahl Beteiligten. *Sie* erhielt die Rodungslisten und gab die Daten in den Computer ein. *Sie* betreute die Buchhaltung. *Sie* kannte den gesamten Bereich inklusive aller Zusammenhänge.

Vertrauen durfte Logan nun jedenfalls niemandem mehr und musste die Kenntnis um die Abweichungen vorerst eisern für sich behalten.

Die Anwesenheit Loreley Creeds und ihrer Assistentin Mia Thompson von WWS Industries würde ihm demzufolge eigentlich als Lichtblick erscheinen, läge die Schlinge nicht auch um seinen eigenen Hals. Seine Reputation basierte auf nichts als dem eigenen Wort, nicht in die Straftat involviert zu sein.

Prompt konnte die Angelegenheit auf ihn zurückfallen, tätigte er einen einzigen falschen Schritt. Die Gefahr schlich sich nämlich zu allem Übel sogar auf zwei Ebenen an.

Glaubte Loreley Creed ihm, nichts mit dem Diebstahl zu tun zu haben, gerieten auf der Stelle seine Versäumnisse als Geschäftsführer in den Fokus. Dass er unverschuldet in dieser Situation gelandet war und trotz der Umstände Großartiges leistete, zählte – wenn überhaupt – bloß peripher. Unter seiner Führung geschah schließlich ein Verbrechen.

Noch schlimmere Probleme ergaben sich für ihn aus der anderen Variante: Loreley Creed zweifelte an, dass er nichts von dem Betrug wusste. An die daraus resultierenden Schwierigkeiten durfte Logan erst gar nicht denken.

Zum wiederholten Mal formte sich in seinem Kopf die zermürbende Gretchenfrage, wie er weiter vorgehen sollte. Verschwieg er die Probleme und suchte auf eigene Faust nach ihrer Herkunft, oder legte er sie von Beginn an offen dar?

Großkonzerne wie WWS Industries achteten nicht auf Einzelschicksale und Hintergründe. Fakten und Zahlen gaben den Ausschlag. Ohne Rücksicht auf Schuld oder Unschuld würden sie in einer Sache wie dieser zuallererst die Führung – also ihn – austauschen und jemanden von WWS auf den Stuhl setzen. Dessen war er sich gewiss.

Mit einem Seufzer strich sich Logan über die Stirn. Hätte er nur mehr Zeit zur Verfügung, könnte er ohne Einschränkung ermitteln. Loreley Creed klopfte jedoch bereits an die Tür und würde ihn mit ihrer Anwesenheit so oder so in arge Bedrängnis bringen.

Er verfluchte diese Frau schon jetzt.

KAPITEL 4

Loreley

Ich zog den neuen Kaschmirmantel enger um den Körper und dankte mir im Stillen für die Entscheidung, ihn nicht in den Koffer gepackt zu haben. Zwar hatten sich der Mantel und die – ebenfalls neuen – Wildlederstiefel bei der milden Temperatur und Sonnenschein in Seattle seltsam angefühlt, erwiesen sich hier allerdings als gute Dienstleister.

Es war kalt, der Himmel präsentierte sich grau in grau, zudem blies ein eisiger Wind.

Mia, die neben mir stand, schien es nicht anders zu ergehen. Dabei hatte sie sich sogar für eine Herbstdaunenjacke sowie knöchelhohe Lammfellboots entschieden – und das mitten im September.

Ein Mann trat aus dem gelben Containerhaus und schlenderte auf uns zu.

»Ms. Creed, Ms. Thompson?«

»Ja, ich bin Loreley Creed. Das ist meine Kollegin, Mia Thompson.« Ich streckte ihm die Hand entgegen und starrte einen Moment zu lang in seine Augen. Hatte ich jemals zuvor ein dermaßen intensives Blau gesehen? Der Baumwollpullover im gleichen Ton, den der Mann trug, brachte die Farbe noch intensiver zum Strahlen.

Ehe ich mich in diesem tiefen Bergsee verlor, kam mir ein zweiter Gedanke: Jeans, nur ein dünner Pulli – war ihm nicht kalt?

»Ich bin Mat Hennings, Ihr Pilot, und fliege Sie nach Glacy City.« Er musterte mich mit einem abwägenden Blick. »Sie frieren. Beeilen wir uns zum Flugzeug. Es hat eine Heizung.« Dann wandte er sich Mia zu und schenkte ihr ein Lächeln, das selbst mich als Beobachterin verzauberte.

Trotz des Unglückskokons, in dem ich mich befand, schlugen meine Sensoren an. Wenigstens war ich wegen William nicht blind geworden und erkannte, wenn es zwischen zwei Menschen knisterte – das tat es bei Mia und diesem Mat Hennings jedenfalls.

»Welches ist Ihr Flugzeug?«, fragte ich.

»Keines von denen. Wir müssen dorthin.« Mat zeigte auf das Meer, wo drei Flugzeuge neben einem Steg in den Wellen schaukelten. »Glacy City hat keine eigene Landebahn, aber es liegt direkt am Timbersee.« Wie selbstverständlich nahm er meinen und Mias Koffer und setzte sich in Bewegung. »Glacy lebte schon immer von der Holzfällerei«, erklärte er. »Früher wurden die Stämme mit Lastkähnen über den See zum Verarbeiten auf die andere Seite transportiert. Deshalb heißt er Timbersee. Ethan Hofstetters Urgroßvater hat den Überfahrten ein Ende bereitet, indem er in Glacy ein Sägewerk baute. Jede Generation hat es vergrößert. Nun ist es von Ihrer Firma gekauft worden.«

Seine Stimme klang freundlich und beschwingt, ohne bitteren Unterton.

»Sie kennen die Geschichte der Gegend und des Betriebs,

Mr. Hennings«, antwortete ich. »Sind Sie in Glacy City aufgewachsen?«

»Mat, bitte. Und ja, bin ich.« Er betrachtete mich von der Seite. »Ihre Kleidung ist hübsch und elegant, Sie werden jedoch andere benötigen.«

Auch in diesem Satz entdeckte ich keine negativen Schwingungen. Mat war bloß höflich und – für mein Empfinden – eine Spur zu unverblümt.

»Ich habe einen Daunen-Parka eingepackt«, entgegnete ich knapp.

»Ob der ausreichen wird? Ich habe gehört, Sie würden einige Monate bei uns bleiben. Bald wird es richtig ungemütlich. Unsere Jacken sind vielleicht nicht so schön wie Ihre, aber wärmer, vermute ich mal.« Mat zeigte auf meine Stiefel. »Und mit denen brechen Sie sich schneller einen Fuß, als Sie bis drei zählen. Sobald es regnet oder schneit, brauchen Sie ordentliches Schuhwerk. Nur wenige Straßen in Glacy sind asphaltiert.« Sein Blick schwenkte zu Mias Boots. »Die sind für jetzt okay. Später fällt Ihnen oben der Schnee rein.«

Mia schien Mats Begutachtung ihrer Schuhe nicht zu stören. Ich hatte sogar den Eindruck, dass sie seine Aufmerksamkeit genoss. Sein eingängiges Lächeln hatte wohl wahrlich jeden Bann gebrochen.

Mit einem Schmunzeln erwiderte sie: »Wir sind keine Weichlinge. Ein bisschen Kälte und Nässe erschüttert uns nicht.«

Er präsentierte eine gekünstelt ernste Miene. »Warten Sie es ab, Mia.«

Indessen hatten wir den Steg erreicht und hielten vor einem roten Flugzeug. Gewandt sprang Mat mit unseren beiden riesigen Koffern vom Steg auf die lang gestreckte Vorrichtung, auf der das Flugzeug schwamm, und stampfte zweimal mit dem Fuß auf. »Die Dinger nennt man *floats*. Sie sorgen nicht allein dafür, dass das Flugzeug auf den Wellen treibt. Bei Beschleunigung lassen sie uns durchs Wasser gleiten und aufsteigen.« Er drehte sich um, öffnete die Tür und verstaute die Koffer im Inneren des Flugzeugs, dann streckte er den Arm aus. »Kommen Sie, Loreley. Ich helfe Ihnen.«

Wie schon zuvor Mia nannte er nun auch mich mit aller Selbstverständlichkeit beim Vornamen. Und wozu sollte ich Hilfe benötigen? Es war nur ein einziger weiter Schritt vom Steg auf das Flugzeug.

Weil ich jedoch nicht abweisend reagieren wollte, ergriff ich seine Hand, streckte das rechte Bein aus und suchte Halt.

Obwohl ich durch die feine Sohle der Stiefel den gerippten Boden der Plattform spürte, rutschte ich ungehindert ab. Bevor ich überhaupt richtig begriff, in welche Lage ich mich gebracht hatte – ein Fuß auf dem Steg, der andere auf dem *float* –, zog mich Mat mit einem Ruck zu sich.

»Auch dafür sind diese Stiefel ungeeignet. Kein Grip und Absätze, eine schlechte Kombi«, sagte er. »Schauen Sie doch in den nächsten Tagen bei Tara Springfield vorbei und statten Sie sich angemessen aus.«

Noch während er sprach, schob mich Mat mit sanftem Druck in die Flugzeugkabine und dirigierte mich zu einem Platz. Ich schluckte das peinliche Gefühl hinunter, den mein Beinahe-Unfall hervorrief, legte den Bauchgurt an und beugte mich vor, um zu sehen, wie Mia es schaffen würde, an Bord zu kommen.

Sie stellte sich weitaus geschickter an als ich.

»Ist Tara Springfield das hiesige Damenmodengeschäft?«, erkundigte ich mich, nachdem Mat ebenfalls Platz genommen hatte.

»Tara ist unsere Frisörin und Kosmetikerin. Darüber hinaus hat sie eine Massage-Ausbildung, macht den Ladys die Nägel und veranstaltet sporadisch Yoga-Kurse. Sie führt allen möglichen Allzweckkram und Alaska-konforme Kleidung.« Er zwinkerte uns zu, dann wandte er sich ab und setzte die Kopfhörer auf.

Ich drehte mich zur Seite und blickte auf das graublaue Wasser hinaus. Gern hätte ich mich weiter mit Mat unterhalten und ihm Fragen gestellt. Fast nur unbefestigte Straßen und ein Laden mit *Allzweckkram*, dessen Inhaberin ein Beauty-Allroundgenie zu sein schien? Wie groß – oder klein – war Glacy City?

Meine Gedanken glitten zu der kurzen Vision zurück, die ich in Hughs Büro gehabt hatte. War ich mit der Vorstellung der Kleinstadtidylle im Schnee zu weit gegangen?

Wie vorherzusehen gewesen war, hatten Mia und ich von früh bis spät mit den Vorbereitungen zu tun gehabt und keine Minute geopfert, um uns explizit mit dem Thema Alaska zu beschäftigen. Demnach beschränkten sich meine Weisheiten auf Erinnerungen aus der Schule und allgemeine Informationen, die jeder interessierte Bürger kannte.

Alaska war der nördlichste Bundesstaat der USA und grenzte an den Arktischen Ozean, der Polarkreis führte hindurch, die Winter waren kalt und dunkel. Bei vergangenen Wahlen hatten die Einwohner Donald Trump vorgezogen und Barack Obama seinerzeit verschmäht. Obama befand sich damit in guter Gesellschaft mit Bill Clinton, Jimmy Carter und JFK.

Mein Vater, Lehrer für Literatur und Geschichte, hatte es sich nicht nehmen lassen, mir beim Abschiedsbesuch den Kauf Alaskas von Russland näherzubringen. Bereits beim Übergabedatum – 6. Oktober 1867 nach dem julianischen Kalender, und 18. Oktober 1867 nach dem gregorianischen Kalender – war er jedoch hängen geblieben und zu seinem Lieblingsthema geschwenkt: der europäischen Geschichte. Jetzt wusste ich zwar alles über Julius Caesars Bestrebungen, einen sinnvollen Kalender für das Römische Reich zu erstellen, allerdings keinen Deut mehr über Alaska – das wirkliche Alaska. Nun, in Kürze würde ich ohnehin live in das Leben hier eintauchen.

Ich ließ den Kopf kreisen, um die plötzliche Verspannung in meinem Nacken zu lösen. An ihr trug nicht mein Vater mit seinen Kalender-Ausschweifungen Schuld, sondern das darauffolgende Gespräch mit meiner Mutter.

Kaum war Dad nach dem Mittagessen in seinem Studierzimmer verschwunden gewesen, hatte sie versucht, mich über William auszuhorchen, und ein wahres Gefühlspotpourri über mir ausgegossen.

Was hatte ich anderes erwartet, nachdem ich mit einem einzigen Satz notgedrungen die Trennung von William erwähnt hatte?

Von jeher war meine Mutter ein emotionaler Mensch, deren Empfindungen sich ohne allzu große Empathie für ihr Gegenüber Luft verschafften. Nach einem Dreh von Entrüstung zu Mitleid war sie rasch bei einem ihrer bevorzugten Themen gelandet: meinem Beruf. Ihres Erachtens war er nicht mit einer funktionierenden Beziehung in Einklang zu bringen. Ich würde diesen Umstand verdrängen und damit das traditionelle System der Familie zum Tode verurteilen. In ihrer blumigen Sprache verwendete sie manchmal sogar Ausdrücke wie »zum Schafott führen« oder »am Galgen baumeln lassen«.

Meine Mutter irrte sich. Weder schob ich etwas beiseite, noch stellte ich meine Tätigkeit höher als Liebe, Partnerschaft und später Kinder.

Natürlich verlief ihr Alltag mit Dad anders, als es meiner mit William getan hatte. Sowohl William als auch ich verfolgten unsere Karrieren und waren zeitweise voneinander getrennt gewesen – William unternahm nicht seltener Geschäftsreisen als ich. Meine waren bloß am Stück länger.

Was ich allerdings durchaus verdrängen wollte, war der Grund für das Ende. Hätte es nur an meinem Job gelegen! Dann würde ich auf eine sachliche Ebene zurückkehren können und meine Position hinterfragen dürfen. So aber steckte ich inmitten einer unfassbaren Situation fest und war verwirrt – furchtbar verwirrt.

Automatisch zogen sich meine Brauen zusammen. Oberstes Gebot war, mich nicht ständig in der Abwärtsspirale meines momentanen Zustands zu verfangen und die Arbeit weiterhin strikt von meinem Privatleben zu separieren. Es handelte sich um zwei Paar Schuhe, die nicht zueinanderpassten.

Schuhe!, schoss es mir durch den Kopf. Warum sollte ich mir bei dieser Tara neue Schuhe und eine geeignetere Jacke kaufen? Was bildete sich dieser Mat eigentlich ein? Es stand ihm nicht zu, mir das vorzuschlagen.

Abgestimmt auf die geografische Lage und das jeweilige Zielunternehmen kümmerte ich mich stets um eine adäquate Garderobe. Für Florida etwa hatte ich selbstverständlich sommerliche Kleidung gewählt, war jedoch auch nicht in Hotpants, bauchfreien Trägershirts und Flipflops herumgelaufen. Schließlich repräsentierte ich WWS Industries und hatte für ein angemessenes Gesamtbild zu sorgen. Wegen Alaska würde ich von meiner Vorgehensweise nicht abrücken. Wintergewand ja, Polarexpedition-Style nein.

Abrupt richtete ich mich in meinem Sitz auf. Was dachte ich da gerade? Mat Hennings hatte seine Meinung vielleicht zu unverhohlen dargebracht, darüber hinaus war nichts Verwerfliches in ihr zu finden gewesen. Warum ärgerte ich mich also über ihn?

Mat war unser Pilot und hatte nicht ursächlich mit unserem Auftrag zu tun, doch er gehörte zum Kreis meines aktuellen Umfelds.

Trenne die Arbeit von deiner privaten Misere!, ermahnte ich mich abermals.

KAPITEL 5

Logan

»Schau dir das an!« Julia wischte sich die öligen Finger an ihrem blauen Overall ab und stieß einen geringschätzigen Laut aus. »Hat die große Blonde ein Hüftleiden oder sonst irgendeine Behinderung? Noch nie habe ich gesehen, dass Mat jemanden vom *float* auf den Steg hebt. Ist mein Bruder geistesgestört?«

»Womöglich ist Mat über Nacht zum Galan geworden«, sagte Logan schmunzelnd und fügte hinzu: »Oder er will nicht, dass sie mit ihren Stiefelchen ausrutscht und im Wasser landet. Er müsste hinterherspringen.«

»Bullshit. Mein geliebter Bruder baut vor, weil er sie später in die Waagrechte befördern möchte. Hast du keine Augen in deinem Schädel? Sie ist heiß.«

»Heiß oder nicht, die Kleinere mit dem kreisrunden Engelface ist mehr sein Typ.« Logan rumpfte die Nase.

Welche von ihnen wohl Loreley Creed war?

Wenngleich er sich eigentlich bereits entschieden hatte, über die von ihm entdeckten Unstimmigkeiten in den Büchern vorläufig zu schweigen, hatte er sich eine letzte Chance zur Umkehr gegeben. Eindruck und Intuition sollten entscheiden.

Nun kamen die beiden Frauen direkt auf ihn zu, und er war ratloser als zuvor. Allein auf Basis der Berufsbezeichnung – Prozessoptimierer – hatte er ein Bild erschaffen, das von der Realität so weit entfernt lag wie ein sonniger Sommertag von der dunkelsten Winternacht.

Julia hatte die eine Frau als *heiß* bezeichnet. Der Begriff traf die Wahrheit nicht annähernd. Auf Anhieb fielen Logan bessere Charakterisierungen ein: bezaubernd, anmutig, elegant. Doch allemal registrierte er auch die Kehrseite. Das lange blonde Haar zu einem Pferdeschwanz im Nacken gebunden, Mantel, Handtasche und Stiefel im exakt gleichen Beigeton: städtisch und steif. Wie sie nur über den Steg trippelte, offensichtlich darauf bedacht, mit den Stöckeln nicht in eine Ritze zu geraten.

Wenigstens wirkte die andere Frau, das *Engelface*, wie ein netter, normaler Mensch – den Mund sichtlich bereit zum Lächeln, freundliche, runde Augen. Mit ihr würde er eventuell reden.

Warum – verdammt nochmal – habe ich mir kein ordentliches Hemd für den Empfang angezogen? Ich bin der Geschäftsführer Hofstetter Woods und präsentiere mich im Wandertour-Outfit, dachte Logan unvermittelt und setzte dem entgegenhaltend eine selbstsichere Miene auf, als die beiden Frauen bei ihm anlangten.

»Willkommen in Glacy City. Ich bin Logan Finnley.« Er streckte die Hand aus und begrüßte die beiden.

»Und ich Julia Hennings«, sagte Julia so rasch, dass keine etwas erwidern konnte. »Mechanikerin, Pilotin und die Schwester dieses Rüpels.« Sie wies auf Mat und grinste breit.

»Meine Hand schütteln Sie besser nicht. Sie ist ölig, weil ich gerade unter unserem zweiten Flieger gelegen habe.«

Mat schickte Julia einen warnenden Blick. »Entschuldigen Sie meine Schwester. Zurückhaltung ist nicht ihr Ding. Logan, darf ich vorstellen? Loreley Creed und ihre Assistentin Mia Thompson.«

»Wir freuen uns, hier zu sein. Sehr angenehm«, antwortete Loreley.

Waren die Gesichtsmuskeln dieser Frau gelähmt, oder besaß sie keine Mimik? Sich über etwas zu freuen, sah wahrlich anders aus. Logan unterdrückte ein Seufzen. Warum konnte nicht die andere die Chefin sein? Das kurze, hoffnungsvolle Aufwallen, sich vielleicht doch zu offenbaren, erlosch damit jäh.

Er hüstelte. »Ich bringe Sie jetzt in Ihr Quartier. Auf dem Weg zeige ich Ihnen die wichtigsten Plätze der Stadt.« Schnell machte er einen Schritt nach vorn und nahm die beiden Koffer.

»Soll ich euch begleiten?«, fragte Mat.

Logan musterte seinen Freund. Julia hatte vermutlich tatsächlich recht. Zumindest eine der beiden ließ ihn in gewissen Zukunftsvisionen schwelgen. Verwirrungen dieser Art fehlten ihm gerade noch.

»Nein, danke. Ich komme allein klar.« Abrupt wandte er sich ab und ging zu seinem Auto.

Während er das Gepäck im Kofferraum verstaute, hörte er Mat sagen: »Logans Jeep ist für unwegsames Gelände umgebaut, deshalb die riesigen Reifen. Die Trittbretter fehlen. Warten Sie …«

Durch die Scheiben beobachtete Logan, wie Mat erst Loreley und dann Mia abermals hochhob und ihnen in den Wagen half.

Um der albernen Don-Juan-Demonstration ein Ende zu bereiten, eilte Logan zur Fahrerseite und stieg ein.

»Zeig den Damen Taras Shop!«, rief Mat ihm zu und winkte.

Logan reagierte nicht, startete den Motor und fuhr los. Obwohl sich der Hauch eines schlechten Gewissens gegenüber Mat regte, blieb er missmutig und ärgerte sich über seinen Freund.

Loreley Creed und Mia Thompson waren keine Feriengäste, die sich an der Natur ergötzen und wandern gehen wollten oder eine Affäre in der Wildnis Alaskas suchten. Sie waren nach Glacy gereist, um den Betrieb zu inspizieren und letztlich alles umzukrempeln. Höflich zu sein, stand außer Frage, doch musste man ihnen nicht mit überbordender Herzlichkeit entgegentreten – und schon gar nicht sollte man danach trachten, sie ins Bett zu kriegen.

Nachdem Logan das Hennings-Gelände hinter sich gebracht hatte, sagte er: »Wenn Sie gleich zum Friseur möchten, setze ich Sie direkt bei Tara ab.«

»Oh nein, danke. Das ist ein Missverständnis«, erwiderte Loreley. »Mat hat mir nur empfohlen, meine Garderobe an die hiesigen Wetterverhältnisse anzupassen. Ich denke jedoch, ordentlich ausgerüstet zu sein.«

»Wie Sie meinen.« Logan schwieg, bis er das angrenzende Waldstück passiert hatte, und zeigte auf einen Berg in einiger Entfernung. »Dort ist unser aktuell größtes Rodungscamp stationiert. Dahinter verläuft die Gletscherzunge. Es handelt sich um einen kleinen Gletscher, dennoch ist er beeindruckend und einen Ausflug wert.« Er nahm die Hand vom Lenkrad und drehte die Innenfläche nach oben. »Natürlich nichts gegen den Malaspina, der liegt unten an der Pazifikküste und ist, soweit ich weiß, der größte Gebirgsgletscher der Welt, zumindest außerhalb der polaren Zone.«

»Stammt daher der Name Ihrer Stadt: Glacy City?«, fragte Mia.

An ihrer Stimmlage erkannte Logan Mias ehrliches Interesse. Sie erkundigte sich nicht der Höflichkeit halber. In diesem Fall antwortete er gern. »Ganz genau. Vor Generationen hieß der Ort noch Glacier City, aber irgendwann wurde daraus Glacy City oder einfach Glacy. Haben Sie jedoch keine falschen Vorstellungen. ›City‹ ist deutlich zu hoch gegriffen. Und hier ist sie auch schon, die Stadt in der Nähe des Gletschers.«

Logan bog in eine Straße ein, und nach einigen Bäumen tauchten die ersten Gebäude auf. »Das ist bereits die Hauptstraße. Hier befinden sich die wichtigsten Einrichtungen Glacys: der Lebensmittelladen, da vorne Taras Salon. Das zweistöckige Gebäude ein Stück weiter ist das Lokal und am Ende des Ortskerns Doktor Montgomerys Klinik. Die meisten Wohnhäuser sind links dahinter über den Hügel verteilt – wir haben viel Platz. Zum See hin gibt es weniger Wohneinheiten, da man vor Witterungseinflüssen nicht so gut geschützt ist – kaum Bäume, und das Gelände läuft eben aus. Einige Häuser, vornehmlich der Holzfäller und ihrer Familien, stehen zwischen dem Sägewerk und dem Zentrum.«

»Und das hier ist also das *Zentrum?*«

Kurz nahm Logan den Blick von der Straße und musterte Loreley. Sie sah starr geradeaus.

»Ja, so ist es«, entgegnete er. »Zum Sägewerk fährt man einfach durch. Eine zweite Straße, wir nennen sie Truck-Pfad, führt außerhalb Glacys vorbei. Sonst müssten die Transporter ständig durch den Ort.«

Noch nie hatte er darüber nachgedacht, wie Glacy auf Fremde aus einer großen Stadt wirkte. Was ging im Kopf Loreley Creeds vor, wenn sie die zumeist schlichten, vornehmlich aus Holz gezimmerten Häuser betrachtete?

Nicht alle waren während des Sommers frisch gestrichen und den sonstigen alljährlich notwendigen Renovierungen unterzogen worden. So mancher Holzbalken stand schief. Die Schrift auf dem Schild des Lebensmittelladens war nicht zu entziffern. Bei einigen Gebäuden blätterte die Farbe sogar großflächig ab und zeigte das dunkle, verwitterte Holz.

»Verlaufen werden Sie sich nicht«, murmelte er.

»Sind wirklich alle Straßen hier … so?«, fragte Loreley weiter. Sichtlich bemühte sie sich um einen neutralen Tonfall.

»Naturbelassen, aus gestampfter Erde?« Logan nickte. »Fast alle. Das letzte Stück zum Sägewerk und der Truck-Pfad ist asphaltiert.« Er hielt vor dem Lokal an und stellte den Motor ab.

Loreley drehte sich ihm zu. »Sagten Sie nicht vorhin, es handle sich hierbei um ein Restaurant? Ich möchte nicht unhöflich erscheinen, doch wäre es mir lieber, zuerst das Quartier zu beziehen. Essen können wir später.«

Logan benötigte einen Moment, um zu begreifen, was sie meinte. Loreley Creed erwartete offensichtlich ein imposantes Hotel mit Rezeption, Concierge und einem Lift, der sie zu den Zimmern brachte. »Ich *sagte* ›Lokal‹ – Restaurant, Café, Bar und Hotel mit full service in einem. Namen hat es keinen, aber einen Billard-Tisch, Darts und einen Extraraum zum Pokerspielen.«

»Ach, schade!«, rief Mia aus dem Fond. »Vor zwei Monaten habe ich mir einen neuen Queue gekauft und ihn bisher kaum verwendet. Den hätte ich mitgenommen.«

Logan lächelte. »Wer einen Queue besitzt, spielt im Regelfall gut Billard. Ich werde Sie herausfordern, Ms. Thompson.«

»Wunderbar. Natürlich nehme ich gerne an. Machen Sie sich auf was gefasst.«

»Ich freue mich.« Logan öffnete die Wagentür und stieg aus.

Ob Loreley Creed sitzen bleiben und warten würde, bis er ihr aus dem Auto half? Bewusst ging er zuerst zum Kofferraum und entlud das Gepäck.

Als er hinter dem Wagen hervortrat, standen Mia und Loreley bereits auf der Straße. Er ergriff die Henkel der Koffer und hob sie hoch. Die Rollen waren auf dem unebenen Boden nutzlos.

Noch ehe er den Eingang erreichte, wurde die Tür aufgezogen, und im Rahmen erschien Annabell.

Logans Blick schwenkte zu Loreley. Er war gespannt, wie sie auf die Inhaberin des Lokals reagieren würde.

Annabell war nicht nur groß und kräftig, sie trug zudem eine ungebändigte Lockenmähne, die im Vergleich zu Mia

Thompsons hübschen Kringellöckchen wie Medusas züngelnde Schlangen wirkten. Eine volltönige Stimme und resolutes Gebaren rundeten ihr imposantes Aussehen ab.

Annabell zeterte sofort los. »Herrgott, ich warte schon auf euch! Wo hast du dich bloß mit den Damen herumgetrieben, Logan? Die Armen haben fast vier Stunden im Flugzeug gesessen, mussten zum Wassertaxi-Airport fahren und waren daraufhin in einer fliegenden Nussschale gefangen. Sie brauchen eine Dusche und etwas Ruhe. Ihr Mannsbilder seid wirklich dümmer als ein geiler Elch. Ach was! Das wäre eine Beleidigung für jeden Elchbullen.«

Logan zuckte entschuldigend mit den Schultern. »Ich habe sie direkt hierhergebracht.«

»Also hat Mat getrödelt. Einer wie der andere.« Annabell machte einen Schritt zurück und gab die Tür frei. »Mein Name ist Annabell Fitzgerald. Nennen Sie mich Annabell, nie Anna, Ann oder Bella.«

Zu Logans Erstaunen nickte Loreley nahezu ehrerbietig und betrat, ohne zu zögern, den Schankraum. »Ich bin Loreley Creed.«

Kurz starrte Annabell Loreley sichtlich entgeistert an, dann lachte sie laut auf. »Eine ›Gilmore‹! Meine Träume werden wahr.«

Auch jetzt benötigte Logan einige Sekunden, bis er verstand. *»Oh my gosh!«* An Loreley gewandt sagte er: »Sie kennen bestimmt die Serie *Gilmore Girls*?«

»Nein.«

Mia räusperte sich. »Eine TV-Serie über eine Frau namens Lorelai und ihre Tochter, die gleich heißt, aber Rory gerufen wird«, erklärte sie. »Liebe, Arbeit, Schule und das Leben in einer Kleinstadt. Ich habe seinerzeit einige Folgen gesehen, die Serie ist schon ein bisschen älter. Auf Netflix läuft ein vierteiliges Serienspecial in Spielfilmlänge.« Sie drehte sich Annabell Fitzgerald zu. »Bedauerlicherweise schreibt sich unsere Loreley mit ›ey‹. Mein Name ist übrigens Mia Thompson.«

»Nun, liebe Mia Thompson, die kleine Abweichung dürfen wir getrost ignorieren.« Annabell rieb sich die Hände. »Sie liefern die Loreley und ich den Logan. Der da sieht dem jungen Mr. Huntzberger aus der Serie sogar ähnlich. Leider ist unserer sicherlich um mindestens sieben oder acht Zoll größer.«

Abwehrend hob Logan die Arme. »Mich haltet bitte raus. Ich bin weder ein Fan der *Gilmore Girls*, noch möchte ich mit einem Schauspieler verglichen werden.«

»Hat sich irgendwer nach deinen Wünschen erkundigt, Logan?« Annabell zwinkerte Mia zu, dann zeigte sie auf eine Tür am Ende des lang gestreckten Tresens.

»Ich bringe Sie jetzt auf Ihre Zimmer. Beim Abendessen können wir weiter über die *Gilmore Girls*, und was sonst so ansteht, plaudern.« Sie presste die Lippen aufeinander. »Unfassbar, dass jemand die Serie nicht kennt. Das werden wir schleunigst ändern. Ich habe alle Staffeln auf DVD.«

KAPITEL 6

Loreley

Sobald Annabell Fitzgerald die Tür meines Zimmers hinter sich zugezogen hatte, ließ ich mich auf das Bett fallen. Ihre Stimme klang in meinen Ohren nach, und mein Kopf schien einen Bienenstock zu beherbergen – es summte und brummte wie zur Hochsaison. Diese Flut an widersprüchlichen Eindrücken und Gefühlen kostete mich in meinem momentanen Zustand immense Kraft.

Die Arbeit hatte mich bereits an einige fremdartige Orte und zu Menschen geführt, die nicht in das übliche Business-Schema passten.

In Florida hatte der Geschäftsführer des Sonnenenergie-Unternehmens im Büro kurze Hosen und ärmellose Shirts getragen. Bei einem Exkurs in die Gegend von New Orleans war während des ganzen Tages Jazz und Blues im Office gespielt worden, und an der Grenze zu Kanada hatte ich eine Eishockeymanie miterlebt. Hitze in Arizona, Schnee in Minnesota, Cowboyhüte kombiniert mit Anzügen und Stiefeln in Texas, Coolness im Umfeld New Yorks – noch nie allerdings hatte ich ein Projekt in einem Dorf mit Straßen aus platt gewalzter Erde und barackenähnlichen Häusern zu absolvieren gehabt. Alaska bescherte mir wahrlich eine neue Dimension.

Und wie waren die ersten Menschen, die ich hier kennengelernt hatte? Eine hemdsärmelige, schmutzige Mechanikerin mit den gleichen leuchtend blauen Augen wie ihr Bruder, der mit uns gesprochen hatte, als wären wir alte Kumpels. Annabell Fitzgerald, die vom Stand weg für jeden Wikingerfilm als wehrhafte Matrone gecastet werden würde und mich mit einer Serienfigur verglich. Logan Finnley, dessen gesamtes Gehabe Skepsis und Ablehnung ausstrahlte, auch wenn er es hinter Höflichkeit und gutem Benehmen zu verstecken versuchte.

Während ich die Frauen ein wenig skurril und durchaus interessant fand – in Annabells Gegenwart hatte ich mich erstaunlicherweise darüber hinaus auf Anhieb wohl- und behütet gefühlt –, verspürte ich bei Mat und Logan unangenehme Schwingungen. Der eine nahm sich heraus, mir ungefragt Ratschläge zu erteilen, der andere behandelte mich unterschwellig wie eine lästige Fliege, die von seinem gesüßten Milchkaffee naschen wollte.

Ich stöhnte auf. Was tat ich da – schon wieder? Hatte mich Williams Vorgehen dermaßen verbittert, dass ich so übertrieben auf das Verhalten von Männern reagierte? Der Kampf, Job und Privatleben nicht plötzlich miteinander zu verknüpfen, war Herausforderung genug. Ich durfte nicht auch noch zwischen den Geschlechtern unterschiedlich werten.

Mat hatte mir einen Tipp gegeben, nichts weiter – man nannte es simpel Höflichkeit. Und Logans Misstrauen zielte nicht auf meine Person ab, sondern auf das, was ich im Auftrag von WWS Industries verkörperte.

Im Gegensatz zu mir hatte Mia völlig richtig gehandelt und uns damit vor einem desaströsen Einstieg gerettet. Sie war Mann wie Frau offenherzig begegnet und hatte sich auf der Stelle mühelos integriert. Genau so gehörte es sich. Zwar ging ich üblicherweise anders vor, als Mia es vorhin getan hatte, doch das war allein unseren unterschiedlichen Charakteren geschuldet.

Abermals entglitt mir ein Stöhnen. Im Vergleich zu ihr musste ich gewirkt haben, als hätte ich einen Besenstiel verschluckt.

Abrupt setzte ich mich auf und schwang die Beine über den Bettrand. Die Reise war lang gewesen, und zuletzt hatte ich am Morgen gegessen – zwei Bagels nebst Kaffee. Nach einer ausgiebigen Dusche und dem Abendessen fühlte ich mich sicherlich wieder besser. Dann würde ich auch mein Umfeld und die Menschen in einem freundlicheren Licht betrachten. Annabell Fitzgerald hatte schon recht gehabt, dass wir etwas Ruhe benötigten.

Ich stand auf, zog die Vorhänge zu und lief ins Badezimmer. Dieses Mal schaffte ich es, den Klagelaut zu unterdrücken. War in meinem Quartier alles rosafarben? Die Tapete, die Vorhänge, der kleine Zierteppich, die Bettdecke und nun der Waschtisch, die Toilette und die Duschwanne. Rosa passte doch überhaupt nicht zu einer Frau wie Annabell, zumindest nicht, wie ich sie kennengelernt hatte.

Warum brachte mich die Farbe der Einrichtung derart aus dem Konzept? Wäre ich mit trostlosem Braun glücklicher?

Auf einmal war ich den Tränen nah. Wenigstens würde Braun meine Stimmung eins zu eins widerspiegeln – Rosa hingegen verspottete mich förmlich. *Ja*, ich hatte aus Seattle flüchten wollen, und das kurzfristige Projekt war mir wie ein Geschenk erschienen. Wohin hatte mich meine spontane Zusage allerdings geführt? Mitten ins Nirgendwo, hinein in einen lieblich anmutenden *Barbie*-Raum und zu einer extrem schwierigen Aufgabe.

Um die Misere zu komplettieren, fehlte jetzt nur noch, dass die Brause tröpfchenweise eiskaltes Wasser spendete. Im Grunde rechnete ich sogar fest damit. Murphys Gesetz – *alles, was schiefgehen kann, geht schief* – hielt mich umklammert und drückte die langen, spitzen Nägel in meine Haut.

Ich entkleidete mich, blieb sicherheitshalber vor der Dusche stehen und drehte von außen den Wasserhahn auf. Augenblicklich prasselte ein dichter, weicher Schwall auf meinen Unterarm. Erst war das Wasser kalt, doch nach einigen Sekunden wurde es wohlig warm. Ich stieg in die Kabine und legte den Kopf in den Nacken.

Das Wasser spülte die Sorgen und Probleme zwar nicht fort, dessen ungeachtet beschwichtigte es sie und gab mir ein wenig Hoffnung.

Vielleicht befand ich mich am Ende der mir bekannten Welt und würde monatelang in dieser mädchenhaften *Barbie*-Welt leben, aber das Zimmer war penibel sauber und geräumig. Die Art der Menschen war gewöhnungsbedürftig, bis auf Logan Finnley steckte jedoch nichts Ablehnendes in ihrem Verhalten. Und mein Auftrag? Er beinhaltete schwierige Zusätze, allerdings hatte ich bereits andere Hürden gemeistert und war erfolgreich nach Seattle zurückgekehrt.

Warum sollte es mir hier nicht ebenfalls gelingen, Resultate zu erzielen? Meine Erfahrung und Mia standen mir zur Seite.

Ich brauchte mich bloß auf die Gegebenheiten einzustellen und durfte keinen Millimeter von meinem professionellen Vorgehen abweichen. Vor allem galt es, William aus meinen Gedanken zu verbannen.

Nun löste sich doch eine Träne aus dem Augenwinkel und rann über mein Gesicht. Das Wasser wusch sie weg und nahm das salzige Tröpfchen wie eine symbolische Geste mit in den Abfluss.

Als ich schließlich den Hahn zudrehte und aus der Dusche stieg, fühlte ich mich tatsächlich deutlich besser.

Ich schlang ein großes – rosafarbenes – Badetuch um meinen Körper und taxierte mich im Spiegel. Die dunklen Schatten unter den Wangenknochen traten stärker hervor als am Morgen. Es musste an der Reise liegen oder an dem hellen Licht, das mich von der Decke beleuchtete.

Normalerweise zählte zu meinen ersten Handlungen an einem neuen Ort, auszupacken und mich häuslich einzurichten. Im Laufe meiner Reisen war dies zu einem Ritual geworden, das ich heute allerdings durchbrechen würde.

Weder war ich zu faul noch zu hungrig – es lag an den Fotos. Drei aus der gerahmten Bildersammlung, die ich stets mitnahm, weil sie mir Heimeligkeit vermittelten, fehlten. Ein Porträt von William, William und ich im Abendrot an einem Sandstrand, Cathy mit mir am Unicampus auf einer Parkbank sitzend.

Ich verließ das Badezimmer, öffnete den Koffer, zog die

Toilettentasche heraus und ging zurück. Erst föhnte ich mir das Haar, dann legte ich ein dezentes Freizeit-Make-up auf. In Seattle schminkte ich mich auf diese Weise für sportliche Aktivitäten, hier erschien es mir genau richtig – weniger ist in manchen Fällen mehr. Abgerundet mit Jeans, einem schwarzen Pulli und Turnschuhen fiel ich in der Gaststube bestimmt nicht auf. Wahrscheinlich besuchten ohnehin kaum Menschen das Lokal – es war Montag. Wer traf sich am Wochenanfang, wenn er keine Verpflichtung hatte?

Gerade als ich nach dem Handy griff, um Mia anzurufen, klopfte es an der Tür. Entweder Annabell Fitzgerald holte uns zum Abendessen ab, oder Mia war meinem Telefonat zuvorgekommen.

Ich öffnete und empfing eine strahlende Mia in einem roten Wollkleid, das ihre Rundungen betonte. Neben ihr sah ich aus wie eine graue Maus.

Von unten drang Musik und Stimmengewirr zu uns hoch. Allein wäre ich sofort umgekehrt und hätte mir das Essen aufs Zimmer bringen lassen.

»Hörst du das?«, fragte Mia mit einem breiten Grinsen. »So verschlafen, wie es zuerst schien, ist Glacy City offenbar gar nicht. Bist du fertig für unseren Auftritt, oder ziehst du dich noch um?«

»Wir können los«, antwortete ich knapp, verschloss die Tür und steckte den Schlüssel in die Gesäßtasche meiner Jeans.

Schweigend gingen wir den Flur entlang und stiegen die Treppe ins Erdgeschoss hinab. Über einen schmalen Gang gelangten wir in den Lokalbereich.

Ich verharrte und betrachtete das Treiben. Zwei Drittel der Tische waren besetzt, der Barbereich mit der langen Theke im vorderen Teil gut gefüllt. Einige Männer spielten Billard, und eine Gruppe hatte sich um die Dartscheibe versammelt.

»Setzen wir uns hierhin«, sagte ich rasch und zeigte auf die ersten beiden Barhocker, um Mia daran zu hindern, sich mitten ins Getümmel zu stürzen.

Annabell Fitzgerald stand mit in die Hüften gestemmten Armen auf der anderen Seite der Bar und unterhielt sich mit einer jungen Frau. Energisch schüttelte sie den Kopf, woraufhin sich die andere abrupt abwandte und zu dem Billardtisch lief. Einen Moment lang beobachtete Annabell die Männer, die sich sofort um die Frau scharten, dann drehte sie sich um und kam auf uns zu.

»Ms. ›Gilmore‹ und Ms. Mia!« Sie beugte sich über den Tresen. »Wie ich bemerke, hat Ihnen beiden die Dusche gutgetan. Jetzt essen Sie nur noch etwas Anständiges, und Sie fühlen sich wie neugeboren. Es gibt gegrillten Lachs mit Kartoffeln oder Wild-Eintopf mit Maisknödeln. Was darf ich Ihnen zu trinken bringen?«

»Den Lachs, bitte, und ein Mineralwasser«, entgegnete ich und spürte, wie sich mein Magen regte. Hunger war ein gutes Zeichen. Seit dem unglücklichen Vorfall musste ich mich zum Essen förmlich zwingen.

»Und ich nehme den Eintopf und eine Cola.« Mia grinste. »Das wird mein erstes Wildgericht – ich bin mutig.«

Annabell zog die Brauen hoch. »Das ist keineswegs *mutig*, meine Liebe. Der Eintopf ist kräftig gewürzt. Ausschließlich mit Bier spült man ihn angemessen hinunter. Jede Widerrede ist zwecklos. Vertrauen Sie mir.« Sie nickte bekräftigend. »Ich gebe schnell in der Küche Bescheid und bin gleich wieder da.« Temperamentvoll stieß sie eine Schwingtür auf, die sich in der Mitte hinter dem Tresen befand, und verschwand.

»Geht es dir gut?«, fragte Mia leise.

Natürlich wusste ich, worauf sie anspielte. »Ach, ich schwebe ein bisschen im luftleeren Raum. Das Ganze ist so …« Bevor ich weitersprechen konnte, sprang die Tür auf, und Annabell erschien. In der Hand hielt sie zwei dampfende Teller.

»Achtung! Heiß und frisch!« Sie stellte die Speisen vor uns ab und holte Servietten und Besteck unter dem Tresen hervor. Aus einer Kühllade zog sie je eine Flasche Mineralwasser und Bier heraus. »Das aus dem Zapfhahn wird Ihnen zu herb sein, Mia«, erklärte sie. »Ich trinke es auch nicht, aber den Männern schmeckt das Gebräu.«

Vom Billardtisch her ertönte Gelächter. Annabells Kopf ruckte hoch und verharrte in der Bewegung. Nur zögerlich löste sie sich aus ihrer Starre.

»Entschuldigung. Wo bin ich bloß mit meinen Gedanken?«, murmelte sie, entfernte die Verschlüsse von den Flaschen und gab uns zwei Gläser.

»Das ging ja flott.« Mia spitzte die Lippen. »So einen Service würde ich gern mal in Seattle erleben.«

»Ich habe ein wenig geschummelt.« Annabell zeigte auf zwei Männer, die an einem Tisch saßen. »Eigentlich war das deren Bestellung, Sie – Ms. Loreley, Ms. Mia – sind jedoch heute meine Ehrengäste. Fred und Bobby müssen warten. Sehen Sie, welchen Wanst die vor sich her tragen? Allein von dem Fett da drinnen ernähren sie sich eine Woche lang. Lassen Sie es sich schmecken.« Sie nickte und steuerte mit Riesenschritten auf den Billardtisch zu.

Ich hob Messer – kein Fischmesser – und Gabel auf und kostete. Der Lachs war auf den Punkt gebraten und ausgewogen gewürzt.

Mia, die es mir gleichgetan hatte, stieß einen genießerischen Laut aus. »Himmlisch! Ich ahne, was Annabell mit dem Bier dazu meinte.« Sie trank einen kräftigen Schluck. »Ja, allemal. Cola wäre wirklich die falsche Wahl gewesen.«

Ehe ich antworten konnte, trat ein großer, muskulöser Mann auf uns zu. Sein Schädel war kahl rasiert, und er trug einen Dreitagebart.

»Zwei schöne Frauen ohne Begleitung im Lokal hat Seltenheitswert. Seid ihr auf der Durchreise, oder hat euch der Himmel zu mir geschickt? Ich bin Frank. Wie heißt ihr?«

Mia stellte das Glas ab und musterte ihn.

Ich war froh, dass sie es offenkundig übernahm, etwas zu erwidern. Hoffentlich reagierte sie richtig. Mein Plan für den Abend enthielt keinen Flirt mit diesem Frank. Erst mochte ich in Ruhe essen und dann den Ablauf des morgigen Tages besprechen.

Wie aus dem Nichts tauchte plötzlich Logan Finnley neben uns auf. »Das sind Ms. Creed und Ms. Thompson von WWS Industries. Hau ab, Frank, sonst verpasse ich deiner Truppe eine Extraschicht am Samstag.« Er deutete mit dem Kinn in Richtung des Billardtischs. »Die Jungs warten auf dich. Macht euer Spiel fertig, danach sind nämlich Ms. Thompson und ich an der Reihe.« Er deutete eine Verbeugung an, gesellte sich wieder zu einigen Leuten an die Bar und griff nach einer fast leeren Bierflasche.

Logan hatte keine vier Meter von uns entfernt gestanden. Warum war er mir nicht aufgefallen? Besser sollte ich wohl fragen, warum wir ihm zuvor nicht aufgefallen waren. Dass er uns nicht hatte stören wollen, wäre mir als Vorwand zu billig. Es dauerte dreißig Sekunden, ein »guten Abend« auszutauschen.

Woher nahm er im Übrigen das Recht, sich in unsere Angelegenheiten einzumischen? Definitiv hatte ich kein Interesse daran gehabt, mich mit Frank zu unterhalten, doch das konnte Logan nicht wissen. Es war nicht an ihm, zu entscheiden, wie und mit wem Mia und ich unsere Zeit verbrachten.

»Stört es dich, wenn ich ein Spielchen mit Logan wage?«, erkundigte sich Mia. »Ich weiß, wir haben noch über morgen zu reden.«

»Nein, selbstverständlich nicht«, sagte ich. »Sicherlich benötigen wir nicht länger als zwanzig Minuten, nur ein paar Abstimmungsfeinheiten basierend auf den Gegebenheiten. Die schaffen wir hinterher locker.«

Während ich mich erneut dem Essen widmete, sinnierte ich.

Bei Alleingängen lag es an mir, die Balance zwischen Abstand und Nähe zu finden. Ich durfte nicht zur Freundin werden, genauso wenig meine Position allzu stark hervorkehren und zum Feindbild mutieren. Unter uns Prozessoptimierern nannten wir dieses ungeschriebene Gesetz kurz NFF – nicht Freund, nicht Feind.

Dieses Mal hatte ich Mia an meiner Seite. Sie war ein fröhlicher und offenherziger Mensch, wodurch sich die Ausgewogenheit nahezu automatisch zwischen uns beiden ergab.

Meiner momentanen Gefühlswelt folgend, würde es mir nicht schwerfallen, die unangenehme Rolle des »bösen Cops« zu übernehmen. Mia wiederum verkörperte den »good guy« schlechthin – eine Win-win-Situation für uns beide. Ich war nicht gezwungen, mich ständig zu verstellen, und Mia handelte frei gemäß ihrem Naturell.

Je länger ich über die Idee nachdachte, desto besser gefiel sie mir. Tatsächlich bot sich auf diese Weise die Möglichkeit, dem Diebstahl von zwei entgegengesetzten Seiten näher zu kommen. Wie Logan Finnley damit umging, Zuckerbrot und Peitsche in einem zu verspüren, würde zudem einen Hinweis auf seine Führungsqualitäten geben. Schließlich musste ich diesen Teil des Projekts isoliert und unabhängig von dem Verbrechen beurteilen. Der Verdacht gegen Logan war da, allerdings nicht bestätigt.

Ich legte das Besteck seitlich auf dem Teller ab. »Mir ist gerade eine Taktik eingefallen, die wir anwenden könnten.«

Mia schmunzelte. »Du meinst doch nicht etwa, ich soll mich mit den Leuten hier anfreunden, während du die Icelady mimst?«

Ich blickte sie erstaunt an. »Habe ich mich durch irgendetwas verraten, oder liest du meine Gedanken? Zwar hätte ich es anders formuliert, aber zusammengefasst will ich exakt darauf hinaus.«

»Ach, du weißt, dass ich eine exzellente Beobachterin bin.« Mias Schmunzeln wurde breiter. »Die Idee ist gut, und ich wäre auf der Stelle dabei. Dein Geistesblitz wird jedoch nicht funktionieren.«

»Und warum?«

»Weil dich die Menschen hier schneller umkrempeln werden, als du es selbst registrierst. Springst du in den Duwamish River, wirst du von der Strömung unweigerlich mitgezogen. Egal, wie sehr du dich bemühst, gegen sie anzuschwimmen.«

Ich verdrehte die Augen. »Abgesehen von der Tatsache, dass ich niemals in den Duwamish River hüpfen und zwischen den Lastkähnen herumpaddeln würde, klingt deine Aussage mehr wie eine Prophezeiung als wie deine Meinung.«

»Oh, das ist sie auch.« Mia schob ihren bereits leeren Teller ein Stück zurück und rutschte vom Barhocker. »Jetzt inspiziere ich mal den Billardtisch und schaue, wie die Kugeln rollen. Ich möchte gewinnen.«

KAPITEL 7

Loreley

Gerade waren wir mit der Besichtigung des Sägewerks fertig geworden und gingen auf das Bürogebäude zu. Es handelte sich um einen lang gestreckten, ebenerdigen Bau mit abgeschrägtem Dach.

Logan Finnley hatte sich dezent im Hintergrund gehalten und die Erklärungen fast vollständig dem Leiter des Sägewerks, Robert Bley, überlassen. Der rüde Tonfall des Mannes behagte mir persönlich zwar nicht, doch er führte das Sägewerk gewissenhaft, und seine Mitarbeiter schienen ihn in gleichem Maß zu respektieren wie zu mögen.

Nun war ich allerdings schon auf die beiden Damen im Backoffice gespannt: Hilary Montgomery und April Fitzgerald.

Während Mia gestern mit Logan Billard gespielt hatte – ein Sieg war an sie und einer an ihn gegangen –, hatte sich Annabell zu mir gesellt und mir einiges über die Menschen in Glacy City erzählt. Jetzt wusste ich beispielsweise, dass Hilary Montgomery mit dem hiesigen Arzt verheiratet war, der seine Sätze offenbar mit Sprichwörtern, Metaphern und Ähnlichem spickte. Obwohl die Information für den Auftrag nicht von Belang war, fand ich sie interessant und war neugierig, Doktor Montgomery einmal kennenzulernen.

Dass es sich bei der jungen Frau, mit der Annabell abends an der Bar sichtlich erregt geredet hatte, nicht um eine zufällige Nachnamensgleichheit oder um eine entfernte Verwandte handelte, sondern um ihre einundzwanzigjährige Tochter April, behagte mir hingegen weniger.

Wie ich aus den Unterlagen erfahren hatte, arbeitete April seit knapp drei Jahren als Buchhalterin bei Hofstetter Wood. Kaum war es möglich, in dieser Funktion nichts mit den Unstimmigkeiten zu tun zu haben. Überhastet urteilen wollte ich jedoch nicht. Erst mussten Mia und ich den gesamten Ablauf des Betriebs ergründen, um in dem Diebstahlsfall konkret eingreifen zu können.

»Ms. Creed!« Logan Finnley, der einige Schritte hinter mir gewesen war, kam an meine Seite. In der Hand hielt er sein Handy. »Charly Carven schafft es leider nicht zu Ihrer Vorstellung. Ein Baum hat sich beim Sturz falsch gedreht und liegt ungünstig. Wenn die Räumung nicht sofort startet, steht an dem Platz alles still.«

Das Programm für unsere erste Woche in Glacy City war seit Langem fixiert, und ich hatte es Logan via E-Mail übermittelt. War es ein Zufall, dass ausgerechnet kurz vor Beginn meines Meetings ein Problem auftauchte? Dass bereits vor dem ersten Meeting etwas schieflief? Auf die Schnelle fiel mir keine vernünftige Erklärung ein, warum Logan Finnley ein Aufeinandertreffen mit Charly Carven verhindern mochte. So oder so würde ich ihn früher oder später kennenlernen und mich mit ihm unterhalten.

»Schade. Aber natürlich, das geht vor«, entgegnete ich und ermahnte mich im Stillen zur Ausgewogenheit.

Die besondere Aufgabe dieses Projekts brachte es automatisch mit sich, dass ich viele Aussagen Logan Finnleys und jede Abweichung skeptisch beäugen und für mich hinterfragen würde. Ständige Wachsamkeit und Umsicht waren demzufolge meine Begleiter, doch durfte ich ihretwegen nicht in ein paranoides Verhalten verfallen.

Im Laufe meiner Karriere hatte ich bereits einige kleinere Delikte von Einzelpersonen aufgedeckt. Ein Verbrechen dieser Größenordnung war allerdings neu für mich, und es gestaltete sich – wie ich gerade bemerkte – nicht einfach, die Balance zu finden.

Logan zog die Eingangstür des Gebäudes auf und vollführte eine einladende Handbewegung. »Bitte, kommen Sie herein.«

Ich sah mich nach Mia um, die sichtlich in ein intensives Gespräch mit Robert Bley vertieft war und erst den halben Platz überquert hatte. Also trat ich ein.

Bei dem bestimmt über dreißig Quadratmeter großen Raum handelte es sich um eine Kombination aus Diele und Aufenthaltsbereich. Links prangte eine riesige Sitzecke aus schwarzen abgewetzten Ledermöbeln, daneben stand ein hoher Side-by-Side-Kühlschrank. Auf der gegenüberliegenden Seite war eine lang gestreckte Wandgarderobe. Drei braune Holztüren führten wahrscheinlich zu den Büros.

Logan öffnete die rechte Tür. »Früher war das Ethans Reich. Ich bin erst kürzlich umgezogen – auf Befehl von Hilary. Es war seltsam, das Büro des eigenen Chefs zu übernehmen. Die ersten Tage bin ich mir wie ein Eindringling vorgekommen.«

Der Exkurs in seine Gefühlswelt erstaunte mich. Es waren die ersten persönlichen Worte, die Logan an mich richtete.

»Das verstehe ich«, erwiderte ich knapp und hängte meinen Parka in die Garderobe. Normalerweise war ich eine ausgezeichnete Small Talkerin, doch gerade versagte ich kläglich.

Mias und Robert Bleys Ankunft rettete mich aus der unangenehmen Lage.

»Du wirst es nicht glauben, Loreley! Mr. Bley züchtet Nymphensittiche«, rief Mia mir schon von der Schwelle aus zu. »Ich habe für meine Süßen ein paar wertvolle Tipps erhalten. Beispielsweise hatte ich keine Ahnung, dass die meisten eine Dusche aus der Sprühflasche genießen. Das muss ich unbedingt meiner Mutter schreiben. Sie soll es ausprobieren.«

Auf den Lippen des grobschlächtigen Mannes erschien ein warmes Lächeln. »Ich habe nur eine kleine Zucht mit acht Tieren, aber sie sind mein ganzer Stolz.«

Natürlich wusste ich, dass Mia zwei Nymphensittiche besaß. Im Trubel der Vorbereitungen hatte ich sie jedoch nicht einmal gefragt, wer ihre Tiere betreuen würde. Nun kannte ich die Antwort.

»Robert hat eine Art Wintergarten direkt an sein Haus gebaut, wo die Vögel leben«, erklärte Logan. »Im Sommer tauscht er einige Glaselemente gegen Gitter und hat somit eine Voliere. Lade Ms. Thompson doch zu dir ein, Robert.«

»Längst erledigt«, sagte Mr. Bley. »Fangen wir dann an? In circa zwei Stunden kommt eine Lieferung aus dem Dreier-Camp und gleich darauf eine von der Fünf. Wenn ich bis dahin nicht wieder drüben bin, sind die Idioten heillos überfordert. Außerdem trödeln sie ohne Arschtritt herum.«

Logan nickte. »Klar, legen wir los.« Er betrat sein Büro, und wir folgten ihm.

An ausreichend Platz mangelte es auch in diesem Raum nicht. Trotz des gigantischen Schreibtischs, einem Besprechungstisch mit sechs Stühlen und einer kleineren Ausgabe der schwarzen Garnitur stand noch genügend Freifläche zur Verfügung.

Logan setzte sich an die Längsseite des Tischs und wies auf den Stirnplatz neben ihm. »Ms. Creed? Sie führen das Meeting.«

Ich nahm Platz und winkte Mia an meine Seite.

In diesem Moment wurde eine Tür geöffnet, die sich unauffällig zwischen den Wandregalen befand, und zwei Frauen erschienen.

Während die ältere auf mich zueilte und mir die Hand entgegenstreckte, verharrte die junge Frau und senkte den Kopf.

April Fitzgerald hatte ich bereits aus der Entfernung im Lokal gesehen, aber Hilary Montgomery begegnete ich zum ersten Mal. Da die Personalakten keine Fotos beinhalteten, war ich nicht auf ihr Äußeres gefasst und musste mit aller Kraft meine Verblüffung verbergen. Vor mir stand eine fünfzigjährige Frau im Punkerstyle.

Das rabenschwarz gefärbte Haar trug sie kurz und zeigte

ihre Ohren, an deren Muschelrändern mehrere Ringe hingen. Sie hatte tiefrot geschminkte Lippen, und ihre Augen waren dick mit schwarzem Kajal umrandet. Im Nasenflügel steckte ein Piercing. Ein hautenger schwarzer Rollkragenpulli, schwarze Jeans mit Nietengürtel und Dr. Martens rundeten das Bild ab.

Nachdem Hilary auch Mia begrüßt hatte, die ihr Erstaunen nicht gänzlich kaschieren konnte, setzte sie sich und zog April am Ärmel ihres Pullis auf den Nebenplatz.

Ich wartete einige Sekunden und nickte. Auf Mias und meine Vorstellung sowie langatmige Begrüßungsworte würde ich verzichten. Jeder in diesem Raum kannte unsere Namen sowie unsere Aufgabe. Eine knappe Einführung reichte völlig aus.

»Wie Sie sicherlich informiert sind, beschäftigt sich WWS Industries – das erste W steht für ›world‹, das zweite für ›wind‹ und das S für ›sun‹ – mit allen Formen etablierter sowie innovativer Energien plus einiger Randbereiche. Um Stabilität und Wachstum zu gewährleisten, integrieren wir laufend vorrangig kleinere und mittelständische Betriebe in unseren Konzern.« Ich faltete die Hände. »Nach der Übernahme wird die Prozessoptimierung eingeschaltet, um das System des jeweiligen Unternehmens aufzunehmen und unseren Richtlinien anzupassen. Dafür bin ich zuständig.« Kurz pausierte ich, um den Anwesenden Gelegenheit zu bieten, Fragen zu stellen. Da sich niemand meldete, sprach ich weiter. »Ich möchte betonen, dass Hofstetter Wood für WWS Industries einen großen Stellenwert hat. Nicht nur Holz als wichtige Energiequelle tritt dabei in den Vordergrund, sondern sämtliche Domänen der Holzindustrie, die Hofstetter Wood in seiner Produktion eingerichtet hat. Das mannigfaltige Programm eröffnet interessante Möglichkeiten.«

Hilary hob die Ellbogen, als würde sie sich für ein Schießduell bereit machen. »Logan sagte uns, Sie werden rund vier Monate in Glacy stationiert sein. Was tun Sie in der ganzen Zeit? Zerlegen Sie uns und schauen, wo Personal gespart werden kann?«

Wenn sie auch selten so unverblümt aufgeworfen wurden, gehörten derartige Äußerungen zum Standard. »Wir beginnen mit der Prüfung sämtlicher innerbetrieblicher Abläufe. Das reicht von der Ablage bis zum EDV-System und dem Verhalten am Telefon. Einkauf und Verkauf, Buchhaltung, Personalwesen, querdurch. Ziel ist es, eine optimale Struktur zu schaffen und letztlich ein ausgeklügeltes Qualitätsmanagementsystem inklusive passender Corporate Identity einzuführen. Darüber hinaus eruieren wir den Istzustand der Produktion. Gemeinsam mit der Fachabteilung in Seattle wird über Investitionen und Erweiterungen entschieden. Während des gesamten Prozesses achten wir stets auf die geeignete Ausnutzung der Personalressourcen. Bei Bedarf werden spezifische Schulungen durchgeführt.«

»Das heißt im Klartext, entweder April oder ich verlieren den Job, und die Überlebende hat sich mit einer neuen EDV herumzuschlagen«, konterte Hilary. »Müssen einige aus dem Sägewerk und Holzfäller ebenfalls dran glauben?«

Es wurde höchste Zeit, Mrs. Montgomery den Wind aus den Segeln zu nehmen. Automatisch dachte ich an ihren

Mann, der nach Aussage Annabells allzu gern Sprüche und Phrasen verwendete.

»Ich kenne das von Ihnen genutzte EDV-System. Laut unserer IT gibt es eine Schnittstelle zur Konzern-EDV. Diesbezüglich wird sich nichts verändern. Grundsätzlich soll Hofstetter Wood auch in der momentanen Größe bestehen bleiben, ein Ausbau ist jedoch möglich. Im Bereich des Backoffice, Mrs. Montgomery, erscheinen mir zwei Innendienstmitarbeiterinnen nicht ausgewogen.«

Ich sah den Schrecken, der jäh in ihren Augen aufflammte. Darauf nahm ich jetzt allerdings keine Rücksicht. Sie hatte als Erste Widerstand gezeigt und war damit zu meinem Bauernopfer geworden.

Eine Person am Anfang in die Schranken zu weisen, hinterließ bei den anderen Spuren. In Zukunft würde jeder gut überlegen, bevor er falsche Vermutungen und Behauptungen darbrachte.

Vielleicht war der kleine Trick nicht ganz fair, aber effektiv. Schlechtes Gewissen hatte ich jedenfalls keines, zumal ich ihn nicht bei Menschen anwandte, die echte Furcht zeigten. Wie der eine tatsächliche Angst um seine Existenz hatte, wollte sich der andere nur querlegen und demonstrieren.

»Wir sind also wirklich zu viele im Büro?«

Ich lächelte verbindlich. »Nein, Mrs. Montgomery, zu wenige. Doch die Zeit ist noch nicht reif für eine solche Entscheidung.«

Nun schien Hilary erst recht fassungslos. Kurz starrte sie mich an, dann sagte sie: »Glacy ist keine Großstadt, und gutes Personal wächst nicht auf den Bäumen. Setzen Sie mir bloß keine Ahnungslose vor die Nase. Das haben der Grünschnabel und der Alte zu unserer Entlastung auch schon erfolglos probiert. April und ich arbeiten hart, aber kommen durch.«

Bei »dem Alten« und »dem Grünschnabel« musste es sich um Ethan Hofstetter und Mr. Finnley handeln. Mein Blick schwenkte zu Logan.

Er nahm die schmähliche Bezeichnung mit einem breiten Grinsen schweigend hin.

Nun gut, dachte ich. Demzufolge brauchte ich ebenfalls nicht darauf zu reagieren. »Haben Sie weitere Fragen?«, erkundigte ich mich.

Hilary und Robert schüttelten den Kopf, April blieb in ihrer apathischen Haltung, und Logan verhielt sich ruhig – in seiner Position als Geschäftsführer und Vertreter von Hofstetter Wood ein angemessenes Vorgehen. Wollte er etwas wissen, würde er mich persönlich kontaktieren.

Ich lehnte mich zurück und öffnete die Arme. »Dann bitte ich jetzt meine Kollegin Mia Thompson zu Wort. Sie wird die kaufmännische Revision fast vollständig übernehmen und Ihnen einiges zum Ablauf sagen.«

Während Mia zu referieren begann, beobachtete ich unauffällig April Fitzgerald. Noch vermochte ich nicht zu eruieren, ob sie schüchtern, verängstigt oder schlicht abgebrüht war.

KAPITEL 8

Annabell

Annabell stellte die beiden Teller mit der dampfenden Lasagne vor Loreley Creed und Mia Thompson ab und überlegte, wie sie mit ihnen ins Gespräch kommen könnte.

Während sie die Bindung zu ihrer Tochter verloren hatte, waren die beiden jeden Tag mit April im Büro zusammen. Noch war sich Annabell nicht im Klaren darüber, was sie sich von dieser Verknüpfung erhoffte, doch die Unruhe in ihr stieg zusehends und damit das Gefühl, etwas unternehmen zu müssen. Vielleicht würden Ms. Creed und Ms. Thompson auf ihre Bitte hin positiv auf April einwirken.

Es lag ihr fern, die zwei Frauen auszunutzen – sie waren stets höflich und angenehme Gäste –, aber die Situation verlangte Maßnahmen. April und sie redeten mittlerweile nicht einmal mehr miteinander. Die einzige Kommunikation bestand aus Anschuldigungen, Vorwurfen und Abwehr seitens April.

»Sie beide wollen morgen wirklich in ein Camp hochfahren?«, fragte Annabell.

»Nur ich«, sagte Loreley. »Mia bleibt im Büro. Es gibt viel zu tun, und wir teilen uns auf.«

»Vorhin ist eine Wetterwarnung für unsere Gegend hereingekommen. Wir rechnen mit starken Regenfällen, die wahrscheinlich in Schnee übergehen werden. Logan hätte die Besichtigungen gleich nach Ihrer Ankunft organisieren sollen.«

»Oh, Mr. Finnley kann nichts dafür«, erwiderte Loreley. »Den Plan habe ich aufgestellt. Er wäre allerdings ohnehin nicht veränderbar gewesen, weil das Prozedere vor allem am Beginn starr verläuft.«

Mia nickte. »Zudem hat mich Loreley in die Prüfabläufe eingeführt. Da Alaska erst mein zweiter Außeneinsatz ist, drücke ich quasi die Schulbank. Normalerweise bin ich in Seattle und arbeite von dort aus für Loreley, wenn sie auf Tour ist.«

»Verraten Sie das bloß nicht Hilary«, entgegnete Annabell. »Sie würde sofort versuchen, die Kontrolle an sich zu reißen. Ich sage das nicht laut über meine Freundin, doch steht sie allzu gern im Mittelpunkt. Was meinen Sie, warum sie sich so komisch kleidet und fünf Ringe an jedem Ohr trägt?« Sie wandte sich Loreley zu und schmunzelte. »Ich hörte, dass Sie Hilary bei Ihrer Einstiegsrede mächtig zurechtgewiesen haben.«

Annabell beobachtete, wie Loreley die Lider senkte und ein verschämter Ausdruck über ihr Gesicht huschte. War ihr die Bemerkung peinlich?

»Mrs. Montgomery ist eine überaus routinierte Bürokauffrau. Letztlich wird sie mit der Optimierung zufrieden sein«, erwiderte Loreley schließlich.

Diplomatisch ist sie jedenfalls, dachte Annabell und fasste sich ein Herz. »Und … wie macht sich meine Tochter?« Endlich war heraus, worauf sie eigentlich abzielte.

»Sie erledigt ihre Aufgaben akribisch«, antwortete Mia, und fügte nach einer atemzuglangen Pause hinzu: »April ist ziemlich still. Eine richtige Unterhaltung habe ich mit ihr noch nicht geführt.« Sie hob die Hand. »Verstehen Sie mich bitte nicht falsch, Annabell. Still, aber freundlich und zuvorkommend.«

Hatten Mia und Loreley gerade einen heimlichen Blick ausgetauscht? Gab es tatsächlich nichts weiter über April zu berichten, oder hielten sie etwas zurück? Automatisch sah Annabell zu ihrer Tochter hinüber, die mit Frank und einigen seiner Männer Darts spielte.

Warum begriff April nicht, dass sie sich bloß um sie sorgte? Seit ihrer Geburt war Annabell verantwortlich für Aprils Sicherheit und Glück. Dieses Bewusstsein ließ sich nicht einfach wegen des voranschreitenden Alters eines Kindes ausschalten.

Vielleicht hing sie deshalb so sehr an den *Gilmore Girls*, weil sie sich mit der Hauptdarstellerin identifizierte. Lorelai Gilmore war eine alleinerziehende Mutter, die ein Hotel führte – im Grunde wie sie selbst. Auch die Tochter in der Serie hatte nie Schwierigkeiten bereitet. Sie war eine eifrige Schülerin gewesen, fröhlich und gewissenhaft. Kaum der Mädchenzeit entwachsen, kam es jedoch zu ständigen Reibereien.

Und was hatte zu den ewigen Diskussionen geführt?

Die falschen Kerle! Dass sich die zu ordentlichen jungen Männern entwickelten, schob Annabell beiseite. Das hier war das echte Leben, und ein Frosch wurde nur in Filmen und Märchen zum strahlenden Prinzen.

Ein beißender Ärger stieg in ihr hoch. Dieser Frank war kein guter Umgang. Warum erkannte April das nicht? Alles lief verkehrt, wenn die Tochter den gleichen Fehler beging wie die Mutter.

Verstohlen musterte Annabell die beiden Frauen aus Seattle. April könnte sich von Loreley und Mia eine Menge abschauen. Sie waren erfolgreich, gebildet, und bestimmt führten sie solide Partnerschaften. Obwohl sich Loreley deutlich reservierter verhielt als Mia, fand Annabell sie gleichermaßen sympathisch. Es war eine Sache des Typs und sicherlich auch der Position bei WWS Industries, warum sie unterschiedlich auftraten.

April hatte das Zeug dazu, einen ebensolchen Weg einzuschlagen und damit einem tristen Schicksal zu entrinnen. Wünschte sich ihre Tochter nicht genauso, einmal in einem hübschen Haus zu wohnen und einen liebevollen Mann zu haben?

Jäh schnaubte Annabell auf. Frank hatte gerade von hinten seine Arme um April gelegt, während sie mit dem Pfeil auf die Scheibe zielte.

»Entschuldigen Sie mich bitte kurz«, murmelte Annabell und eilte mit Riesenschritten auf die Gruppe zu.

Das war zu viel!

In einem Abstand von zwei Metern zu den Spielenden blieb sie stehen. »April!«

Ihre Tochter verdrehte die Augen, löste sich dann aber doch anstandslos von ihrem Platz. »Was ist, Mama?«

Schnell nahm Annabell April an der Hand und dirigierte sie in Richtung des Ausgangs. Für das, was sie zu sagen hatte, brauchte sie keine Zuhörer. »Wie oft habe ich dir geraten, dich von diesen Kerlen fernzuhalten?«

Schon als sie sprach, wusste sie, dass sie eine schlechte Einleitung gewählt hatte. Auf diesen anschuldigenden Befehlston konnte April nur mit Ablehnung reagieren. *Warum schaffe ich es nicht, Verständnis zu zeigen, und erkläre ihr meine Beweggründe?*, dachte Annabell und gab sich auf der Stelle die Antwort: *Weil sie meine Geschichte kennt und fähig ist, eins und eins zusammenzuzählen.*

»Ich bin alt genug und weiß, was ich tue«, zischte April. »Lass mich also in Ruhe, Mama.«

»Ach, ich meine es doch nicht böse. Sieh dir die beiden Damen aus Seattle an. Sie würden sich nie mit derartigen Mannsbildern umgeben. Außerdem hat dein toller Frank gleich am ersten Abend versucht, mit Loreley und Mia zu flirten.« *Und schon wieder steige ich mitten in die Scheiße.*

»Er ist nicht *mein toller* Frank. Und zu den Damen – wie du sie nennst – habe ich einen eigenen Standpunkt. Von früh bis spät sitzen sie im Büro und quälen uns. Jedes blöde Blatt Papier wollen sie haben und fragen uns aus, als wären wir Verbrecher. Die sollen abziehen.«

»Loreley und Mia machen nur ihren Job. Lerne besser von ihnen, als sie zu verdammen.«

April stöhnte auf. »Du bist in die beiden bloß so vernarrt, weil die eine so heißt wie die aus deiner doofen Serie. Warum fällt eine erwachsene Frau auf diesen *Gilmore*-Mist herein? Ehrlich, Mum, das ist voll lächerlich.«

Die Worte schnitten wie ein scharfes Messer in Annabells Herz. »Du erdichtest Dinge, die nicht korrekt sind. Ms.

Creed und Ms. Thompson sind nett und höflich – deshalb mag ich sie.«

»Ach was«, konterte April. »Das sind zwei aufgeblasene Tussen, die als Handlanger für einen Großkonzern herumgeschickt werden. Sie tun wichtig und arbeiten ihre Checklisten ab. In Wahrheit tappen sie im Dunklen. Glaubst du wirklich, dass sie etwas finden würden? Man müsste es ihnen vor die Füße werfen und extra drauf zeigen.«

Annabell runzelte die Stirn. Was meinte April? Gewiss plapperte sie einfach dahin, wie so oft in letzter Zeit. Weniger ging es um einen vernünftigen Inhalt als darum, sich gegen die Mutter aufzulehnen.

Wieder einmal lief das Gespräch in eine kontraproduktive Richtung, und sie hatte den Anstoß gegeben. »Schatz. Lass uns ...«

»Ich habe jetzt ein bisschen Spaß. Ob du ihn mir nun gönnst oder nicht.« April schob die Unterlippe vor, drehte sich abrupt um und eilte zurück zu der Gruppe. Sie stellte sich neben Frank und flüsterte ihm etwas ins Ohr.

Annabell ballte die Hände zu Fäusten. Wenn der Winter endgültig hereinbrach, würden Frank und seine Männer verschwinden. Dann kehrte der langersehnte Frieden ein.

KAPITEL 9

Loreley

Ich erklomm den äußersten Barhocker und unterdrückte ein Gähnen. Seit dem ersten Abend hatte ich noch nirgendwo anders im Lokal gesessen, und mittlerweile war dieser Hocker zu »meinem Platz« geworden – er gefiel mir. Ich war weit genug entfernt vom Geschehen, und wandte ich mich zur Seite, überblickte ich den gesamten Raum.

Gerade in meinem Beruf – andauernd weg von zu Hause und monatelang an fremden Orten – war es wichtig, kleine Routinen einzubauen. Sie gaben mir ein Gefühl der Beständigkeit und nahmen dem jeweiligen Aufenthalt das Fremdartige.

Annabell Fitzgerald goss Kaffee in eine Tasse und brachte sie mir. »Sie sind heute aber früh wach. Fast eine Stunde zeitiger als sonst. Wollen Sie schon Ihren Toast?«

»Das Pfeifen des Winds hat mich geweckt. Nein danke. Ich trinke erst mal den Kaffee und warte mit dem Frühstück auf Mia.«

Annabell tat einen Schritt in Richtung der Küchentür, drehte sich wieder um und neigte den Kopf. Auf einmal wirkte diese resolute Frau seltsam berührt.

»Ist alles in Ordnung, Annabell?«, erkundigte ich mich.

»Nun, na ja. Ich würde Sie gerne etwas fragen, weiß allerdings nicht, ob das angemessen ist.«

So hatte ich Annabell noch nie sprechen hören. Mein Eindruck hatte mich also nicht getäuscht.

»Nur zu«, erwiderte ich aufmunternd und ergänzte: »Wenn ich nicht offen Auskunft geben kann, sage ich es freiheraus.«

Annabell verschränkte die Arme, als wollte sie sich mit einer Schutzhülle umgeben. »Mias gestrige Worte über meine Tochter haben mich nachdenklich gemacht. Ist April im Büro niemals quirlig oder fröhlich? Lacht sie denn nicht mehr? Als Kind war sie ein Wirbelwind.« Annabell presste die Lippen aufeinander. »Momentan verstehen wir uns nicht besonders, und eigentlich möchte ich bloß erfahren, wie es ihr geht. Das ist alles.«

Um mir Zeit zu verschaffen, ergriff ich die Tasse und trank einen Schluck Kaffee. Was sollte ich entgegnen?

Ließ ich die Unstimmigkeiten in der Buchhaltung außen vor, hatte Mia Aprils Verhalten korrekt zusammengefasst. Dass weder Mia noch ich auf ausführliche Unterhaltungen mit April zurückblicken konnten, lag jedoch nicht allein an der jungen Frau. Auch Hilary Montgomery trug ihren Teil dazu bei. Sie verfügte über eine massive Präsenz und mischte sich überall ein. April geriet erst gar nicht in die Verlegenheit, auf unsere Fragen zu reagieren, weil Hilary immer schneller war.

Für unsere Sonderaufgabe erwies sich dieser Umstand als durchaus praktisch, weswegen Mia und ich nicht explizit gegensteuerten. Aprils Befangenheit verschaffte uns die

Möglichkeit, ohne jegliche Einschränkungen zu agieren. Säße sie uns im Nacken und würde versuchen, uns zu beeinflussen, wären wir deutlich langsamer.

»Tja, April scheint …« Ich stoppte. Leere Floskeln wollte Annabell nicht von mir hören. Aus ihr sprach die blanke Sorge um ihre Tochter. Und wenngleich ich selbst keine Mutter war, fühlte ich lebhaft mit ihr. »Über die fachliche Beurteilung Aprils darf ich nicht mit Ihnen reden, Annabell. Ohnehin ist sie längst nicht abgeschlossen. Darüber hinaus deckt sich mein Eindruck mit Mias. April ist sehr distanziert.«

Da mich Annabell weiterhin fixierte und nichts erwiderte, holte ich aus. Dafür nutzte ich meine vorigen Gedanken über Hilary. »Vorrangig liefert uns Mrs. Montgomery die Erklärungen zu Abläufen und Unterlagen, auch jenen, die an und für sich in Aprils Bereich fallen. Obwohl Hilary die Buchhaltung nicht betreut, weiß sie aufgrund ihrer langjährigen Erfahrung über alles zumindest in der Theorie Bescheid und kennt sämtliche Zusammenhänge.«

Endlich kam Bewegung in Annabells starre Miene. Erst zog sie die Brauen hoch, und ihre Mundwinkel begannen zu zucken, dann zeigte sie ein breites Grinsen.

»Eine höfliche Umschreibung für Hilarys dominante Art. Wenn sie mal stirbt, muss man ihre Klappe extra beerdigen. Sonst findet die arme Seele keine Ruhe und spukt durch die Nacht.« Kurz schwieg sie. »Lassen Sie sich weder von Hilarys Auftreten noch von ihrer grellen Schale täuschen. Sie ist ein herzensguter Mensch und eine Koryphäe im Job – das haben Sie aber bereits bemerkt. Nicht nur einmal hat sie mir bei meinem Papierkram geholfen und mir alles so lang erläutert, bis es in mir drinnen war. Hat sie Ihnen erzählt, dass sie aus New York stammt? Sie und der Doc haben sich seinerzeit am Broadway kennengelernt. Er war auf Sightseeing, und sie kaufte Theaterkarten. Laut Hilary hat sie sich auf der Stelle in den Doc und gleich bei ihrem ersten Besuch in Alaska verliebt. Sie hat ihr Studium geschmissen, irgendwas mit Kunst, und ist ihm blind gefolgt. Dass der Doc ein wunderbarer Mann ist und sich die beiden bis heute großartig verstehen, konnte Hilary damals nicht wissen. Nicht jede Frau hat solches Glück.«

»Da haben Sie recht. Leider enden Liebesgeschichten oft tragisch«, entgegnete ich versonnen.

Unweigerlich kam mir mein eigenes Schicksal in den Sinn, und wie es schien, Annabell das ihre. Eilig verdrängte ich den Schmerz und konzentrierte mich auf Hilary Montgomery. Mit Annabells Informationen formte sich ein neues Bild, das mich ihre Person besser begreifen ließ.

»In der Jugend begeht man so viele Dummheiten, und ehe man sich's versieht, ist das Schlamassel auch schon angerichtet.« Annabell winkte ab. »Ach, Loreley. Ich bin wirklich in Alarmbereitschaft wegen April. Würden Sie vielleicht … ein Auge auf sie haben und mir mitteilen, wenn Ihnen etwas Seltsames auffällt?«

Ein Schauer rann über meinen Rücken. Ahnte Annabell etwas von dem Betrug bei Hofstetter Wood und versuchte, über mich mehr herauszufinden?

»Was meinen Sie im Speziellen?«, fragte ich vorsichtig.

Obwohl wir die Einzigen im Lokal waren, beugte sich Annabell über den Tresen und flüsterte: »Ununterbrochen klebt April an diesem Frank. Ich kann ihn nicht ausstehen und sage Ihnen, dass mit dem etwas nicht astrein ist.«

Das war es also! Annabell sorgte sich nicht um ein Verbrechen, in das ihre Tochter verwickelt war, sondern um den falschen Mann an ihrer Seite. Wenngleich es gegen meine Tätigkeit sprach – jeder kleinste Hinweis auf die Unstimmigkeiten wäre hilfreich –, war ich erleichtert. Zudem stiegen Ärger und Mitgefühl in mir auf. Mitgefühl für Annabell, Ärger auf Männer. Aber wie sollte ich in meiner Situation anders empfinden?

»Ist das derselbe Frank, der Mia und mich an unserem ersten Abend hier angeredet hat?«, erkundigte ich mich, nun doch nicht ohne Eigennutz. Frank Smith stand auf unserer Verdächtigenliste, und eine persönliche Verbindung zu April war durchaus auffällig.

Annabell nickte. »Logan hat schon gewusst, warum er sofort dazwischenging. Ich möchte wetten, Frank ist ihm ebenfalls suspekt.«

Einen Moment lang schien sie abgelenkt. Ziellos wanderte ihr Blick durch den Raum, und ein Hauch von Wehmut lag in ihrem Gesichtsausdruck.

»Das Problem mit den Saisonarbeitern geistert wie ein Fluch durch die Generationen«, sagte Annabell schließlich. »Die meisten sind anständig, manchen von ihnen fehlt jedoch das Herz. Verstehen Sie, was ich damit meine, Loreley?«

Da es sich zweifellos um eine rhetorische Frage handelte, hob ich nur die Schultern und wartete auf eine detailliertere Ausführung.

Annabell sprach weiter. »Das sind allesamt kräftige, junge Männer, die gern trinken und feiern. Natürlich sind sie auch hinter unseren *Mädchen* her, die ihrerseits nicht abgeneigt sind. Bisweilen siedelt sich ein Holzfäller in der Gegend an und gründet eine Familie, andere reisen nach der Saison zu ihrem Winterjob, kehren im Frühling zurück oder arbeiten anderswo – der gewöhnliche Lauf des Lebens. Würde ich jeden des Lokals verweisen, der es mit der Liebe nicht ganz so ernst nimmt, müsste ich unseren Logan als Ersten hinauswerfen.« Sie stöhnte auf. »Leider ist Frank keiner von den *Netten*, sondern einer von den *Herzlosen*. Glauben Sie mir, ich entlarve diesen Typus innerhalb von zehn Sekunden. Sie klopfen große Sprüche und haben nur das Eine im Sinn. Um das zu erreichen, ist ihnen jedes Mittel recht. Ende der Saison verschwinden sie auf Nimmerwiedersehen und lassen die vermeintlich Angebetete tränenüberströmt, hoffend und vielleicht schwanger in Glacy sitzen.«

Energisch strich sich Annabell das Haar hinter die Ohren. »Der Beruf eines Saisonholzfällers ist hart, aber gut bezahlt. Und niemand will hören, wer man ist, woher man stammt und was man bisher getan hat. Ich möchte nicht wissen, wie viele eine Strafakte haben. Der verfluchte Frank schleppt sicher eine mit sich herum.«

Zwei Punkte hatten sich unvermittelt in meinem Kopf festgesetzt: die Möglichkeit, dass wir es eventuell mit gefährlichen Männern zu tun hatten, und der Name Logan in Zusammenhang mit der Liebe. Zweiteres verfolgte ich rein aus Neugierde. »Haben Sie gerade von Mr. Finnley geredet?«

Ein Lächeln huschte über Annabells Lippen. »Na, und ob. Er hält es mit keiner Frau lang aus. Für eine Weile dachten wir, Julia hätte ihn eingefangen. Doch dann war plötzlich Schluss.«

»Julia, die Schwester von Mat, dem Piloten?«, erkundigte ich mich weiter und versuchte, höflich anstatt übertrieben wissbegierig zu klingen.

»Ja, die. Ich persönlich vermute, er hat sein wahres Gegenstück einfach noch nicht gefunden. Logan braucht mehr als ein hübsches Gesicht. Schauen Sie sich die *Gilmore Girls* an, Loreley! Der Logan dort ist genauso, bis er auf seine Rory trifft.« Annabell zwinkerte mir zu, richtete sich aus ihrer vornübergebeugten Haltung auf und ging zu der Kaffeemaschine. Sie schenkte eine Tasse ein und stellte sie auf den freien Platz neben mir.

In diesem Augenblick wurde die Tür, die zu den Hotelzimmern führte, aufgezogen, und Mia erschien.

Sie musterte uns. »Nanu? Eine frühmorgendliche Konferenz. Ohne mich?«

Annabell grinste. »Guten Morgen, Mia. Setzen Sie sich. Ihr Kaffee steht schon da. Jetzt ist das Frühstück an der Reihe.« Sie stieß die Schwingtür zur Küche auf und verschwand.

»Worüber habt ihr euch unterhalten? Du wirkst irritiert«, sagte Mia leise.

»Nein, nein. Ich grüble nur, woher Mrs. Fitzgerald wusste, dass du jeden Moment kommen wirst. Sie hat den Kaffee für dich bereits eingeschenkt, als du noch auf der Treppe gewesen sein musst.«

»Worüber du in aller Früh dahinsinnierst!« Mia gähnte. »Die Antwort liegt nahe. Sie kennt ihr Haus in- und auswendig. Wahrscheinlich knarrt eine Stufe, wenn man darauftritt, oder etwas Ähnliches. Das ist aber nicht alles, oder?«

Verstohlen warf ich einen Blick zu der Schwingtür. »Am liebsten würde ich die heutige Tour zum Holzfällercamp abblasen und etwas in den Unterlagen prüfen. Annabell hat mich auf eine Idee gebracht.«

»Lass mich das übernehmen.« Mia nickte bestimmt. »Logan Finnley könnte deine Sinnesänderung falsch auslegen und glauben, du drückst dich wegen des Wetters vor dem Außeneinsatz.«

Automatisch sahen wir beide zu dem großen Fenster. Der Himmel zeigte sich in einheitlichem Dunkelgrau, und es regnete stark. Immer wieder wirbelten Böen die dicken Tropfen durcheinander.

»Diesen Eindruck soll er tatsächlich nicht erhalten. Schon so ist er selbstgerecht genug.« *Und nach Annabells Aussage zudem ein ausgemachter Chauvinist,* fügte ich in Gedanken hinzu.

Kurz schwieg ich und überlegte. »Mit dem Thema Rechnungslegung sind wir fast fertig. Führe es in aller Ruhe zu Ende, und nimm dir danach die Personalakten vor. Niemandem darf auffallen, dass wir diesen Punkt vorziehen. Am besten, du lenkst Hilary und April mit irgendeiner Aufgabe ab.«

»Keine Sorge, das ist easy«, erwiderte Mia prompt. »Und wen kontrolliere ich im Besonderen?«

»Allen voran die Leiter der beiden größten saisonalen

Holzfällertrupps, Frank und Brian, in der Folge den Chef der hiesigen Holzfäller, Charly Carven, Robert Bley aus dem Sägewerk, April Fitzgerald und Hilary Montgomery. Natürlich nimmst du dir auch Logan Finnley vor, obwohl wir dessen Akte bereits in Seattle begutachtet haben. Und schau, was du über Ethan Hofstetter aufstöberst.«

Mia lächelte verschwörerisch. »Wird erledigt. Sonst noch etwas?«

Ich nickte. »Versuche herauszufinden, ob du einen Rhythmus und Auffälligkeiten bei den Diebstählen entdeckst. Die Details erkläre ich dir am Abend. Dann gehen wir nämlich in Klausur.«

»Ich ahne, worauf du hinauswillst.« Mia hob ihre Tasse und trank einen Schluck Kaffee. »Verlass dich auf mich.«

»Das tue ich, wie immer. Und ich bin heilfroh, dass du hier bist.« Ich legte die Hand auf Mias Unterarm. »Sei bitte unbedingt vorsichtig und wachsam. Wir wissen nicht, wer hinter den Betrügereien steckt.«

Ehe Mia etwas entgegnen konnte, schwang die Küchentür auf, und Annabell erschien mit unserem Frühstück: ein Toast für mich, Spiegeleier für Mia.

Sie stellte die Teller vor uns ab und schenkte mir einen eindringlichen Blick. »Wegen meiner Bitte …« Annabell sah Mia und wieder mich an. Zögerlich sagte sie: »Es wäre nett, wenn niemand von meinem Anliegen erfahren würde. Ms. Thompson ist selbstverständlich ausgenommen.«

Keinesfalls wollte ich bei Annabell falsche Hoffnungen schüren oder ihr aus Höflichkeit etwas vorspielen. Demzufolge antwortete ich ehrlich und verhältnismäßig knapp.

»Mia und ich werden auf Ihre Tochter achten. Das verspreche ich.«

Sichtlich erleichtert ächzte Annabell. »Danke, vielen Dank! Das reicht mir völlig aus. So weiß ich April unter guter Aufsicht.« Sie stützte sich auf dem Tresen ab. »Heute Abend gebe ich einen aus. Und damit meine ich kein Glas, sondern eine Flasche. Jede Widerrede ist zwecklos.«

Mia schmunzelte. »Ich habe zwar noch keine Ahnung, worum es sich genau handelt, aber den einen oder anderen Drink nehme ich gerne aufs Haus und bedanke mich im Voraus.«

Wenngleich die Einladung meinen Plan für den heutigen Abend durcheinanderwarf, lehnte ich nicht ab. Vielleicht tat es sogar gut, die Arbeit und meine Situation für einige Stunden zu vergessen und den Kopf frei zu bekommen.

Mias begeisterter Gesichtsausdruck zeigte mir obendrein, dass ich ohnehin keine Chance hatte, mich dem Vorhaben zu entziehen.

KAPITEL 10

Logan

Logan schaltete die Scheibenwischer auf eine höhere Stufe und umklammerte das Lenkrad fester. Die Löcher der Waldstraße waren bereits mit Wasser gefüllt, und die Erde weichte sich stetig auf.

Hätte er bloß sein Vorhaben in die Tat umgesetzt und Loreley Creed empfohlen, die Besichtigungen der Camps zu Beginn ihres Aufenthalts durchzuführen. Im Grunde hatte er nur geschwiegen, um keine Abfuhr seines Vorschlags zu erhalten – eine reine *Ego-Sache*, die ihm jetzt absurd erschien. Ein einziger Seitenblick auf Loreley genügte, um zu begreifen, wie unwohl sie sich fühlte. Der Sieg war vermeintlich, zumal er nun selbst durch den Regen stapfen musste.

Und das Wetter wurde nicht besser. Schon gingen die Regentropfen in Schnee über. Logan rechnete fest damit, dass es in den nächsten Tagen weiter abkühlte. Dann wenigstens gefror der Boden, und man brauchte sich nicht mehr durch den Schlamm zu kämpfen.

»Wir rutschen aber ziemlich heftig hin und her. Ist das normal?«, fragte Loreley.

Logan hörte die Anspannung in ihrer Stimme. »Machen Sie sich keine Sorgen. Der Wagen ist für solche Situationen ausgerüstet. Sie sind es – offen gestanden – nicht.« Er konnte nicht anders, als die kleine Spitze anzubringen.

»Wie meinen Sie das, Mr. Finnley?«

Zweifellos war Loreley zu nervös, um entsprechend zu kontern. »Der Parka mit der Kapuze ist vorläufig in Ordnung. In Kürze werden Sie sich allerdings förmlich zu Tode frieren mit dem hübschen Ding. Die Temperaturen sinken rapide. Außerdem benötigen Sie dringend anderes Schuhwerk. Ihre Sneakers sind denkbar ungeeignet für unseren Ausflug – Gummistiefel mit gerippter Sohle hingegen wären ideal. Und sollten Sie keine Fellstiefel mitgenommen haben, kaufen Sie sich welche.« Kurz drehte sich Logan ihr zu. »Nichts für ungut, Sie befinden sich in Alaska.«

Eine Weile lang reagierte sie nicht. Schließlich sagte sie: »Ich werde dem Beautysalon wohl wirklich einen Besuch abstatten. Die Empfehlung habe ich schon bei der Ankunft von Mr. Hennings bekommen.«

»Ja, ich erinnere mich. Sie erwähnten es auf der Fahrt zum Lokal. Ich hatte den Eindruck, dass Ihnen Mats freundlicher Rat nicht gefiel. Alaska verlangt mehr als feines Leder, dünne Wolle und ein paar Daunen.« Logan folgte dem Bedürfnis, etwas Nettes hinzuzufügen. »Jetzt ist alles nass und matschig. Hat es erst einmal ordentlich geschneit, beruhigt sich das Wetter zumeist. Dann ist es zwar bitterkalt, aber sehr idyllisch. Man muss nur die Gegebenheiten annehmen und sich mit ihnen arrangieren.«

Aus dem Augenwinkel musterte er Loreley. Lebhaft malte er sich aus, wie drastisch die Veränderung auf sie wirkte. Dabei handelte es sich nicht allein um den Wechsel vom moderaten Seeklima Seattles in subpolare Gefilde, sondern genauso von der Stadt ins sprichwörtliche Niemandsland. Glacys ungeschminktes Aussehen war ihm deutlich bewusst geworden, als er Loreley und Mia bei ihrer Ankunft von Mat abgeholt und ins Lokal chauffiert hatte. Die Bestürzung hatte Loreley trotz aufrechtem Bemühen nicht verbergen können.

Obwohl er nie mit jemandem darüber geredet hatte, war ihm eine derartige Umstellung nicht fremd. Er selbst hatte Ähnliches nach seiner Studienzeit in Anchorage ausgefochten. Sich wieder an den Alltag in Glacy zu gewöhnen, hatte Wochen gedauert. Dabei war er hier aufgewachsen und während seines Aufenthalts in der Stadt häufig in der Heimat gewesen.

Erinnerte er sich zurück, hatte ihm jedoch nicht nur der Dorfcharakter zu schaffen gemacht. Die Menschen mit ihren bisweilen seltsamen Eigenarten und besonderen Ticks waren ebenso eine Herausforderung gewesen. Beseelt vom intellektuellen Umfeld an der Uni, waren ihm die Glacier einerseits zu unumwunden und auf der anderen Seite zu skeptisch erschienen.

Welchem Irrtum er aufgesessen war, hatte er damals rasch erkannt – und heute bestätigte sich das Trugbild abermals auf drastische Weise. Im Grunde war nämlich er der Einzige in Glacy, der Loreley Argwohn und blankes Misstrauen entgegenbrachte.

Julia und ihr immerwährendes Gewäsch zählten in diesem Zusammenhang nicht. Es lag in ihrem Gemüt begründet. Auch Hilary durfte er nicht einbeziehen. Sie rang maximal um ihren Platz auf dem Podest. Ethan hatte etwaige Rangeleien zwischen Hilary und Aprils Vorgängerin im Büro mit einem Augenzwinkern *Stutenbissigkeit* genannt.

Als Entschuldigung hatte Logan nur vorzutragen, dass ihm Loreley als Beauftragte von WWS Industries gefährlich werden konnte. Das erklärte jedoch bloß sein Misstrauen und nicht das abfällige Belächeln ihrer Probleme mit den klimatischen Bedingungen sowie ihrer gespreizten Art. War es tatsächlich sein angekratztes Ego, das sich dahinter verbarg?

Dabei hatte er ursprünglich große Hoffnungen mit der Übernahme verbunden. Ein Konzern wie WWS Industries verfügte über die Mittel, positiv auf die Abläufe einzuwirken und den Betrieb voranzutreiben. Ein Unterfangen, das er als absolut notwendig erachtete. Hofstetter Wood war noch lang nicht am Limit angelangt und hatte das Potenzial, mit dem richtigen Partner zu einem weitaus fruchtbareren Unternehmen aufzusteigen.

Unmerklich stöhnte Logan auf. Womöglich hatte er in seiner ersten Aufregung den falschen Weg gewählt. Loreley Creed gegen sich aufzuhetzen, stürzte ihn schlimmstenfalls tiefer in die Misere als jedes Geständnis. Fand er hingegen ein gutes Einvernehmen mit ihr, wandelte sie sich von einer Gegenspielerin vielleicht in eine Unterstützerin.

»Wenn Sie wollen, fahren wir nach der Inspektion bei Tara vorbei«, sagte er. »Ich stelle sie Ihnen vor und helfe bei der Auswahl, sofern Tara das zulässt.«

»Ja, bitte.«

Sowohl die Zustimmung als auch die Knappheit ihrer Worte veranlassten Logan, sie erneut zu betrachten.

Wie gebannt starrte Loreley auf die Straße. Ihre rechte Hand umklammerte den Türgriff und die linke den Gurt.

Ein Gefühl des Mitleids durchflutete ihn, zugleich spürte er einen Hauch von Schadenfreude in sich aufsteigen. Zeigte die Natur ihre Krallen, war es vorbei mit dem Selbstbewusstsein, den Instruktionen und Anordnungen. Nun brauchte sie ihn, um sicher an ihr Ziel zu gelangen.

Er besann sich auf das Mitleid. »Ist alles okay, Ms. Creed?«

»Ja, natürlich.« Nach kurzem Schweigen brach es unvermutet aus ihr heraus: »Ach was. Ehrlich? Ich habe Angst, dass der Wagen abrutscht und wir diesen Hang hinunterstürzen. Am liebsten würde ich Sie beschwören, stehen zu bleiben.«

»Selbst die Transporter benutzen die Strecke. Sie müssen sich wirklich nicht sorgen.«

»Mr. Finnley, ich habe ...« Loreley schrie auf. »Achtung!«

Logan kannte die Rinne, die quer über die Straße führte. Bereits durch einen zehnminütigen Regenguss mutierte sie für das ungeübte Auge zu einem richtiggehenden Gebirgsbach.

»Wirkt nur schlimm. Das Wasser nimmt diesen Weg, egal, wie oft wir Füllmaterial in die Schneise schütten«, sagte er und drosselte das ohnehin geringe Tempo.

Mit Bedacht ließ er die Vorderreifen in die Aushöhlung gleiten und gab wohldosiert Gas. Der Wagen schlingerte, und das Heck drehte sich zur Seite. Er steuerte gegen und holte das Auto wieder zurück in die Spur.

»Sehen Sie die Biegung da vorne, Ms. Creed? Dahinter liegt das Camp. Wir haben es gleich geschafft.«

Langsamer, als er normalerweise fahren würde, nahm Logan die Kurve und kroch das letzte Stück bis zur Basis empor.

Auf dem ausgedehnten Plateau stellte er den Wagen bei einer großen Metallbaracke ab, stieg aus und machte sich daran, das Auto zu umrunden. Loreley benötigte sicher Hilfe beim Aussteigen.

Er hatte gerade das Heck erreicht, als er ein leises »Oh nein, verflucht!« hörte. Rasch sprang er hinter dem Wagen hervor.

Breitbeinig stand Loreley neben der geöffneten Tür und hielt sich am Griff fest. Ihr rechter Fuß steckte bis über die Knöchel in einer Schlammpfütze. Die hellblauen Jeans und der Parka waren übersät mit braunen Spritzern und Flecken.

Vorsichtig zog Loreley den Fuß aus dem Loch, trat auf und verzog das Gesicht zu einer schmerzvollen Grimasse. »Ich befürchte, mit dem Knöchel stimmt etwas nicht.«

»Warten Sie.« Logan reichte ihr die Hand. »Gehen wir zum Container. Drinnen ist es warm, und ich kann Ihren Fuß in Ruhe begutachten.«

Loreley nickte, tat einen Schritt und knickte mit einem lauten Stöhnen ein.

Logan umfasste ihre Taille und stützte sie. »Langsam. Am besten, Sie humpeln auf dem gesunden Bein.«

Als sie die Baracke erreichten, streckte Logan den Arm aus und öffnete die Tür. Kurzerhand hob er Loreley hoch und hievte sie über die drei Stufen auf den oberen Treppenabsatz. Er selbst schnellte nach und hielt sie wieder fest.

An dem kleinen Tisch saßen Frank und Brian über einen Plan gebeugt.

Frank tippte sich an die Schläfe. »Hi, Boss. Was ist los?«

Brian stand sofort auf und schob Loreley seinen Stuhl entgegen. »Frank, Idiot! Siehst du das nicht? Die Dame hat sich verletzt. Bitte, nehmen Sie Platz.«

Während sich Loreley setzte, beobachtete Logan die beiden Männer. Frank erhob sich zögerlich, faltete den Plan und legte ihn auf den Schreibtisch. Indessen hatte sich Brian vor Loreley hingekniet und zeigte auf ihren rechten Fuß.

»Der ist es, nicht wahr? Werfen wir mal einen Blick auf ihn. Keine Angst, ich bin ganz vorsichtig.«

Im Zeitlupentempo schob Brian die Jeans über den Unterschenkel, öffnete den Schnürsenkel und entfernte den Schuh. Achtsam tastete er Loreleys Knöchel ab. »Er beginnt anzuschwellen. Wie sehr hängen Sie an Ihrer Socke?« Er schenkte ihr ein Lächeln.

Logan sah, wie Loreley es erwiderte. *O Himmel, wie schön sie ist, wenn sie lächelt,* fuhr es ihm widerwillig durch den Kopf. Auf einmal kam er sich fehl am Platz vor. Die beiden beachteten ihn überhaupt nicht.

»Wenn es notwendig ist, schneiden Sie sie auf«, murmelte Loreley.

Brian schnippte mit Daumen und Mittelfinger. »Gibst du mir die Schere, Logan? Sie ist irgendwo am Schreibtisch.«

Unverzüglich folgte Logan der Aufforderung. Das Gefühl, nutzlos zu sein, verschwand dadurch nicht. Es verstärkte sich sogar und vermischte sich mit Ärger. Er stand wie ein Schuljunge daneben und wartete auf Anweisungen, während

Brian die Situation an sich gerissen hatte und nun den Helden spielte. Loreley Creeds entzückter Gesichtsausdruck war ihm Zeugnis genug.

Behutsam setzte Brian die Schere am Bund an und schnitt bis zu den Zehen vor. Daraufhin streifte er die nasse Socke ab. Er schaute zu Loreley auf und sagte: »Sie müssen hinunter nach Glacy zum Doc. Ein Bluterguss hat sich gebildet.«

»Glauben Sie, dass etwas gebrochen ist?«, fragte Loreley.

»Ich bin leider kein Arzt.« Brian richtete sich auf. »Geh schon mal vor, Logan, und öffne die Wagentür.« Ohne ein weiteres Wort schlang er den rechten Arm um Loreleys Rücken, schob den linken unter ihre Kniekehlen und hob sie hoch.

Logan tauschte einen verstohlenen Blick mit Frank aus, der bloß die Augen verdrehte, verließ die Baracke und lief zu seinem Auto. Er nahm Platz und stieß von innen die Beifahrertür auf. Dann startete er den Motor und beobachtete, wie Brian Loreley aus der Baracke trug und sie vorsichtig in den Wagen setzte.

Ist der verdammte Kerl ein Samariter?, dachte er und schalt sich bereits im nächsten Moment als ungerecht. Brian hatte nicht mehr als beherzt eingegriffen und Erste Hilfe geleistet. Aber musste er das auf diese professionelle und mitfühlende Weise tun?

Bevor Brian die Wagentür schloss, griff er nach dem Gurt und spannte ihn um Loreleys Körper. »Ich habe mich noch nicht einmal vorgestellt. Mein Name ist Brian de Cort – de Cort ist dänisch. Meine Vorfahren stammen von dort.«

»Vielen Dank für Ihre Hilfe, Mr. de Cort. Loreley Creed. Ich bin …«

Brian hob die Hand. »Nicht nötig. Jedes Kind in Glacy weiß, wer Sie sind. Und nennen Sie mich bitte Brian.«

»Okay. Loreley.«

Automatisch biss sich Logan auf die Unterlippe. *Wunderbar! Ich werde Zeuge einer modernen Heldensage. Und wer bin ich in diesem lächerlichen Reigen? Wahlweise der Gegenspieler oder der Clown – sonst bleibt keiner übrig.* Was brachte ihn ausgerechnet jetzt auf diesen grotesken Gedanken?

Die Antwort gab er sich prompt. Ein Jahr lang hatte er an der Uni einen Kurs belegt, der sich genau mit dieser Thematik beschäftigte. Er hatte ihn für die Quote gebraucht, und Erzählungen wie die über den Drachentöter Siegfried waren ihm damals als Alternative zu den restlichen Angeboten als kleinstes Übel erschienen. Fast mutete es ironisch an, dass er die Geschichte der schönen wie unheilvollen Loreley aus Deutschland kannte.

»Wir sollten los«, sagte er bestimmt, um dem Geplänkel der beiden ein Ende zu bereiten. Die Überlegung, warum es ihn störte, ließ er erst gar nicht zu.

KAPITEL 11

Loreley

Bis auf ein knappes »Tut es sehr weh?« hatte Logan Finnley während der gesamten Fahrt vom Camp zu Doktor Montgomerys Klinik keinen Satz mit mir gewechselt.

Ich wollte glauben, dass er sich auf die Straße konzentrierte, doch war ich überzeugt, dass er vor Wut kochte. Auf mich? Der Vorfall war mir auch ohne Logans Missmut unangenehm genug. Außerdem hatte ich Schmerzen. Das Pochen in meinem Knöchel kroch bis zum Oberschenkel hoch, und förmlich spürte ich, wie mein Fuß jede Minute stärker anschwoll.

Der einzige Lichtblick war Brian de Cort gewesen. Unwillkürlich lächelte ich. Bei ihm hatte ich mich sicher und behütet gefühlt. Zudem waren seine Höflichkeit und zuvorkommende Art im Vergleich zu Logans unterschwelliger Ablehnung wie Balsam für meine Seele gewesen. Dass er ein durchaus attraktiver Mann war, hatte ich zwar nicht übersehen, zählte jedoch nicht. Muskulöse Arme und die markant männlichen Züge gaben nicht den Ausschlag für mein Wohlbefinden in seiner Gegenwart.

Logan parkte direkt vor der Klinik. Er hatte den Motor noch nicht abgestellt, als bereits die Tür aufgezogen wurde.

Hinter einem hochgewachsenen, dünnen Mann mit Spitzbart tauchte eine Frau mit zwei Krücken in der Hand auf. Sie drängte sich an ihm vorbei und lief auf meine Seite des Wagens zu.

Bevor sie anlangte, öffnete ich die Tür und schickte mich an, auszusteigen.

»Halt! Nichts da, meine Liebe«, rief sie und hob die Krücken in die Höhe. »Bis der Doc Sie untersucht hat, berührt Ihr Fuß nicht den Boden. Ich bin Suzanna, die Krankenschwester in Glacy. Der an der Tür ist Doktor Montgomery.« Sie wies auf den kurzen Weg zum Eingang. »Gott sei Dank ist das Stück asphaltiert. Die Straße ist in einem verheerenden Zustand, aber niemand tut etwas dagegen. Ist das zu fassen? Also, zuerst das gesunde Bein, dann reiche ich Ihnen die Krücken, und Sie hüpfen in die gute Stube.«

Erstaunlicherweise beruhigte mich der unvermutete Wortschwall. Ich drehte mich auf dem Sitz zur Seite, rutschte nach vorn und streckte mich. Obwohl ich einen Meter siebzig groß war, erreichte ich nicht den Boden.

»Moment! So wird das nichts.« Logan sprang aus dem Wagen und umrundete ihn.

Auf die gleiche Weise, wie Brian mich aus der Baracke getragen hatte, hob er mich nun aus dem Auto und brachte mich in die Klinik. Anders als bei Brian hatte ich den Eindruck, dass er nicht helfen, sondern mich endlich loswerden wollte. Schon als er während der Fahrt den Arzt verständigt und erklärt hatte, was geschehen war, hatte er diesen gewissen Tonfall in der Stimme gehabt.

»Wohin?«, fragte Logan.

Doktor Montgomery hob beschwichtigend die Hände. »Eile mit Weile, Logan. Ins große Behandlungszimmer. Dort befindet sich das Röntgengerät.« Er ging zu einer Tür, öffnete sie und betrat den Raum.

Logan folgte ihm mit mir auf dem Arm und setzte mich auf der Krankenliege ab.

»Wir sind weit weg vom nächsten Krankenhaus und deshalb bestens ausgestattet. Bei uns gibt es sogar ›Kost und Logis‹.« Suzanna zwinkerte mir aufmunternd zu und flüsterte: »Machen Sie sich keine Sorgen. Der Doc weiß, was er tut. Er ist ein großartiger Diagnostiker und Allroundgenie: Knochen richten, Wunden vernähen, Kinder auf die Welt holen.«

Abermals hob Doktor Montgomery die Hand, dieses Mal mit ausgestrecktem Zeigefinger. »Ich stehe hier und bin nicht taub, Suzy. Reden ist Silber, Schweigen ist Gold. Das ist dir bewusst, oder?«

Suzanna lachte auf. »Und bald werden Sie mitkriegen, dass unser Doc für alles und jedes ein Sprichwort parat hat.«

Bevor ich kundtun konnte, von der Phrasen-Passion bereits gehört zu haben, kam eine zweite Frau herein und stellte sich neben Suzanna.

»Hallo, ich bin Mary.«

Unwillkürlich starrte ich die beiden an. Bis auf die unterschiedliche Haarlänge – Suzanna trug einen Bob-Schnitt, Marys Haar reichte fast bis zur Taille – erkannte ich keinen Unterschied zwischen ihnen.

Doktor Montgomery räusperte sich. »Probieren Sie es erst gar nicht – Suzy und Mary gleichen einander wie ein Ei dem anderen.« Er zeigte auf Mary. »Sie arbeitet in der Klinik als Hebamme, hat also im Grunde nichts bei uns zu suchen. Oder sind Sie schwanger, Ms. Creed?«

Energisch schüttelte ich den Kopf. »Nein, nein! Zu hundert Prozent nicht, keinesfalls.« Mein Blick streifte Logan Finnley. Warum hatte ich dermaßen übertrieben geantwortet? Und das vor ihm! Ein simples, sachliches »Nein« hätte ausgereicht.

Doktor Montgomery schien zu registrieren, wie unangenehm mir mein Ausruf war. Er nickte. »Mary, Logan, raus aus dem Zimmer. Nur der Weise begreift, wann er fehl am Platze ist. Lasst euch das gesagt sein.«

Eine Weile lang musterte er meinen Knöchel. »Der ist bestimmt nicht gebrochen, die Treppe bei Annabell wird in den nächsten Tagen allerdings zum Problem. Da müssen wir uns wohl etwas überlegen. Aber alles der Reihe nach, erst führen wir die Untersuchung durch. Der Weg ist das Ziel.« Er bedeutete mir, mich hinzulegen, und zog ein transportables Röntgengerät zu der Liege.

Suzanna breitete eine Sicherheitsschürze über mir aus und trat wieder zurück. Während ich die Decke fixierte, spürte ich, wie mein Fuß behutsam hin- und hergedreht wurde.

Erst jetzt, in der Ruheposition, bemerkte ich, wie sehr mich der Vorfall aufwühlte. Ich fühlte mich schwach und ausgelaugt.

Mit einem leisen Seufzer schloss ich die Augen und atmete tief durch. Warum kostete mich diese zwar leidige, doch in keiner Weise bedrohliche Situation dermaßen viel Kraft? Handelte es sich bei dem Ereignis um den berühmten Wassertropfen, der das Fass zum Überlaufen brachte? Trotz der Schmerzen musste ich schmunzeln. Das Idiom würde Doktor Montgomery wahrscheinlich entzücken.

Suzannas Stimme riss mich aus meinen Gedanken. War ich gar kurz eingedöst?

»Wie der Doc vorhergesagt hat, ist nichts gebrochen. Seine Analysen sind untrüglich. Ich arbeite seit Jahren für ihn und weiß noch immer nicht, wie er das macht. Jemand kommt mit Kreislaufschwäche, und er tippt richtigerweise auf Herzprobleme. In alten Zeiten wäre er als Hexer gefeiert oder verbrannt worden.« Sie nahm mir die Schürze ab und strich mit einem Alkoholtupfer über meinen Oberarm.

»Das ist für die Injektion«, erklärte Doktor Montgomery. »Mit ihr sind Sie schmerzfrei und können später schlafen. So ein Trauma beutelt den Organismus ordentlich. Ab morgen nehmen Sie dann Tabletten. Ich habe einen stabilen Verband angelegt, um den Knöchel ruhigzustellen. Die nächsten Tage dürfen Sie nicht auftreten. Wir geben Ihnen die Krücken mit.«

Er tätschelte meine Hand, und im nächsten Augenblick spürte ich einen leichten Druck auf der Haut. »War das die Spritze?«, fragte ich und setzte mich auf.

Doktor Montgomery lächelte. »Ich bin nicht nur ein guter Diagnostiker und Hexer, wie Suzy meint, sondern weiß auch, wie man sticht.«

Ich erwiderte das Lächeln. »Danke.«

»Keine Ursache. Dafür bin ich da. Logan soll Sie nun ins Lokal fahren. Am besten, Sie legen sich hin und lagern den verletzten Fuß hoch.«

Suzanna öffnete die Tür. »Logan! Wir sind fertig.«

Er erschien prompt. »Und?«

»Zum Glück ist alles in Ordnung. Ein paar Tage werde ich auf Krücken humpeln«, entgegnete ich.

Logans Miene blieb unbewegt. »In der Zwischenzeit habe ich im Büro angerufen und mit Annabell telefoniert. Sie verfügt über ein privates Gästezimmer im Erdgeschoss. Gerade bringt sie Ihre Sachen hinunter und bereitet alles für Sie vor. Und Hilary hat sich angeboten, Mia ins Lokal zu fahren.«

Eine Woge der Rührung und Behaglichkeit erfasste mich. Seit vielen Wochen hatte ich mich nicht mehr so wohlgefühlt. Wenngleich ich diesen Menschen fremd war, kümmerten sie sich auf eine Weise um mich, wie ich sie maximal von meinen Eltern und einst William kannte. Brian, der mich erstversorgt und zum Wagen getragen hatte, Doktor Montgomery und Suzanna mit ihrer herzlichen Aufnahme und der gründlichen Untersuchung, Hilary, die Mia chauffierte, selbst Logan, der während der Behandlung das Weitere organisiert hatte – und natürlich Annabell. Sie musste umgehend zugestimmt haben, mich in ihren Privaträumen einzuquartieren.

Mia hatte schon recht gehabt, als sie meine Idee des Spiels »guter Cop, böser Cop« milde verspottet und den Erfolg angezweifelt hatte. Ich sollte Mias Meinungen noch ernster nehmen, als ich es ohnehin tat.

Der Doc beugte sich vor und sah mich prüfend an. »Öffnet sich die Tür des Glücks, schließt sich die der Schmerzen. Beginnt es bereits zu wirken, Ms. Creed?«

»Was denn?«, murmelte ich.

»In der Spritze war auch ein bisschen was zum Happy-Sein«, erklärte Suzanna. »Genießen Sie den Zustand. Er hält leider nicht ewig an.«

KAPITEL 12

Loreley

Nach einem leisen Klopfen wurde die Tür einen Spaltbreit aufgezogen, und Mias Lockenkopf erschien.

»Ach, Loreley. Wie geht es dir?«

Ich winkte sie zu mir. »Komm! Ich bin okay. Vorhin habe ich sogar ein wenig geschlafen. Das hat gutgetan.«

Mia trat ein und trug einen der vier Stühle, die bei dem kleinen Esstisch standen, zum Bett. Sie setzte sich. »Hätte ich geahnt, dass es hier im Haus ein so hübsches Zimmer gibt, wäre ich vor dir in die erstbeste tiefe Pfütze gehüpft.«

Ich ließ den Blick durch den Raum schweifen. »Stimmt, die Einrichtung ist wirklich schön. Wobei es unfair wäre, die Unterkünfte im ersten Stock schlechtzumachen. Sie sind ordentlich, mir nur etwas zu kitschig eingerichtet. All das Rosa!«

Mia schmunzelte. »Mit meinem Quartier in Hellblau habe ich es nicht besser getroffen.« Sie ergriff meine Hand. »Annabell hat nicht gelten lassen, dass du keinen Hunger hast. Sie stößt später mit einem Sandwich zu uns. Noch sind ihr zu viele Leute im Lokal, um die Verantwortung für die Bar April und Ella zu übergeben. Aber sie beeilt sich.«

»Wer ist Ella?«

»Ich habe sie vorhin kennengelernt. Sie ist Annabells Cousine und führt die Küche. Offenbar rührt sie lieber in Kochtöpfen, als an der Bar Gäste zu bedienen. Deshalb haben wir sie noch nie gesehen. Ach ja, Tara Springfield, das kosmetische Allroundgenie, hat sich beim Abendessen zu mir gesellt. Sie ist nett, und in ihrem Metier dürfte sie echt eine Expertin sein. Ich habe zwei tolle Tipps für meine Haare erhalten.«

»Unweigerlich werde ich sie ebenfalls bald kennenlernen. Der wird für eine Weile bloß in weiche, bequeme Schuhe passen.« Ich zeigte auf meinen verletzten Fuß. »Bei der Gelegenheit finde ich eventuell auch eine Alaska-gerechte Winterjacke. Genau so wie Mat Hennings es bei unserer Ankunft empfohlen hat.« Dass Logan Finnley mich darüber hinaus auf meine Kleidung angesprochen hatte, verschwieg ich geflissentlich.

»Oh, apropos Mat. Er kam vor etwa einer halben Stunde ins Lokal, und wir haben miteinander geplaudert. Ich glaube, er hat mit mir geflirtet.« Mia spitzte die Lippen und pfiff die Melodie von *Titanic*.

»Das hat er schon an unserem ersten Tag hier getan. Gefällt er dir?«, erkundigte ich mich.

»Das fragst du? Ich bin in seinen blauen Augen ertrunken.« Mia kicherte. »Vier Jahre als unfreiwilliger Single hinterlassen Spuren. Ich muss achtgeben, ihn nicht vom Stand weg zu vernaschen.«

Gedankenverloren wiegte ich den Kopf. Wie recht Mia mit den Spuren hatte! Egal, was einem im Leben widerfuhr, blieben sie haften, und jeder einzelne Abdruck, ob groß oder klein, führte zu Veränderungen und prägte die Zukunft.

Erst jetzt, in der Ruhe, wurde mir langsam klar, dass meine eigene Spur heute um einen Riesenschritt reicher geworden war.

Unwillkürlich zuckten meine Mundwinkel, und ich lächelte in mich hinein. Die Metapher war wirklich gut und passte sinnbildlich wie faktisch. Tatsächlich hatte ich einen Schritt gemacht, der mir nicht nur Schmerzen und beinahe einen Bänderriss, sondern auch etwas wahrhaft Bedeutungsvolles beschert hatte. Plötzlich sah ich die Menschen um mich herum nämlich mit anderen Augen.

Meine Trennung von William war taufrisch, ebenso wie meine Flucht aus Seattle, die mich mitten in das Hofstetter-Projekt katapultiert hatte. Als wäre die Aufgabe nicht kompliziert genug, schürten meine privaten Wirren zusätzlich das Feuer. Demzufolge hatte ich Probleme mit Alaska, der Farbe Rosa, meiner Garderobe, einem ungeklärten Verbrechen und – allem voran – den beteiligten Personen.

Von Beginn an war ich kritisch gewesen und hatte niemandem die Chance gewährt, sich mir zu nähern. Mein Urteil war flächendeckend und hartherzig wie unfair gewesen. Mats unverblümte Art hatte mich genauso gestört wie das Gebaren der überschminkten und nach Rampenlicht süchtigen Hilary Montgomery. Sogar Annabell Fitzgeralds resolutes Auftreten war mir bisweilen zuwider gewesen, wobei ich sie ehrlich mochte.

Jetzt schämte ich mich für diese Schuldsprüche und war unendlich dankbar, die Kehrtwende hautnah zu spüren. Dabei ließ mich das Gefühl nicht los, dass sich der Richtungswechsel bereits am Morgen still und heimlich abgezeichnet hatte.

Annabells Sorge um ihre Tochter und die offenkundige Verletzlichkeit hatten Mitleid sowie Verständnis in mir hervorgerufen. Ihr im Rahmen meiner Möglichkeiten Unterstützung zuzusagen, war nicht widerwillig geschehen oder gar erzwungen worden – ich hatte es aus dem Herzen heraus getan.

Würde ich daran glauben, dass Gutes mit Gutem vergolten wurde, hätte ich hiermit den besten Beweis. Was ich empfunden und gern gegeben hatte – Mitleid, Verständnis und Unterstützung –, war mir nach meinem Missgeschick prompt doppelt und dreifach rückvergütet worden.

Erneut schoss das Schritt-Gleichnis gefolgt von einem geflügelten Zitat durch meinen Kopf, und unbewusst lachte ich laut auf.

Mia, die den Moment des Schweigens ohne Zweifel genutzt hatte, um ihren eigenen Gedanken nachzuhängen, starrte mich entgeistert an. »Was ist denn mit dir?«

»Ach, nichts«, erwiderte ich rasch. »Gerade ist mir nur ein Zitat eingefallen. Ein kleiner Schritt für den Menschen, ein riesiger Sprung für … du weißt schon. Keine Ahnung, wie ich dir den Ursprung erklären sollte. Frag also bitte nicht nach.« Ich hielt inne. »Erzähl mir lieber von deinem Flirt – das ist spannender.«

Mia hüstelte. »Nun, da war nicht viel.« Sie rutschte auf ihrem Stuhl hin und her. »Wie steht WWS Industries eigentlich zu Dates im Zuge von Projekten wie diesem? Hattest du …?«

Ein eisiger Blitz zuckte in mir auf. Er kam nicht wegen Mias Frage, sondern wurde mir direkt von William geschickt. »Nein. Ich war schließlich in einer festen Beziehung.«

An meiner Miene musste Mia erraten haben, was das Thema bei mir auslöste. »Oje! Entschuldige, Loreley, ich wollte nicht …«

Schnell winkte ich ab. »Du kannst nichts für meine Misere. Was meinst du genau?« Noch während ich sprach, bemerkte ich voller Erstaunen, dass der Schmerz bereits wieder verschwunden war. Entschieden schob ich die Erkenntnis trotz meines stillen Jubels beiseite – Mia war an der Reihe.

»Na ja, die innerbetrieblichen Vorgaben kenne ich durch Liam auswendig. Bei Außeneinsätzen ist es jedoch zwangsläufig anders.«

Ich kannte Mias Situation. Drei Jahre lang war sie mit Liam Cuppler, einem Productmanager bei WWS Industries, zusammen gewesen und hatte nach der für sie schweren Trennung nicht mehr in die Welt einer neuen Zweisamkeit zurückgefunden.

Unweigerlich passierten in einem großen Konzern Beziehungen zwischen Mitarbeitern, und prinzipiell vertrat das Unternehmen einen offenen und partnerschaftsfördernden Leitsatz, aber es gab Regeln. Insbesondere innerhalb einer Abteilung oder bei hierarchischen Unterschieden wurden erschöpfende Unterhaltungen mit dem Paar geführt und gegebenenfalls die Rahmenbedingungen festgehalten. Dafür hatten wir sogar einen eigens abgestellten Juristen.

Außeneinsätze waren tatsächlich ein Kapitel für sich, doch auch hier waren die Vorgaben klar definiert: Eine Liaison mit einer Person aus der frisch aufgenommenen Firma war strikt tabu, alles andere zählte zum Privatleben und lag somit nicht im beruflichen Wirkungskreis.

»Das Einzige, was Mat mit Hofstetter Wood verbindet, ist die Freundschaft zu Mr. Finnley. Du hast also freie Bahn.«

»Da bin ich erleichtert! Mat hat mich nämlich für morgen Abend auf einen Drink eingeladen.« Mia senkte den Kopf. »Na ja, genau genommen hat er sich nur erkundigt, ob ich gegen acht Uhr vielleicht im Lokal sein würde.«

Einer spontanen Eingebung folgend drückte ich Mias Hand. »Genieß es und versinke in seinen blauen Augen.«

»Oh, das werde ich. Es ist Zeit, mich aus meinem Schneckenhaus zu bewegen.« Sie warf mir einen bedeutungsvollen Blick zu. »Apropos attraktiver Mann. Ein ausnehmend schönes Exemplar hat mich vorhin auf dich angesprochen. Er schien sehr besorgt.«

»Wer?«

»Dein Retter in der Not. Mr. Brian de Cort.« Mia hob die Brauen. »Ich weiß nicht, was zwischen dir und William geschehen ist, aber es berührt dich zutiefst. Mach nicht den gleichen Fehler wie ich und brüte ewig über der Vergangenheit. Damit verbaust du dir die Aussicht auf eine positive Zukunft.«

Entgegen dem Eis-Blitz von vorhin stieg ungeahnt Freude in mir auf. Zwar war ich Lichtjahre davon entfernt, generell an einen neuen Mann in meinem Leben zu denken, es tat jedoch gut, beachtet und umschmeichelt zu werden.

»Ach, Mia. Erstens tritt bei Brian de Cort der Fall in Kraft, dass es sich, zumindest indirekt, um einen Mitarbeiter Hofstetter Woods handelt, zum Zweiten werde ich wider alle Logik eine Ewigkeit benötigen, um das …« Ein Klopfen an der Tür unterbrach mich.

»Aufmachen! Ich bin es, Annabell. Essen im Anmarsch!«, ertönte es von draußen.

Auch ohne ihren Namen hätte ich Annabell an ihrer durchdringenden Stimme erkannt.

Mia stand auf und öffnete.

Mit einem riesigen Tablett in den Händen betrat Annabell den Raum. Sie schaute sich um. »Mia, zieh doch bitte das Tischchen zum Bett und gleich einen zweiten Stuhl für mich.«

Sie wartete, bis Mia den Tisch positioniert hatte, und stellte das Tablett ab.

Neben einem mit Schinken, Käse und Salat belegten Sandwich lagen auf einem Teller bunte Cupcakes, und in einer Schale türmten sich grüne und schwarze Oliven. In der Mitte des Tabletts prangten eine Flasche Sekt, eine Flasche Tequila und dazu passende Gläser.

Das Sandwich sah köstlich aus, und selbst wenn ich nicht hungrig war, verspürte ich Appetit. Auch ein Glas Sekt würde mir schmecken, das musste ich mir jedoch verwehren.

»Leider befinde ich mich in der alkoholfreien Zone. Doktor Montgomery hat mir ein Schmerzmittel und noch etwas injiziert«, erklärte ich.

»Ah, seine Glücklichmacher-Dosis! Seien Sie stolz. Die bekommen nur Menschen, die ihm sympathisch sind – ist irgendwas Harmloses, glaube ich, aber wirksam. Und keine Bange wegen des Alkohols, Loreley, vorsorglich habe ich den Doc angerufen.« Annabell hob den Zeigefinger. »Herzliche Grüße von ihm. Er sagte, Liebe und Spaß seien die beste Medizin, deshalb dürfen Sie zwei Gläser Sekt trinken. Tequila ist allerdings streng verboten.« Ihr Blick schwenkte zu Mia. »Störe ich? Sie beäugen mich so seltsam.«

»Ganz und gar nicht, genau genommen das Gegenteil. Ich habe nämlich vor, Sie über einen Mann auszufragen.«

»Wenn das so ist, warten Sie einen Moment.« Annabell entkorkte die Sektflasche und goss ein. Dann reichte sie uns die Gläser. »Obwohl der heutige Tag anders verlaufen ist als geplant, wollte ich die versprochene Einladung nicht sausen lassen. Ich freue mich, dass Sie hier in Glacy sind, und trinke darauf. Cheers.« Sie leerte die Hälfte des Glases und musterte Mia. »Um wen handelt es sich, und was möchte er?«

»Nun, was er möchte, weiß ich noch nicht, aber es ist Mat Hennings.«

Annabell grinste. »Soso – Mat. Was kann ich Ihnen über unseren Piloten erzählen?« Sie strich sich über das Kinn. »Recht lang war er mit einer Frau aus einem Nachbarort zusammen. Das Ende ist an die vier Jahre her. Seitdem gibt es keine feste Freundin, doch hat er ein Techtelmechtel in der Stadt. Julia meint, es sei nichts Ernstes. Durch das Fliegen ist er oft dort und verbindet wohl die Arbeit mit dem Vergnügen.« Sie steckte sich eine Olive in den Mund. »Mat ist ein hübscher und lieber Kerl. Ich an Ihrer Stelle würde nicht Nein sagen.« Ihr Grinsen wurde breiter. »Die Winternächte in Glacy sind kalt. Da tut es gut, nicht allein im Bett zu liegen … wenn Sie verstehen.«

»Oh, das tue ich«, entgegnete Mia. »Meine Beziehung endete im Übrigen auch vor vier Jahren. Sie war es, worüber wir gerade geredet haben, als Sie hereinkamen.«

Im Stillen dankte ich Mia, dass sie in unserer Unterhaltung ein kleines Stück zurückgesprungen war und mich unerwähnt gelassen hatte. Ich trank einen Schluck und betrachtete die Perlen, die vom Grund des Glases in der Flüssigkeit aufstiegen.

So eigentümlich ich die Situation fand – meine Assistentin und meine Vermieterin saßen neben meinem Bett und sprachen über Männer, dazu tranken wir Sekt –, fühlte ich mich wohl und seltsam beschwingt. Lag es an der Freude, dass mein Fuß nicht gebrochen war, oder gar an den Medikamenten, die mir Doktor Montgomery verabreicht hatte?

»Essen Sie etwas, Loreley. Außer die klägliche Toastscheibe mit Butter zum Frühstück haben Sie sicherlich nichts im Magen.« Annabell zeigte auf das Sandwich. »Ich hörte, dass auch Sie die Aufmerksamkeit eines Mannes auf sich gezogen haben.«

Wie bei einem Teenager schoss jäh Hitze in meine Wangen. Schnell trank ich einen weiteren Schluck. »Sie meinen Brian de Cort? Er war höflich und hat sich reizend um mich gekümmert.«

»Allemal besser als dieser Frank, aber seien Sie auf der Hut. Brian ist einer, der sich nicht in die Karten glotzen lässt.«

Mein Gesicht musste inzwischen knallrot geworden sein. »Nein. Nein! Ich habe nicht vor …«

Mia kam mir zu Hilfe. »Ach, da brauchen Sie sich keine Gedanken zu machen, Annabell. Loreley hat weder Interesse an Brian noch an sonst einem.«

»Wenn ich auch keinen Ring entdecke, sind Sie gewiss verheiratet oder haben zumindest einen Partner«, sagte Annabell.

Kaum merklich schüttelte ich den Kopf und spürte, wie meine Augen feucht wurden. Was war bloß los mit mir? Egal, wie ich mich fühlte, hatte ich meine Herz-Emotionen vor anderen stets im Griff. Nun begann ich plötzlich beinahe zu weinen. *Ja!* Es konnte nur an den Medikamenten liegen, gepaart mit der Aufregung und dem Glas Sekt in meiner Hand, das ich mittlerweile leer getrunken hatte.

Annabell räusperte sich. »Soll ich Sie mit Mia allein lassen? Vielleicht wollen Sie unter sich reden.«

Kurz starrte ich diese große, bärbeißige Frau an, in der offensichtlich so viel mehr steckte, als man auf den ersten Blick sah.

»Nein, bitte bleiben Sie, Annabell«, flüsterte ich und seufzte auf. »Knapp bevor ich den Alaska-Auftrag erhielt, habe ich mit meinem Freund Schluss gemacht. Mich darüber zu unterhalten, fällt mir nicht leicht.«

Annabell ergriff die Flasche und schenkte nach. »Selbst wenn man jemanden verlässt, kann es sehr schmerzhaft sein. Ich spreche aus Erfahrung. Manchmal ist ein früher Schnitt besser, als das Unvermeidliche ewig hinauszuzögern.«

»Mit Liam war es das Gleiche«, entgegnete Mia. »Ich vermisse die Zweisamkeit an sich zwar heute noch, trotzdem war es damals richtig, zu gehen.« Sie verzog den Mund zu einem schiefen Lächeln. »Toll. Seitdem bin ich Single. Irgendwie funktioniert es mit den Männern nicht mehr. Ich habe Dates, aber sie verlaufen im Sand. Das Einzige, was daraus resultiert, sind eine Menge Fragen: Bin ich nicht hübsch genug oder zu direkt? Quassle ich zu häufig vor mich hin? Mag er keine Vögel? Hat die Arbeit einen zu hohen Stellenwert bei mir? Ich bin keine Pessimistin, zwangsläufig kommt jedoch Unsicherheit hoch.«

»Ach was. Sie sind eine bezaubernde, herzliche und kluge Frau. Bis jetzt hat es nur einfach nicht gepasst«, sagte Annabell bestimmt. »Warum ist die Beziehung mit diesem Liam gescheitert?«

Mia schob die Unterlippe vor. »Na ja, ich wollte mich nicht damit abfinden, dass ihm seine Mutter und das Golfspielen wichtiger waren als ich. Mit Mama und all den Eisen im Bett liebt und schläft es sich nicht gut.«

»Und bei Ihnen, Loreley?«

Ich hielt den Atem an. Sollte ich endlich loslassen?

Mia vertraute ich blind, doch Annabell war eine Fremde. Ohne Zweifel verfügte sie über Empathie und wäre gewiss voller Verständnis, sofern sie meine Geschichte hörte, dennoch durfte ich mich ihr nicht sorglos offenbaren. Was würde geschehen, wenn sie jemandem davon berichtete? Ich war in offizieller Funktion in Glacy City und hatte eine Aufgabe zu erfüllen. Mein privates Fiasko durfte nicht zum Gegenstand des Tratsches werden. Was mir passiert war, legten manche Menschen allzu rasch als Schwäche oder Unvermögen aus.

Erstaunlicherweise war es zumeist sogar das eigene Geschlecht, das hinter dem Rücken der Betroffenen spekulierte und bisweilen wenig Schmeichelhaftes parat hatte. »Er wird schon einen Grund gehabt haben«, »Sie ist sicherlich nicht schuldlos« waren Beispielsätze, die ich zu oft gehört hatte. Diesem Stigma setzte ich mich keinesfalls aus.

Bevor ich eine ausweichende Antwort geben konnte, sprach Annabell bereits weiter. »Ich ahne, warum Sie schweigen, Loreley. Was, glauben Sie, erfahre ich zu später Stunde alles an der Bar? Würde ich das erzählen, wäre die Hölle los. Trotzdem biete ich nochmals an, den Raum zu verlassen. Reden Sie zumindest mit Mia. Danach werden Sie erleichtert sein. Der Schmerz verschwindet zwar nicht, allerdings ist man nicht mehr allein mit seiner Trauer.« Sie schob den Stuhl zurück und stand auf.

Wenngleich sich die Logik dagegenstemmte und entsetzt aufschrie, wünschte ich mir, dass Annabell Fitzgerald blieb. So pathetisch es anmutete, steckte in Annabell die Kraft der Urmutter. Ihre bloße Anwesenheit vermittelte Stärke und gab Zuversicht.

»Bitte, setz dich wieder.« Ob Annabell bemerkt hatte, dass ich unbewusst in die persönliche Anrede übergegangen war?

Kurz herrschte Stille. Entgegen Momenten, die jeden unangenehm berührten, war diese Ruhe einhellig.

Schließlich griff Mia nach einem Cupcake und hob ihn hoch. »Jetzt unterhalten wir uns bitte weiter, sonst hört ihr mich schmatzen. Und zu dir, Loreley: Annabell hat völlig recht. Egal, ob du mit uns darüber sprichst oder mit jemand anderem, öffnen solltest du den Rucksack jedenfalls.« Genüsslich leckte sie die Spitze des Cremehäubchens ab. »Keiner weiß, dass ich nach meiner Trennung bei einem Therapeuten war. Nur durch ihn habe ich herausgefunden, was in meiner Beziehung tatsächlich abgelaufen ist. Die Schuldfrage hatte mich davor förmlich zerrissen, und ich fühlte mich wie der letzte Vollarsch. Entschuldigt den Ausdruck, aber er trifft meinen damaligen Zustand am besten. Liam und ich waren immerhin ein schönes Paar, und nach außen hin funktionierte alles prächtig.«

»Männer!« Annabell stöhnte auf. »Ich verstehe dich so gut, Mia. Sam Dryer … Er ist Aprils Vater. Wie Frank und Brian hat er einen saisonalen Holzfällertrupp angeführt, und obwohl ich es besser hätte wissen müssen, habe ich mich Hals über Kopf in ihn verliebt. Allen erzählte er, wie glücklich er mit mir sei und dass er sich in Glacy niederlassen würde. Ich habe jedes Wort für bare Münze genommen, bis ich seine Bewerbung für eine neue Rodungstour weit weg von Glacy entdeckte. Und selbst da zweifelte ich noch. Dabei hatte ich es schwarz auf weiß – grundsätzlich wollte er herumziehen und bei günstiger Laune ins gemachte Nest schlüpfen. Wochenlang habe ich mit mir gehadert, bis ich mich endlich Hilary anvertraute. Der Austausch mit ihr hat mir die Augen geöffnet – und Sam landete beim Teufel.«

»Du redest von Hilary Montgomery, oder?«, erkundigte ich mich.

Wie selbstverständlich hatten Annabell und Mia die freundschaftliche Form, die ich eingeleitet hatte, übernommen. Ich tat es ihnen gleich.

»Ja. Sie ist eine verrückte Henne und hat ihre Eigenheiten, das Herz befindet sich jedoch am richtigen Fleck.« Annabell nickte versonnen. »Genau in der Phase, als ich meine Schwangerschaft registrierte und aus allen Wolken gefallen bin, erhielt sie die Diagnose, keine Kinder bekommen zu können. Wir haben uns damals gegenseitig Halt gegeben. Deshalb ist April zu einer Art Ersatzkind für Hilary geworden.«

»Dann hast du im Büro doch eigentlich die beste Beobachterin für April, oder?«, sagte ich.

Annabell schien auf der Stelle zu wissen, was ich meinte. »Hilarys Informationen haben mich erst vollends alarmiert. April verschließt sich auch ihr. Sie möchte nicht, dass Hilary in ihren Bereich eingreift, und versucht sich in jeder Hinsicht abzugrenzen. Wie ich glaubt Hilary, dass dieser Frank dahintersteckt.«

»Inwiefern soll er *dahinterstecken?*« Unweigerlich flammte mein Spürsinn auf.

»Hilary hat ein Gespräch zwischen April und Frank belauscht. Aus den Wortfetzen hat sie sich zusammengereimt, dass Frank April anstachelt, Hilary hinauszudrängen oder zumindest auf ein Nebengleis zu befördern. Es fielen Sätze wie ›Lass dir nichts vorschreiben‹ und ›Die Alte hat dich nicht zu bevormunden‹. Hilary war außer sich und tief getroffen.«

Jäh erfasste mich das schlechte Gewissen, und zugleich schalt ich mich, die momentane Lage zugelassen zu haben. Annabell arbeitete zwar nicht bei Hofstetter Wood, doch in einem Dorf wie diesem waren alle Menschen miteinander verbunden. Die Trennung zwischen Privat und Job kam nicht von irgendwo und war sinnvoll. Gerade zeigte es sich deutlich. Annabell offenbarte ihre Sorgen, woraufhin ich sofort an meine Aufgabe dachte und Überlegungen anstellte. Dass es bei April und Hilary um einen internen Machtkampf ging, hatte ich überhaupt nicht ins Kalkül gezogen.

Mein Blick schwenkte zu Mia. Ihr Treffen mit Mat war nicht mehr aufzuhalten, aber ich musste sie unbedingt vorbereiten. Zu schnell glitt man auf seinen Emotionen dahin und enthüllte Dinge, die nicht ausgeplaudert werden durften.

Ich war der beste Beweis. Schon bei meiner Ankunft hatte ich die Grenze überschritten und auf Basis meiner privaten Situation jeden negativer beurteilt, als ich es normalerweise getan hätte. Und eben war ich drauf und dran gewesen, zu berichten, was zwischen mir und William passiert war.

Der Unfall, die Medikamente und zwei Gläser Sekt wären eine zu jämmerliche Ausrede, hätte ich den notwendigen Abstand über Bord geworfen.

KAPITEL 13

Loreley

Mia nahm auf dem Stuhl neben dem Bett Platz, auf dem sie bereits gestern Abend gesessen hatte, stellte ihre prall gefüllte Aktentasche ab und zeigte auf meinen Fuß, der – wie der Doc es befohlen hatte – auf einigen Kissen lagerte. »Hast du starke Schmerzen?«

Ich zog mich hoch und lehnte mich gegen das Kopfende des Betts. »Nein, solange ich mich nicht bewege und pünktlich die Tabletten nehme. Doktor Montgomery war am Vormittag hier und hat mir genaue Anweisungen gegeben. Sein Hang zu Sprüchen ist wirklich amüsant. Weißt du, was er zu mir gesagt hat? ›Selbst wenn ich vom Pferd gefallen wäre, dürfte ich nicht sofort wieder aufsteigen.‹«

Mia schmunzelte. »Offensichtlich benutzt er sie nicht nur, er beugt sie auch in seinem Sinne. Was hast du den ganzen Tag gemacht?«

»Annabell hat einen alten DVD-Player angeschlossen und mir sämtliche Staffeln der *Gilmore Girls* gebracht. Mit der ersten bin ich fast durch.« Kurz presste ich die Lippen aufeinander. »Und ich habe über das Projekt und die damit verbundenen Schwierigkeiten nachgedacht. Wir müssen reden, Mia.«

»Ich weiß.« Sie öffnete die Tasche und zog einige Akten heraus. »Das sind die betreffenden Personalunterlagen. Außerdem habe ich mich heute für zwei Stunden verdrückt und mir die Zeiten angesehen – wie du es wolltest. Durch deinen Unfall und die Aufregung war gestern alles ein wenig durcheinander. Da hatte ich nicht die nötige Ruhe dafür.«

»Schon klar. Und?«

»Es gibt tatsächlich eine Art Rhythmus, und er gefällt mir nicht.« Mia seufzte und schlug die erste Akte auf. »Zuallererst habe ich mir Logan Finnley angeschaut. Einiges tritt nun deutlicher hervor, als wir es in Seattle beachtet haben. Etwa, dass Logan und sein ehemaliger Chef eine sehr enge Verbindung zueinander haben. Bereits vor dem Studium hat Logan in den Ferien und zwischendurch bei Hofstetter Wood gejobbt – immer an der Seite Mr. Hofstetters. Nach dem Uni-Abschluss wurde er dann peu à peu zum Stellvertreter der Geschäftsleitung. In keiner Phase tauchen irgendwelche Ungereimtheiten auf. Wie unsere WWS-Prüfer richtig lokalisierten, haben die erst vor zwei Jahren begonnen.«

»Einfach so, aus dem Nichts.« Unwillkürlich musste ich an Doktor Montgomery denken. An meiner Stelle würde er in diesem Moment wohl einen Spruch wie »Der Fisch beginnt am Kopf zu stinken« rezitieren. Nur weil es jahrelang keine Auffälligkeiten gegeben hatte, war Logan Finnley noch längst nicht außen vor. Er könnte davor andere, unbemerkte Manipulationen durchgeführt haben oder wirklich erst vor zwei Jahren eingestiegen sein.

»Von wegen aus dem Nichts. Vier vermeintliche Zufälle treffen vor zwei Jahren zusammen«, antwortete Mia. »Die

Rahmengeschichten dazu habe ich geschickt aus Hilary herausgeholt. Eine nette Plauderei führt jeder gern, besonders Hilary. Sie besteigt die Bühne schneller, als man bis drei zählt. Mich würde ja echt interessieren, welches Kunststudium sie wegen der Liebe zum Doc abgebrochen hat.«

»Frag sie.« Ich vollführte eine auffordernde Handbewegung. »Welche *vier Zufälle*? Spann mich nicht auf die Folter. Ich bin neugierig.« Abermals blitzte der Doc auf. Würde ich je wieder eine Redewendung benutzen, ohne ihn vor mir zu sehen?

»Okay. Nummer eins ist und bleibt Logan Finnley. Der Verkauf an WWS Industries erfolgte zwar erst kürzlich, Ethan Hofstetter hat sich allerdings schon vor über vierundzwanzig Monaten bedingt durch den Herzinfarkt fast gänzlich aus dem aktiven Geschäft zurückgezogen. Das Einzige, was er sich bis zur Übernahme vorbehielt, war der Zahlenüberblick. Hilary sagte, Mr. Hofstetter war der Meinung, Logan hätte mit allem anderen bereits genug zu tun. Unabhängig davon flüsterte sie unter vorgehaltener Hand, Ethan sei generell nicht mehr an dem Betrieb interessiert gewesen. Sofort nach der Räumung seines Stuhls ist er mit seiner Frau in eine Waldhütte gezogen.«

Ich atmete tief durch. »Wir dürfen also davon ausgehen, dass sich Mr. Hofstetter in Wahrheit nicht weiter um die Bücher gekümmert hat, Logan Finnley dafür umso wissbegieriger gewesen ist.«

»Oder umgekehrt, wenn Ethan Hofstetter ausnehmend schlau agierte. Es kommt nämlich noch mehr. Sowohl Annabells verhasster Frank Smith als auch dein Retter, Mr.

Brian de Cort, heuerten mit ihren Trupps vor zwei Jahren zum ersten Mal als Holzfäller an. Im Laufe der Saison haben sie einen Vertrag für dieses Jahr abgeschlossen. Unterschrieben hat nicht Logan, sondern Mr. Hofstetter. Ein Zufall?«

»Was steht in Brians und Franks Akten?«, erkundigte ich mich.

»Brian stammt ursprünglich aus Alabama. Die Südstaaten passen zwar nicht in mein Bild eines Holzfällers in Alaska, doch das ist keine Auffälligkeit. Übrigens ist er gleich alt wie du. Ihr seid sogar im selben Monat geboren, er Anfang, du Ende April. Das bedeutet, er ist im Sternzeichen Widder und du Stier.« Mia wiegte den Kopf. »Der Widder gehört zu den Feuerzeichen, und ich weiß von einigen männlichen Widdern, dass sie es mit der Treue nicht genau nehmen. Aber sie sind immerhin charmant, und es wird einem nicht langweilig mit ihnen.«

»Mia!«

»Schon gut. Tja, Frank ...« Sie schürzte die Lippen. »Zu seiner Person gibt es keinen einzigen aussagekräftigen Eintrag. Weder ein Geburtsdatum noch der Geburtsort oder sonst etwas sind vermerkt. Smith ist auch nicht gerade der seltenste Name. Müsste ich meine wahre Identität verschleiern, würde ich ihn ebenfalls wählen.«

Kurz ließ ich Mias Informationen Revue passieren. »Also Logan, Frank und Brian, vielleicht Ethan Hofstetter selbst – am Ende arbeiten sie alle zusammen, Einheimische wie Saisonale.«

»Leider dürfen wir April nicht vergessen«, erwiderte Mia. »Wir wissen aus unseren Unterlagen, dass sie seit drei Jahren bei Hofstetter Wood als Buchhalterin beschäftigt ist. Der tatsächliche Ablauf war jedoch anders. Als sie nach ihrem Schulabschluss in den Betrieb kam, wurde sie erst einmal von der früheren Buchhalterin, Mrs. Majara Townsend, eingeschult. Laut Hilary dauerte das rund sieben Monate. Erst danach ging Mrs. Townsend krankheitshalber in Frührente, und April führte die Buchhaltung allein weiter.«

»Damit nähern wir uns abermals dem Beginn der Diebstähle vor zwei Jahren. Durch Mrs. Townsends Abgang wurde April nicht mehr kontrolliert.« Ich nickte versonnen. »Wer ist diese Mrs. Townsend eigentlich?«

»Majaras Ehemann ist Mr. Thomas Townsend, der Besitzer des Lebensmittelladens. Die beiden haben Zwillinge. Sie wiederum sind bei Doktor Montgomery in der Praxis angestellt. Ursächlich zählt das alles zwar nicht zu unserem Fall, doch deutlich erkennt man die engen Verknüpfungen, die wir nicht außer Acht lassen sollten.«

Auf der Stelle überfielen mich etliche, wild durcheinandergewürfelte Gedanken zugleich. Rasch arbeitete ich ab, dass es sich bei den Zwillingen um Suzanna und Mary handeln musste, und schwenkte zu unserem Täterkreis.

Waren Ethan Hofstetter, Logan Finnley, Frank und Brian, Robert Bley und Charly Carven mögliche Täter, stand Aprils Beteiligung – egal, wie ich es drehte und wendete – außer Zweifel. Sie passte sogar zu Annabells Aussage, dass April Hilary von ihrer Tätigkeit fernzuhalten versuchte. Vermutlich wollte April die ältere Frau gar nicht ausbooten, wie ich ursprünglich meinte, sondern nur ihre Tat vertuschen.

Wurde April von Logan oder Mr. Hofstetter gezwungen,

an dem Betrug teilzunehmen? Manipulierte Frank sie? April konnte Opfer wie Mitglied der Bande sein.

Aus all den Überlegungen ergaben sich automatisch weitere Fragen: Was war mit Hilary Montgomery? War sie wirklich ahnungslos? Wie viele Helfer steckten in dem Konstrukt? Schließlich wurden Holzfäller zum Entwenden der Stämme gebraucht und Fahrer, die den Abtransport durchführten.

»Shit, nicht wahr?« Mia hob die Schultern. »Wie gehen wir nun vor?«

»Das Wichtigste ist, nach wie vor strikt zu schweigen«, entgegnete ich. »Wie du vorhin richtig festgestellt hast, stehen alle in irgendeiner privaten oder beruflichen Verbindung zueinander.«

»April trägt vielleicht falsche Zahlen ein, aber sie spaziert nicht als Superwoman durch den Wald und schafft massenhaft Holz fort«, sagte Mia. »Genauso wenig, wie ein Logan oder Ethan das kann.«

»Absolut korrekt. Wir müssen Indizien sammeln und Beweise finden, wer alles dahintersteckt – vom Obersten bis zu den ausführenden Organen. April ist bestimmt nicht die Tonangebende.« Jedenfalls hoffte ich das. April erschien mir zu jung und verfügte nicht über die notwendige Erfahrung, ein derartiges Unterfangen zu planen, durchzuführen und die Übersicht zu behalten. Eine Ebene darunter konnte ich sie mir allerdings durchaus vorstellen, etwa in einer Kooperation mit Frank.

»Ist April Opfer, Täterin oder Mitläuferin? Ich würde mich nicht trauen, auf eines zu tippen. Generell fehlt mir das Feeling, in eine Richtung zu zeigen.« Mia senkte den Blick. »Soll ich das Date mit Mat canceln? Er gehört zu dieser engen Gemeinschaft und ist Logan Finnleys bester Freund.«

»Nein. Wir dürfen nichts Auffälliges tun. Wenn du jetzt absagst, wird eventuell jemand hellhörig. Wegen unserer Aufgabe beäugt man uns wahrscheinlich aufmerksam.« Ich lächelte. »Außerdem hast du dir einen schönen Abend verdient. Pass einfach auf, nichts zu offenbaren.«

»Natürlich nicht!« Mia sah auf ihre Armbanduhr. »Es ist sieben. In einer Stunde treffe ich ihn an der Bar.«

Der Zwiespalt, der sich in ihren Augen widerspiegelte, war unmissverständlich – Mia benötigte einen Stoß. »Worauf wartest du? Hast du vor, in reizloser Businesskleidung aufzutauchen? Die Unterlagen lass bitte hier. So habe auch ich eine Beschäftigung.«

»Danke für die Aufmunterung. Ganz wohl ist mir trotzdem nicht dabei.« Zögerlich stand Mia auf und ging zur Tür. Auf der Schwelle drehte sie sich zu mir um. »Musst du morgen eigentlich noch im Bett bleiben?«

»Doktor Montgomery will am Vormittag ein zweites Röntgen machen. Er nannte es: Sicherheit ist die Mutter der Porzellankiste. Ich schreibe Mr. Finnley eine Nachricht, ob er mich zum Doc fahren kann.«

»Das wird nicht möglich sein. Er fliegt in die Stadt und kehrt erst abends wieder zurück.«

»Hat er gesagt, was er vorhat?«

»Nicht einmal andeutungsweise.« Mia winkte mir zu und verließ das Zimmer.

Eine Weile lang starrte ich auf den schwarzen Bildschirm des Fernsehers und zwang mich, die *Gilmore Girls* nicht einzuschalten. Erst kam die Arbeit an die Reihe.

Bis jetzt waren Mia und ich vorrangig damit beschäftigt gewesen, den Alltag bei Hofstetter Wood aufzunehmen und uns einen neutralen Überblick jenseits des Verbrechens zu verschaffen.

Nun begannen wir langsam, aber zielgerichtet tiefer zu graben.

Um meine Gedanken zu ordnen und die Informationen in Einklang zu bringen, schloss ich die Augen und stellte mir die verdächtigen Personen vor. Bevor ich die Fakten und nachweisbaren Verknüpfungen einbezog, wollte ich auf mein Empfinden hören. Was sagte es mir über die Beteiligten?

Da ich Ethan Hofstetter nicht kannte, zeigte sich seine Gestalt schemenhaft. Demzufolge trat Logan Finnley von selbst in den Vordergrund. Er lehnte mich ab, war zweifellos klug und verhielt sich dünkelhaft. Seine kolportierten Liebesgeschichten schwammen am Rand zur Abrundung des Charakters mit. Als Geschäftsführer von Hofstetter Wood verfügte er über die besten Voraussetzungen, den Diebstahl zu inszenieren.

Warum wies mich mein Instinkt trotz all dieser Faktoren darauf hin, dass er nichts mit dem Verbrechen zu tun hatte?

KAPITEL 14
Logan

Logan parkte neben Mats Wagen und stieg aus. Der nahende Termin hatte ihm einen unruhigen Schlaf beschert, und er fühlte sich, als stünde er unter Strom.

In diesem Moment trat Mat aus dem Haus, das direkt an die Werkstatt grenzte, und hielt zwei dampfende Kaffeetassen hoch. »Passen sie noch rein, oder haben wir es eilig?«

»Mein Treffen ist erst um zwölf.«

Mat reichte ihm eine Tasse und wandte sich dem Meer zu.

Logan tat es ihm gleich. Die dichte dunkelgraue Wolkendecke ließ das Wasser fast schwarz erscheinen, und nur das Kräuseln der Wellen setzte leichte Nuancen. »Nach optimalem Flugwetter sieht es nicht gerade aus.«

»Das täuscht«, erwiderte Mat. »Mäßiger Wind und die Regenwahrscheinlichkeit liegt bei zehn Prozent. Etwas Besseres dürfen wir uns in dieser Jahreszeit nicht wünschen. Bald wird es richtig losgehen, das spüre ich. Wollen wir wetten? Ich tippe auf dreizehn Tage.« Er gähnte herzhaft.

»Sechzehn bis zum ersten ordentlichen Schneefall.« Logan musterte seinen Freund von der Seite. »Hast du gestern über die Stränge geschlagen?«

»Ja, jedoch anders, als du denkst. Alkohol war nicht im Spiel. Es ist einfach spät geworden. Ich war mit Mia Thompson zusammen.«

Logan zog die Brauen hoch. »Klingt nach einem guten Abend, oder?« Weil Mat nicht sofort antwortete, fügte er hinzu: »Sie ist nett und privat sicherlich amüsant. Das erkennt man an ihren wachen Augen.«

»Wir haben uns grandios unterhalten – zumindest meines Erachtens. Sie müsste man erst fragen. Mia ist nicht bloß nett und amüsant, wie du sagst, sondern genauso gescheit und witzig. Zwischen *amüsant* und *witzig* besteht ein gewaltiger Unterschied. Am liebsten hätte ich bis zum Morgengrauen mit ihr geredet.«

»War was?«

»Nur ein heißer Kuss zum Abschied. Ich habe es aber auch nicht darauf angelegt, wenngleich wir beide …« Mat vollendete den Satz nicht und begann einen neuen. »Ich finde sie interessant und anziehend. Da versuche ich nicht verkrampft, in der Sekunde zu punkten.«

Logan nickte, obwohl er nicht aus eigener Erfahrung sprechen konnte. Bei Mats Schwester Julia war er damals wegen seines Freundes achtsam vorgegangen, und in eine Studentenliebe hatte er einige Zeit investiert. Darüber hinaus würde er seine Erlebnisse eher als Abenteuer bezeichnen. Allzu große Zurückhaltung hatte er jedenfalls üblicherweise nicht walten lassen.

Diese Studentin, Amber White, hatte ihn mehrfach als emotionalen Outlaw bezeichnet, und vielleicht lag sie damit nicht falsch.

»Was machst du eigentlich in der Stadt?«, erkundigte sich Mat. »Ich war überzeugt, du würdest Loreley Creed keine Minute von der Seite weichen.«

»Dann säße ich jetzt an ihrem Bett. Du kennst den Doc. Ohne zweite Kontrolle gibt er ihr kein grünes Licht zum Aufstehen.« Logan schüttelte den Kopf. »Solltest du gerade in eine bestimmte Richtung denken, vergiss es sofort. Ich verfolge nicht die gleichen Ambitionen wie du bei Mia.«

»Loreley ist in jeder Hinsicht dein Typ.«

»Das gebe ich gern zu. Sie ist eine beeindruckende Frau, zudem eine äußerst attraktive. Vernunft und Intuition ermahnen mich allerdings ziemlich laut, die Hände stillzuhalten.«

Mat stieß Logan mit dem Ellbogen in die Seite. »Du brauchst dich nicht zu rechtfertigen. Außerdem hättest du sowieso keine Chance. Mia hat mir berichtet, dass WWS Industries strenge Richtlinien hat, was den persönlichen Kontakt zwischen Prozessoptimierern und den Mitarbeitern des neu integrierten Unternehmens betrifft. Zusammengefasst ist Sex mit dir für Loreley ein absolutes No-Go.«

Logan lachte auf. »Sag mir das nicht, sonst regt sich auf der Stelle mein Jagdinstinkt.« Jäh wurde er wieder ernst. »Ich fliege in die Stadt, weil ich auf eine verflucht heikle Sache gestoßen bin. Deshalb möchte ich zur Absicherung mit einem Anwalt reden, sonst fällt der gesamte Brocken am Ende noch auf mich zurück.«

»Klingt schlimm.«

Logan seufzte. »Ja, ist es leider wirklich.«

Mat und er waren seit der Schule die besten Freunde. Ihre Verbindung hatte selbst Mats Ausbildung zum Piloten sowie seine Abwesenheit während des Studiums überlebt. Gab es einen Menschen, dem er vollends vertraute, war es Mat. Erzählte er ihm jetzt von seiner Entdeckung, musste er nicht extra »Du darfst es niemandem verraten« anfügen, und wollte er schweigen, würde Mat das anstandslos akzeptieren. Julia irrte, wenn sie meinte, sie könnte ihren Bruder wie ein Buch lesen. Ihre jüngste Vermutung war Beweis genug.

Dass Mary Townsend und er vor einigen Jahren eine Affäre gehabt hatten, wusste jeder im Ort, auch waren die gemeinsamen Abende mit ihrer Zwillingsschwester nicht im Verborgenen geblieben. Das Liebesabenteuer mit Suzy, das Julia in Mats Miene gesehen hatte, entsprang jedoch allein Julias Phantasie. Zwischen ihm und Suzy war nämlich nichts Nennenswertes geschehen. Er war nicht mehr zwanzig und überlegte, bevor er handelte – besonders im engsten Umfeld.

Logan riss sich von dem Gedanken los. »Jemand zweigt Holz ab – direkt am Rodungsort und im Sägewerk nochmals.«

»Wow, Shit.«

»Doppelt Shit, weil April fest dabei ist. Sie fälscht die Bücher.«

»Was, echt? Verdammt, die arme Annabell. Wenn sie davon erfährt, bricht eine Welt für sie zusammen.« Mat reckte das Kinn. »Annabell in allen Ehren, aber schau an erster Stelle auf dich. Kriegen Loreley Creed und Mia etwas spitz, werden sie dich in die Mangel nehmen.«

»Ja, dummerweise bin ich die beste logische Konsequenz. Deswegen muss ich schnellstens herausfinden, wer der Drahtzieher des Diebstahls ist.« Logan verzog die Mundwinkel. »Es geht nicht nur um mich und darum, meine Haut zu retten. Ich bin für Hofstetter Wood verantwortlich und werde das Verbrechen im Endeffekt weder stillschweigend hinnehmen noch verheimlichen. Egal, wer darin involviert ist.«

Mat blies die Wangen auf. »Was für eine vertrackte Situation! Warum redest du nicht einfach mit Loreley Creed?«

»Weil ich bis auf April keinen Schimmer habe, wer daran beteiligt ist. Meine Erkenntnisse darzubringen, hilft mir nicht automatisch aus der Patsche. Es könnte als geschickter Schachzug ausgelegt werden. Außerdem ist Loreley nicht der Typ für verdeckte Ermittlungen. Zweifellos würde sie April sofort zum Verhör zerren. Gibt die aus Angst, Liebe oder einer sonstigen Emotion den Täter nicht preis, endet die Suche abrupt, und der eigentliche Dieb wird nicht zur Rechenschaft gezogen.«

»Hast du schon wen im Auge?«

Logan zuckte mit den Schultern. »Ich zermartere mir das Gehirn. Einige kommen infrage, leider auch Ethan.«

»Ethan? Ausgeschlossen! Streich ihn von der Liste. So eine Seele von Mensch würde niemals …« Mat brach ab. »Was ich sage, stimmt nicht so ganz. Ethan ist sehr wohl zu einigem fähig. Erinnerst du dich an seinen Kampf gegen Winston Blade, den Sägewerksbesitzer von der anderen Seite des Gletschers? Wir waren Kinder, zwölf oder dreizehn Jahre.«

»Nur noch dunkel. Der Streit sorgte in der Umgebung für ziemliche Aufregung. Ist Blade mit seinen Männern nicht bei Hofstetter Wood eingebrochen und hat das Büro verwüstet?«

Mat nickte. »Woraufhin Ethan in einer nächtlichen Aktion einige Maschinen in Winstons Sägewerk lahmlegte. Ich weiß das so genau, weil mein Vater Ethan und die anderen rübergeflogen und selbst mitgemacht hat. Zu Hause gab es dann einen Riesenkrach mit meiner Mutter, die das nicht guthieß. Damals fand ich es schlimm wegen des Zanks zwischen meinen Eltern, die Zusammenhänge begriff ich erst später. Blade war sicherlich ein skrupelloser Kerl, aber Sabotage zeugt auch nicht gerade von einem einwandfreien Charakter.«

»Grundsätzlich hast du recht, wobei die Zeiten andere waren«, erwiderte Logan. »Ich möchte nicht erfahren, was mein Vater mit Ethan alles unternommen hat. Es schwirren einige Erinnerungen herum, die ich bis jetzt verdränge. Heute verlaufen die Dinge zum Glück geregelter. Trotzdem ist die Solidarität unter den Männern gleich geblieben. Das könnte im Hinblick auf die Helfer ungeahnte Ausmaße annehmen.«

»Mit *Helfer* meinst du die Saisonalen?«

»Die bereiten mir rein menschlich weniger Sorge. Stecken sie dahinter, kommt die Polizei, und der Spuk ist schlagartig zu Ende. Die Lücke bei der Arbeit zu füllen, steht auf einem anderen Blatt Papier.« Um das Aussprechen der schrecklichen Wahrheit hinauszuzögern, trank Logan einen Schluck Kaffee. »Organisiert Ethan den Diebstahl, sind vermutlich unsere eigenen Leute mit von der Partie. Überleg mal! Ethan leitete Hofstetter Wood fast vierzig Jahre lang, und jeder war – und ist – ihm treu ergeben. Unvorstellbar, was das in Glacy und Umgebung auslösen würde.« Logan seufzte.

»Einen letzten, bitteren Funken Hoffnung gibt es noch. Franks und Brians Verträge wurden von Ethan forciert. Vor allem Frank hätte ich persönlich nie engagiert. Vielleicht ist doch er es, mit dem Ethan das Ding dreht.«

»Wann hat der Betrug begonnen?«, fragte Mat.

»Vor zwei Jahren. Bis dahin war alles blütenweiß, ich habe es kontrolliert. Der Ursprung liegt definitiv in Ethans Rückzugszeit.«

»Das klingt nicht gut. Es scheint fast so, als verschaffte sich Ethan eine hübsche Nebeneinnahme zu seiner Rente. Weißt du, wie schlau das wäre? Mitten in den Wirren seines Abgangs startet er die Gaunerei und verkauft den Betrieb. Damit bestiehlt er sich nicht mal selbst.«

»Genau so ist es, Mat. Leider.« Logan klopfte seinem Freund auf die Schulter. »Lass uns jetzt losfliegen.«

KAPITEL 15

Loreley

Ich lehnte die Krücken gegen die Untersuchungsliege und setzte mich.

Mary brachte das Rückenteil des Betts in eine aufrechte Position. »Machen Sie es sich gemütlich, Ms. Creed. Der Doc und Suzy kommen gleich zu Ihnen. Einer der Fischer von drüben hat sich arg am Unterarm verletzt. Die Wunde muss genäht werden.«

»Am Westufer des Sees gibt es einen kleinen Hafen«, erklärte Annabell. »Im Herbst fischen sie häufig auf unserer Seite. Keine Ahnung, warum es die Fische vor dem Winter in diese Richtung zieht.«

Annabell hatte es sich nicht nehmen lassen, mich zum Arzt zu fahren. Auch war sie nicht gewillt gewesen, mich allein in den Behandlungsraum gehen zu lassen.

»Eventuell liegt es an einer wärmeren Strömung«, sagte ich, um mich an dem Gespräch zu beteiligen.

»Kennen Sie sich beim Fischen aus, Ms. Creed?«, erkundigte sich Mary.

»Mein Vater ist passionierter Hobbyfischer. Egal, ob es mich interessiert oder nicht – er referiert allzu gern über die richtigen Plätze, Köder und Angeln.«

Mary lachte auf. »Das kenne ich von meinem Dad. Er liebt das Jagen und berichtet ständig davon. Suzy und ich hassen es, hören aber immer brav zu. Wer mag schon erfahren, wie man ein Tier häutet und ausnimmt?«

»Was macht dein Vater?«, fragte mich Annabell.

Offensichtlich bemühte sie sich – wie ich es gerade getan hatte – um eine regsame Unterhaltung.

»Er unterrichtet Geschichte und Literatur an einem College.« Um nicht einsilbig zu wirken, holte ich aus: »Besonders die Europäer haben es ihm angetan – von der griechischen Mythologie bis zu verschiedensten Sagen, Storys und Dramen. Was meinst du, was ihn zu meinem Namen inspiriert hat?«

Jäh hielt ich inne und hoffte, Annabell mit meiner Äußerung nicht in Verlegenheit gebracht zu haben. Für mich gehörten die Schilderungen über Götter und Helden, bunt gemischt mit Hesse, Goethe und Shakespeare, zum Alltag. Ich hörte sie von Kindesbeinen an. Es war aber nicht selbstverständlich, sich in diesem Bereich auszukennen.

»Du bist wirklich nach *der* Loreley benannt?« Annabell verdrehte die Augen. »Herrje. Ich muss meine Kenntnisse auffrischen. Befindet sich der Loreley-Felsen in Deutschland oder Frankreich? Ach, da gibt es doch genauso diese wunderbar tragische Erzählung von der Nymphe und dem schönen Jüngling. Nein, die stammt aus dem alten Griechenland, oder?« Sie winkte ab. »Immer verwechsle ich alles.«

Meine Sorge war umsonst gewesen. Was steckte noch alles in dieser Frau? »Das Wirrwarr entsteht wahrscheinlich nur, weil bei der Mythologie oft Anleihen genommen werden.«

Ich lächelte. »Echo und Narziss? Bruchstückhaft erinnere ich mich an die Geschichte – warte …« Mit dem Zeigefinger tippte ich auf meine Unterlippe. »Zeus hat Echo befohlen, seine Frau Hera abzulenken, um ungestört ehebrechen zu können. Als Hera das fiese Spiel erkannte, bestrafte sie die Nymphe damit, sie nur das wiederholen zu lassen, was jemand zu ihr sagte. Folglich war es Echo nicht möglich, Narziss ihre Liebe zu gestehen. Schließlich hat sie es doch geschafft, ihm waren ihre Avancen aber egal. Echo versteckte sich daraufhin in einer Höhle und wurde vor lauter Kummer zu einem Stein.«

Fast mutete die Erzählung symbolhaft an. Auch mir war es verwehrt, frei zu formulieren, was in meinem Inneren vorging, beruflich wie privat. In einen Stein würde ich mich deshalb zwar nicht verwandeln, schleppte allerdings einen gewaltigen Felsbrocken mit mir herum.

Annabell klatschte in die Hände. »Und Narziss wurde später seinerseits von der Göttin Nemesis gerichtet, indem er sich in sein eigenes Spiegelbild verliebte.«

»Nach der Nymphe Echo ist übrigens das Phänomen des Echos benannt.« Unauffällig hatte Doktor Montgomery den Raum betreten und involvierte sich sofort mit sichtlicher Begeisterung in den Exkurs. »Und von Narziss stammt die narzisstische Persönlichkeitsstörung – eine schreckliche psychische Erkrankung.« Interessiert taxierte er mich. »Haben wir gar eine Kundige der griechischen Mythen in unserer Runde?«

Annabell nickte eifrig. »Oh ja. Loreleys Vater ist Lehrer für Geschichte und Literatur. Sie hat das alles quasi mit der Muttermilch aufgesogen.«

»Phantastisch! Unbedingt müssen wir uns einmal in Ruhe zusammensetzen. Ich habe ein Faible für den Trojanischen Krieg und die Odyssee. Logan kennt sich ebenfalls ein wenig in dieser Thematik aus, und natürlich meine liebste Hilary.« Doktor Montgomery zeigte auf meinen Fuß. »Vorläufig wollen wir uns jedoch Ihrer Verletzung widmen. Erst die Arbeit, dann das Vergnügen. Mary, richtest du bitte das Röntgengerät her? Suzy ist noch bei dem Fischer.« Er tätschelte meinen Arm. »Ich möchte bloß sichergehen, dass tatsächlich nichts weiter verletzt wurde. Als Arzt habe ich schon viele Dinge gesehen, die eigentlich nicht sein dürften. Demnach ist Vertrauen gut, Kontrolle besser.«

Vorsichtig löste er die Bandage. »Die Einblutung ist glücklicherweise gering. Die Schmerzen bei einer Bänderzerrung währen trotzdem eine Weile und sind unangenehm. Besorgen Sie sich praktisches Schuhwerk, Ms. Creed, und belasten Sie den Fuß nicht. Sport ist in den nächsten Wochen tabu. Sollten einige Fasern gerissen sein, brauchen die Zeit, sich zu erholen.«

»Ich achte darauf und kümmere mich um gute Schuhe.« Nun war der Doc der Dritte, der mich auf meine unpassende Kleidung aufmerksam machte. Ihm gestand ich es als Einzigem in vollem Umfang zu.

»Wenn die Untersuchung nicht zu lange dauert, halten wir danach bei Tara«, schlug Annabell vor.

»Röntgen und Verband anlegen – in zehn Minuten bin ich fertig.« Doktor Montgomery hob ermahnend den Zeigefinger. »Sofern Sie sich bei Tara in einen Stuhl setzen und Ihnen die Gewänder vorgeführt werden, Ms. Creed, habe ich nichts dagegen. Darüber hinaus entspannen Sie sich heute. Die Arbeit läuft Ihnen nicht davon, und wenn doch, würden Sie sie in Ihrem Zustand sowieso nicht einfangen.«

Von selbst glitten meine Gedanken zu Mia. Sie erledigte die standardisierten Aufgaben bravourös und hatte sich zusätzlich aufgebürdet, in Gesprächen mit Hilary weiter vorzudringen. Zwischen Mia und Hilary hatte sich ein gewisses Näheverhältnis entwickelt, das uns die persönlichen Verbindungen näherbringen konnte. So leid es mir tat, Mia allein lassen zu müssen, würde ich speziell bei diesem besonderen Vorhaben nur stören.

Hilary stand mir zwar nicht mehr ablehnend gegenüber, war in meiner Gegenwart allerdings reserviert. Forderungen an mich zu stellen, fiel ihr dabei nach wie vor nicht schwer. Mit mir über belanglose Dinge zu plaudern, dafür sehr.

»Also, wenn es dir wirklich keine Umstände bereitet, würde ich Tara gern einen Besuch abstatten«, sagte ich zu Annabell, während sich der Doc bereits an meinem Fuß zu schaffen machte.

»Aber nein! Ich bin froh über die Abwechslung. Vielleicht finde ich eine hübsche Jacke für den Winter. Seit drei Jahren laufe ich mit derselben herum.« Annabell ging zur Tür. »Ich warte draußen und kündige uns bei Tara an.«

»Tara ist eine großartige Frisörin«, erklärte Mary, nachdem Annabell den Raum verlassen hatte. »Sie kommt sogar mit Annabells Haaren zurecht. Außerdem sind ihre Nageldesigns toll. Ich habe keine Ahnung vom Trojanischen Krieg – was Kosmetik anbelangt, bin ich jedoch ein Ass.«

Doktor Montgomery verzog die Mundwinkel. »Die Feder ist mächtiger als das Schwert. In diesem Fall sind es die Schere und der Föhn, die gegen das Schreibgerät aufbegehren. Ich hoffe inständig, die Feder wird auch bei dir einmal gewinnen, Mary.« Er hob den Daumen. »So, wir sind fertig, Ms. Creed. In drei, vier Tagen möchte ich Sie wiedersehen. Das ferne Rom wurde schließlich genauso wenig an einem Tag erbaut, nicht wahr?«

»Danke.« Ich setzte mich auf und griff nach den Krücken. »Sie haben meine Versicherungsdaten noch nicht.«

»Die bringen Sie mir beim nächsten Mal, gemeinsam mit einem Termin für das mythologische Rendezvous. Ich habe jeden Abend Zeit.«

»Noteinsätze ausgenommen«, bemerkte die Hebamme.

»Beschwöre das Unglück nicht herauf, Mary.« Doktor Montgomery zwinkerte mir zu. »Sie wird nicht eingeladen. Erstens bin ich abergläubisch, zweitens will ich über Odysseus und nicht Taras Künste philosophieren. Abgemacht?«

Da Mary mit einem breiten Grinsen zeigte, nicht beleidigt zu sein, nickte ich zustimmend. »Ja, abgemacht.«

Unbeholfen rutschte ich von der Liege, positionierte die Gehhilfen und humpelte in das Empfangszimmer.

Annabell stand schon bei der Tür. »Tara erwartet uns. Sie hat eine Kundin, ist aber in fünf Minuten mit ihr fertig. Das passt punktgenau, als hätten wir es lang geplant.«

Wir gingen zum Auto und fuhren die kurze Strecke bis zu Taras Salon. Das Ein- und Aussteigen in Annabells Wagen fiel mir deutlich leichter als bei Logans Jeep. Ich war froh, keine Hilfe zu benötigen.

Nachdem wir den Salon betreten hatten, sah ich mich sofort neugierig um. Ständig wurde über Tara geredet, und ich war gespannt, was sie zu bieten hatte.

Auf der linken Seite standen zwei Friseurstühle vor einem großen Spiegel, daneben befand sich der Platz für die Maniküre.

In Seattle rangen die Friseurläden mit immer obskureren Einrichtungen um ihre Kunden. Mächtige, glitzernde Kronleuchter, Barbetrieb und Massagestühle zählten längst zu den Klassikern. All dies schien hier nicht notwendig zu sein.

Mein Blick schwenkte auf die andere Seite.

Fast den gesamten Bereich nahmen unzählige Kleiderständer ein, die so dicht aneinandergereiht waren, dass man beim Durchlaufen links und rechts an den Stücken streifte. Mitten drinnen prangten zwei Gestelle mit Modeschmuck. An den Wänden reichten Holzregale bis zur Decke. Wie sollte ich in diesem Gedränge etwas aufstöbern?

Aus einem schmalen Gang trat eine große, schlanke Frau mit langen, dunklen Haaren. Sie trug einen engen blauen Pulli und eine weich fließende schwarze Marlene-Hose. Das Make-up unterstrich ihre großen Augen und betonte die vollen Lippen. Selbst in einer Großstadt wie Seattle würde sie aus der Masse hervorstechen.

»Wie schön. Nun lerne ich endlich Ms. Creed kennen. Der ganze Ort spricht von Ihnen«, sagte sie mit weicher Stimme. »Hi, Annabell. Du brauchst dringend einen Haarschnitt. Sonst sind die Locken nicht zu bändigen.« Wieder an mich gewandt erklärte sie: »Annabell hat um ein Drittel mehr Haare auf dem Kopf als eine durchschnittliche nordamerikanische Frau. Dazu sind sie fest und dick. Grundsätzlich ein Traum, wenn man sie angemessen pflegt. Ihre Frisur gefällt mir, Loreley – ich darf Sie doch so nennen? Ein paar hellere Strähnen, die nicht als solche erkennbar sind, würden Ihnen allerdings Lebendigkeit schenken. Die heißen ›Baby Lights‹.« Sie fixierte meine Hände. »French Nails, etwa drei bis vier Millimeter länger, strecken Ihre Finger. Sie sind ein eleganter Typ, streichen Sie das heraus.«

Ich hüstelte. Die Beurteilung meines Haars und meiner Nägel brachte mich in Verlegenheit. Tara schmeichelte mir, und zugleich kamen Verbesserungsvorschläge, die mir – wider Erwarten – gut gefielen. »Jetzt bin ich wegen bequemer Winterschuhe und Kleidung hier, aber beim nächsten Mal lasse ich mich gern von Ihnen stylen.«

Annabell lachte auf. »Du hast es gehört. Heute fallen dir weder Loreleys noch meine Haare zum Opfer.« Sie zeigte auf das Chaos. »Endlich sind die restlichen Wintersachen eingetroffen.«

»Mit zwei Wochen Verspätung!« Tara stöhnte auf. »Dafür ziehe ich mir fünf Prozent vom Preis ab. Also, womit kann ich außer Schuhen dienen?« Ihr Blick glitt an mir hinab und blieb an meinem Fuß hängen. »Man hat mir schon von dem Unfall erzählt. Sie benötigen etwas Weiches mit Fell. In ein paar Tagen beginnt es zu schneien. Bei uns verläuft das anders. Sie klimpern dreimal mit den Wimpern, und wie durch einen Zauber ist alles weiß. Schade um das Geld für Boots mit niedrigem Schaft, wir nehmen Stiefel. Für drinnen finden wir hübsche Slipper.«

»Ich weiß nicht, ob mein Parka warm genug ist. Mütze und Handschuhe, die ich eingepackt habe, sind chic, doch bloß aus feiner Mohairwolle«, murmelte ich.

Tara würde eine großartige Verkäuferin in einem teuren Innenstadt-Designerladen Seattles abgeben. Auf hohem Niveau erfüllte sie die Beratungsfunktion und wies darauf hin, was einem fehlte, obwohl es bisher nicht gefehlt hatte.

Tara drehte einen der Friseurstühle um und stellte einen Hocker davor. »Sie nehmen bitte Platz, Loreley, und legen den verletzten Fuß hoch. Lasse ich Sie zu lange stehen, rügt mich der Doc. Er sieht und hört alles.« Sie lächelte schelmisch. »Kräftige Farben wie Rot oder Orange empfehle ich Ihnen nicht. Wir wählen sanftere Töne. Schwarz ist meine Passion, wäre in seiner Schlichtheit aber ebenfalls raffiniert.«

Während ich mich pflichtschuldig setzte, spazierte Tara bereits zwischen den Ständern hin und her.

Annabell zwinkerte mir zu und flüsterte: »Keine Sorge, Sie versteht ihr Handwerk.«

Noch immer überwältigt von der Begegnung nickte ich und überlegte, wie ich am besten reagierte, sollte ich mit Taras Auswahl nicht einverstanden sein.

KAPITEL 16
Mia

Mia zog die Mütze tiefer in die Stirn. Mat hatte sie nach dem Abendessen zu einem Spaziergang am Seeufer eingeladen, und nun war sie froh, sich entgegen ihrem eigentlichen Vorhaben warm eingepackt zu haben. Zwar sah sie in ihrem taillierten Mantel deutlich besser aus, hätte allerdings ohne Unterlass gefroren.

Mat schien der eisige Wind nichts auszumachen. Dabei trug er nur eine Lederjacke und darunter ein T-Shirt.

»Siehst du die Lichter da drüben?« Er zeigte auf den See hinaus. »Ungefähr auf halber Höhe des dahinter liegenden Bergs befindet sich ein Felsvorsprung. Die Aussicht von dort ist unbeschreiblich.«

»Solltest du mich gerade indirekt zu einer Wanderung auffordern, sei gewarnt. Ich besitze keine große Ausdauer. Als klassische Städterin bin ich es gewohnt, durch ein Einkaufscenter zu schlendern. Außer einer Bergtour bin ich aber zu fast allen Schandtaten bereit.«

Mat ergriff ihre Hand. »Dann muss wohl eine andere Idee her.«

»Ich glaube, es ist egal, wohin du mich verschleppst. Meine Begeisterung für Alaska und seine Natur ist längst geweckt. Du brauchst mich nicht erst mit großartigen Ausflügen zu ködern.« Mia verwendete keine Höflichkeitsfloskel, um Mat zu erfreuen – die *Begeisterung* war echt und hatte sie schon gepackt, als sie aus dem Wasserflugzeug gestiegen war. Alaska hatte etwas so Ursprüngliches und Wesenhaftes an sich, dass sie vor Empfindungen fast platzte. Alles hier strahlte Kraft aus und war unverfälscht. Allein das dunkelblaue Wasser des Sees und das saftige Grün der Bäume ließen sie ins Schwärmen geraten. Sie mochte sogar die schlammigen Straßen und die keineswegs makellosen Häuser.

»Wäre nur noch zu erläutern, wer die größere Magie auf dich ausübt, die Natur oder ich«, erwiderte Mat.

Mia musterte ihn im diffusen Schein des Mondes, der immer wieder hinter den schnell ziehenden Wolken verschwand. Mat kam ihr vor wie die Verkörperung dieses Landes – geradlinig, bodenständig, ungekünstelt mit dem Hauch eines freien Geistes.

Diese Eigenschaften sowie der aus seinem Mund unpassend wirkende Ausdruck »Magie« gaben schließlich den Ausschlag für ihre Antwort. »Du verarschst mich, Mat Hennings, nicht wahr?«

Er lachte auf. »Ein wenig. Zwei Schritte aufs Glatteis, nicht mehr – und liebevoll gemeint. Was hat mich verraten?«

Jetzt war es Mia, die lachte. »Magie ins Spiel zu bringen, war ein bisschen zu dick aufgetragen. Aber sei vorsichtig, solche Aussagen haben bisweilen eine prophetische Wirkung. Am Ende klebe ich für alle Zeit an deiner Backe.«

»Wäre das so übel?« Mat hob die Hand und umspannte mit den Fingern ihren Nacken. »Um bei der Wahrheit zu bleiben, habe ich den Felsvorsprung bloß erwähnt, damit wir anhalten – ich möchte dich nämlich küssen. Und hinter dem *magischen* Gesäusel verbirgt sich die Frage, ob ich interessant für dich bin.« Kaum hatte er ausgesprochen, zog er sie zu sich und senkte den Kopf.

Als Mia seine Lippen auf ihren spürte, schossen auf der Stelle Tausende kleine Feuerpfeile durch ihren Körper. Es war, als entzündeten sie jede einzelne Nervenzelle. Unwillkürlich stöhnte sie auf und öffnete den Mund. Seine Zunge drang ein und löste in ihr erst recht einen Brand aus.

Hatten sie sich beim ersten Date mehr spielerisch und erforschend geküsst, schlug nun eine meterhohe Welle der Leidenschaft über sie hinweg.

»Wir sind in der Nähe meines Hauses«, flüsterte er.

Mia musste nicht überlegen. Ihre Sinne klangen hell, und jede Faser sehnte sich nach ihm und der Erlösung. »Nichts wie hin.«

Abrupt trat Mat einen Schritt zurück. »Warte bitte kurz, ich benötige eine Abkühlphase. So kann ich nicht gehen.« Er schmunzelte. »Herrgott, machst du mich …«

»Geil? Zu deiner Beruhigung: Das geschieht vice versa.« Warum sollte sie lügen? Sie war eine erwachsene Frau, die sich nicht hinter falscher Prüderie zu verstecken brauchte. Lang genug war sie durch das Tal der Tränen – wie sie ihre Situation für sich mit einer gehörigen Portion Ironie und nicht geringerer Wehmut gern bezeichnete – gelaufen und wollte den Moment auskosten.

Es lag jedoch nicht allein an der Einsamkeit, dass sie dermaßen stark auf Mat reagierte. Seine Berührungen riefen Gefühle in ihr hervor, die sie so nicht kannte. Wahrhaft stand sie buchstäblich in Flammen und war erfahren genug, zu wissen, dass es sich bei dieser Intensität um etwas Besonderes handelte.

Erneut suchte Mat ihre Hand. »Ich hoffe, es klingt nicht zu kitschig, wenn ich dir jetzt sage, dass *magisch* es für mich ziemlich auf den Punkt trifft.«

Dank der Wolken, die gerade den Mond freigaben, sah Mia gut. Wieder prüfte sie seinen Ausdruck. In Mats Gesicht war kein Hauch von Schalkhaftigkeit zu entdecken.

Sie schnalzte mit der Zunge. »Somit haben wir also bereits ein Synonym für uns.«

»Bin ich nun dran, verarscht zu werden?«

Entgegen dem legeren Ton registrierte Mia unterschwellige Nervosität. Kaschierte die Begierde gar eine mächtigere, vorläufig schwelende Empfindung?

Der plötzlichen Eingebung folgend antwortete sie: »Nein, es ist mein voller Ernst. Hast du meine Reaktion auf deinen Kuss nicht bemerkt?«

»Doch, aber die Gewissheit tut gut.«

Sie spürte, wie Mat zur Bekräftigung ihre Finger fest drückte.

Seine in jeder Hinsicht offene Art verzauberte sie förmlich, ebenso wie ihr die Tatsache gefiel, dass er ihren unverblümten Stil nicht mit schreckgeweiteten Augen abwertend kommentierte. Sie mochte es, Dinge beim Namen zu nennen und weder umschreiben noch verheimlichen zu müssen.

Liam wäre allein bei dem Wort »geil« aus allen Wolken gefallen, geschweige denn hätte er sich in einem Gespräch so unumwunden mitgeteilt wie Mat gerade.

»In deiner Gegenwart bin ich komplett unbefangen«, murmelte Mia. »In der Sekunde könnte ich einen Monolog über Ekstase und Lust halten. Den sollte ich bis zur Ankunft bei dir zu Hause allerdings besser aussparen, oder?«

»Unbedingt. Außer du willst den viertelstündigen Heimweg auf vierzig Minuten ausdehnen. Wir würden nämlich wirklich ständig pausieren.«

Mia wagte einen weiteren Vorstoß. »Ist *er* so groß, dass er in erregtem Zustand beim Laufen stört?«

»Groß genug, um lästig zu sein. Aber fälle dann dein eigenes Urteil«, erwiderte Mat ungerührt.

Wo bist du all die Jahre bloß gewesen, Mat?, dachte Mia unvermittelt. Nichts anderes hatte sie sich immer gewünscht. In dieser Form miteinander zu reden, würzte nicht nur die Situation, sondern förderte jene besondere Intimität, die für sie das Spezielle ausmachte. Schließlich handelte es sich um keinen Small Talk mit Kollegen beim After-Work.

Sie lächelte hintergründig. »Bei mir fühlt es sich an, als würde eine Ameisenarmee zwischen den Schenkeln hin- und herrennen.«

»Ach, hör auf! Sonst vergesse ich mich gleich hier in der Kälte.« Leise pfiff Mat die Melodie von Beethovens Fünfter Symphonie. »Es ist ziemlich schräg, dass du Ameisen als Beispiel verwendest – und noch viel schräger, dass mich das anturnt. Fast gespenstisch, was du bei mir auslöst.« Er gab Mias Hand frei und legte den Arm um sie. »Du steckst voller

Überraschungen. Wegen meiner etwas lockeren Ausdrucksweise habe ich schon unzählige Ermahnungen einkassiert. Du selbst nimmst ebenfalls kein Blatt vor den Mund. Bist du ehrlich, oder passt du dich mir an? Gestehe, Mia Thompson.«

»Du kriegst mich ungeschminkt und ungeschönt. Bei mir darfst du gewisse Körperteile sogar beim Namen nennen und beschreiben.« Im Stillen dankte sie Mat für den neckenden Ton, der sie von dem gepfiffenen Takt ablenkte. Sie glaubte nämlich wirklich an Vorsehung – und die bescherte ihr gerade eine Gänsehaut. Einem eifrigen Musiklehrer an der Highschool war es geschuldet, dass sie Beethovens Worte über den Beginn seiner Fünften Symphonie nie vergessen würde: »Da pocht das Schicksal an die Tür.«

»Erzähl mir etwas über dich, über deine Arbeit«, sagte Mat, der von ihrem Schauer natürlich nichts mitbekam.

Mia hieß seinen Schwenk, ohne zu zögern, willkommen. »Üblicherweise bin ich bei Außeneinsätzen nicht dabei, habe mich aber rasch eingelebt und finde die Abwechslung toll.«

Mia hatte damit gerechnet, dass der Grund ihres Aufenthalts im Laufe des Abends thematisiert werden würde. Wie Mat die Frage gestellt hatte, ging es nicht um das Projekt, sondern um sie persönlich. Demzufolge brauchte sie nicht gegenzusteuern.

»Warum bist du ausgerechnet nach Alaska mitgereist? Versteh mich nicht falsch, ich bin heilfroh darüber«, entgegnete Mat.

»Hofstetter Wood ist ein komplexer Auftrag, und wir hatten wenig Zeit zur Vorbereitung. Genau genommen sollten weder Loreley noch ich hier sein. Sie ist erst von einem Einsatz zurückgekehrt und hätte eigentlich im Rahmen der Firmengepflogenheiten pausiert, jedoch ist sie die beste Prozessoptimiererin bei WWS Industries.«

»Ja, Logan hat mir berichtet, dass bei Hofstetter Wood einiges im Argen liegt.« Mat stöhnte laut auf und schlug sich mit der freien Hand auf die Stirn. »Oh, verdammt, ich Idiot. Streich das bitte.« Energisch schüttelte er den Kopf. »Was ist das mit uns? Du bist mir so seltsam vertraut, dass ich überhaupt nicht überlege, was ich sage. Verrückt und völlig neu für mich.«

Abrupt hielt Mia inne. Unbestritten handelte es sich bei Mats Anspielung um den Diebstahl. Er war der einzige Punkt, der bei Hofstetter Wood *im Argen lag*. Dazu kam Mats entsetzte Reaktion auf seine Äußerung. Sie zerstreute jeden Zweifel.

Was sollte sie erwidern?

Tatsächlich herrschte zwischen ihnen eine natürliche, ungekünstelte Harmonie, die selbst mit intensivsten Bemühungen nicht bewusst hervorgerufen werden konnte. Ging sie jetzt auf seinen Hinweis ein, würde sie ihr Wissen im Gegenzug ebenfalls offenbaren. Dabei drehte es sich nicht um Fairness oder Ausgewogenheit. Ehrlichkeit war der ausschlaggebende Faktor. *Ja, Ehrlichkeit!*

»Was das mit uns ist, weiß ich auch nicht. Vielleicht ticken wir einfach ähnlich«, sagte Mia. »Darüber hinaus stehen gewisse Kenntnisse im Raum, und wir müssen entscheiden, ob wir über sie reden.«

Mat räusperte sich. »Nicht du hast dich verquatscht, sondern ich. Halt mich für einfältig und naiv, doch glaube ich ehrlich, dass es intuitiv im besten Sinne der Sache geschehen ist.«

»Ich habe keinen Schimmer, was du meinst.« Für einen Moment gaben die Wolken abermals den Mond frei, und Mia sah Mats versonnenes Lächeln. Schnell fügte sie hinzu: »O mein Gott! Deine Einsicht hilft jemandem.«

»Ja.« Mat strich sich durchs Haar. »Im Augenblick wünsche ich, wir würden uns schon länger kennen. Dann wäre die leidige Vertrauenskiste vom Tisch.«

Erhoffte er sich eine Bestätigung ihrer Loyalität? Die würde sie Mat nicht bieten, dafür die reine Wahrheit. »Ich werde nicht nachbohren und keine Floskel formulieren, die dir vermeintlich Sicherheit schenkt. Ebenso wenig schwöre ich, felsenfest zu schweigen. Wenn es von Bedeutung ist, werde ich Loreley Bescheid geben.«

Mat nickte. »Danke für deine Aufrichtigkeit. Sie bedeutet mir mehr, als du ahnst.« Er legte den Kopf in den Nacken. »Logan hat bestimmte – ach, wie nenne ich das? – Irregularitäten im Unternehmen entdeckt. Er sorgt sich um Hofstetter Wood sowie darum, selbst ins Kreuzfeuer zu geraten. Also möchte er auf eigene Faust herausfinden, wer dahintersteckt. Meinen Vorschlag, mit Loreley zu sprechen, hat er ausgeschlagen. Der Doc würde den Grund dafür wohl mit ›Schlafende Hunde soll man nicht wecken‹ umschreiben.«

Mia schloss die Augen und stöhnte auf. Dass der ursprünglich belanglose Schwenk zur Arbeit in eine derart heikle Situation ausartete, hatte sie nicht im Ansatz geahnt. Nahezu hörte sie Loreleys aufgeregte Stimme, die ihr eine Warnung zurief.

Mit allem Verstand und sachlichem Denken verdrängte sie den Alarm und sagte leise: »Die Hunde sind längst erwacht.«

Unvermutet zog Mat sie in seine Arme und drückte sie an sich.

»Wofür ist das denn?«, fragte Mia. Wie sie bei dem Kuss vorhin die Veränderung zu tiefer Leidenschaft gespürt hatte, war sie gewiss, dass diese Umarmung ihren Ursprung nicht in der Sexualität hatte. Sie war warm und innig.

»Ganz einfach dafür, wie du bist.« Mat seufzte auf. »Es tut zwar nichts zur Sache, aber den Verlauf unseres Abends habe ich mir anders ausgemalt. Der Inhalt unserer Unterhaltung manövriert meine Libido gerade in Richtung des Nullpunkts.«

»Meinst du, ich hätte im Moment große Lust auf Sex?« Kurz lehnte sich Mia an seine Brust. »Dass wir in das Thema hineingetappt sind, lässt sich nun nicht mehr ändern. Folglich brauchen wir einen Plan. Dein Freund steht auf der Liste der Verdächtigen. Das ist dir klar, oder?«

»Ja, ist es.« Mat streichelte über ihre Wange. »Beeilen wir uns zu mir nach Hause und reden alles in Ruhe durch. Haben wir die Vorgehensweise fixiert, garantiere ich allerdings für nichts. Meine ursprüngliche Absicht ist nicht jäh verschwunden.«

Mia stellte sich auf die Zehenspitzen und küsste ihn. »Das hoffe ich doch inständig.«

KAPITEL 17

Loreley

Ich setzte mich an den für uns ab nun vorgesehenen Tisch am Fenster und warf einen wehmütigen Blick auf meinen Barhocker. Es würde einige Zeit dauern, bis ich ihn wieder erklimmen konnte.

Vorsorglich hatte Annabell ein Reserviert-Schild in der Mitte des Tischs platziert und mir einen Schemel vorbereitet, auf den ich den verletzten Fuß legte.

»Guten Morgen.« Annabell stellte die Kaffeetasse vor mir ab und wies auf meinen Knöchel. »Wie geht es ihm?«

Die immerwährenden Fragen nach meinem Zustand waren ungewohnt. Nicht einmal meine Eltern hatten sich je dermaßen offenkundig um mich gekümmert, wenn ich als Kind krank gewesen war oder mir eine Verletzung zugezogen hatte. Ich lächelte. »Viel besser, danke. Die Schmerztabletten helfen. Fast tut es mir leid, heute arbeiten zu müssen. Ich möchte erfahren, was bei den *Gilmore Girls* weiter geschieht.«

Meine Aussage war keine blanke Schmeichelei für Annabell. Ich war wirklich neugierig, wie sich die Geschichte von Mutter und Tochter entwickeln würde.

»Dann hat dich das Fieber also auch gepackt. Wo bist du gerade?«

»Jess wirbelt alles durcheinander. Was wird aus ihm und Rory?«

»Oh nein. Ich verrate nichts.« Abrupt drehte sich Annabell um. »Mia! Du kommst im richtigen Moment. Loreley will mich über die *Gilmore Girls* aushorchen. Sie ahnt nicht, wie einfach es ist, mir etwas über sie zu entlocken. Ich hole dir einen Kaffee.«

»Danke.« Mia nahm Platz und senkte die Lider.

Sofort erkannte ich, dass etwas mit ihr nicht stimmte. »Ist alles in Ordnung, Mia?«

Bevor sie antwortete, sah sie mich eine Weile lang gedankenverloren an.

»Wie man es nimmt. Im Grunde ja.«

»Nun sag schon, ist etwas passiert?«

Mia nickte. »Ich war doch gestern mit Mat spazieren. Nach der Runde hat er mir sein Haus gezeigt, und ich habe bei ihm übernachtet. Erst seit knapp einer Stunde bin ich zurück.«

Ich musterte sie und hoffte, etwas aus ihrer Mimik herauszulesen. War das Zusammensein mit Mat nicht so verlaufen, wie sie es sich vorgestellt hatte? »Ist es denn nicht … schön gewesen?« Umstandsbedingt fiel mir auf die Schnelle keine passendere Formulierung ein.

Mia und ich waren seit Langem Vertraute. Wir sprachen über persönliche Belange, und seit unserem Aufenthalt in Alaska hatte sich das Verhältnis vertieft – wir waren zu echten Freundinnen geworden. Dennoch mochte ich ihr nicht zu nahe treten, zumal sie sich äußerst seltsam verhielt.

Endlich erschien ein Strahlen auf ihrem Gesicht. »Nicht schön? Genau das Gegenteil! Großartig war es, und ich werde dir davon erzählen, aber darum geht es jetzt nicht. Ich muss dich um etwas ersuchen, bevor …« Sichtlich unzufrieden brach sie mitten im Satz ab. »Ach was, versprich mir bitte einfach, dass du nicht sauer sein wirst.« Mia hob die Hände. »Ich weiß, wie komisch das aus heiterem Himmel und ohne Hintergrundwissen klingt. Gerade fühle ich mich, als wären wir siebzehn Jahre alt und an der Schule. Hinter meiner Bitte steckt jedoch ein wahrhaft ernstes Motiv. Keinesfalls will ich, dass du das, was ich getan habe, als schwach oder leichtfertig auslegst. Es ist zwar überstürzt geschehen, war dessen ungeachtet wohlüberlegt. Ich bereue es nicht.«

Irritiert starrte ich Mia an. Sie war wirklich besorgt. »Wovon sprichst du?«

Ehe Mia etwas erwidern konnte, öffnete sich die Tür, und Mat trat ein. Logan folgte ihm.

Was hatte das zu bedeuten? Mein Blick glitt zwischen Mia, Mat und Logan hin und her. Schließlich verharrte er auf Annabell, die mit Mias Kaffeetasse mitten im Raum stehen geblieben war und die beiden – ebenso überrascht wie ich – anschaute.

»Was macht ihr beiden denn hier?«, fragte sie.

»Das würde ich auch gern erfahren.« Logan fixierte Mat. »Du schreibst mir mitten in der Nacht eine mehr als kryptische Nachricht und klopfst frühmorgens an meine Tür, um mich abzuholen. Auf der Fahrt sagst du kein Wort. Hat das etwas mit Ihnen zu tun, Ms. Creed?«

Ich schüttelte den Kopf. »Ich bin so ahnungslos wie Sie.«

Die Situation wurde immer merkwürdiger. Erst redete Mia in Rätseln und entschuldigte sich für etwas, das sie vorläufig zu verbergen gedachte, dann erschienen auf einmal Mat und Logan, wobei Logan ebenfalls im Dunklen tappte. Dass Mia bei Mat übernachtet hatte, konnte nicht der Grund für dieses geheimnisvolle Vorgehen und die Zusammenkunft sein.

Mia räusperte sich. »Nehmt Platz – bitte. Mat und ich müssen euch über etwas informieren.« Sie wartete, bis Mat und Logan sich gesetzt hatten, daraufhin wandte sie sich Annabell zu, die ihr die Tasse reichte. »Vielen Dank.«

Erst als Annabell sich entfernt hatte, sprach sie weiter. »Es tut Mat und mir leid, dass wir euch derart überrumpeln. Zu Beginn hatten wir erwogen, uns getrennt mit euch zu unterhalten, letztlich jedoch anders entschieden. Totale Transparenz ist das Wichtigste.«

Mat sah Logan direkt an. »Ich habe Mia gestern erzählt, dass du den Betrug bei Hofstetter Wood entdeckt hast und heimlich nach den Verantwortlichen suchst.«

Logan fuhr auf. »Bist du verrückt?«

»Einen Moment! Das ist noch nicht alles. Auch ich habe etwas loszuwerden.« Mias Blick schwenkte zu mir. »Mat weiß über unsere verdeckten Ermittlungen Bescheid.« Sie legte die Hand auf Mats Unterarm. »Bevor ihr uns beiden Vorhaltungen macht, denkt bitte nach. Wir stehen alle – ohne jeden Zweifel – auf derselben Seite.«

Dafür hatte mich Mia vorhin also um Verzeihung gebeten. Wie hatte sie gesagt? »Was ich getan habe, war wohlüberlegt.« Wenngleich sich mein Magen vor Ärger jäh zusammenzog, vertraute ich Mia. Die Situation zwischen ihr und Mat musste absolut schlüssig gewesen sein, sonst hätte sie nichts über unseren Zusatzauftrag preisgegeben. Wie es dazu gekommen war, würde sie mir intern ausführlich berichten.

Jedenfalls war es ein überaus kluger Schachzug, uns alle an einem Tisch zu vereinen. Bestimmt stammte er von Mia – sie kannte mich zu gut. Auf diese Weise hatte ich nämlich mit eigenen Augen gesehen, dass es kein gewiefter Trick Logans war, mich über Mia und Mat in Sicherheit zu wiegen. Weder Logans Erstaunen noch seine Wut war gespielt.

Unmerklich atmete ich tief durch. Dies war in der Tat eine schwierige Lage, die mir einiges abverlangte. Überbordende Emotionen waren allerdings fehl am Platz. Vielmehr galt es, unverzüglich zu handeln. Demzufolge schluckte ich mein Missfallen hinunter, konzentrierte mich auf Mias *ohne jeden Zweifel* und strich Logans Namen von der Verdächtigenliste.

»Was passiert ist, ist passiert. Uneingeschränktes Stillschweigen bleibt oberstes Gebot, das versteht sich von selbst.« Ich faltete die Hände. »Mr. Finnley, gemäß der neuen Konstellation benötigen wir einen Ort, an dem wir ungestört reden und von dem aus wir unbeobachtet operieren können. Sowohl das Büro von Hofstetter Wood als auch das Lokal erscheinen mir umständehalber nicht geeignet.«

Logan nickte. »Ich gebe Ihnen recht. Als ersten Schritt schlage ich vor, unsere Einsichten abzugleichen. Gerne stelle ich mein Haus für Besprechungen zur Verfügung. Es liegt isoliert etwas oberhalb von Glacy. Niemand wird uns dort hinterherschnüffeln.«

»In Ordnung.« Ich beugte mich vor und fixierte Logan. »Sie haben sich von Mat in die Stadt fliegen lassen. Hatte das etwas mit dem Fall zu tun?«

»Ja. Ich war bei einem Bekannten aus der Studienzeit, einem Anwalt.« Er hielt meinem Blick stand. »Ich habe mich erkundigt, wie ich am besten verfahren soll. Zusammengefasst meinte er, ich müsse mich unbedingt mit Ihnen unterhalten. Nun, das hat sich hiermit erledigt.«

In Logans Stimme lag kein Groll. Wenngleich mir die Empfindung nicht gefiel, leuchtete mir sein generelles Vorgehen ein. Die Erkenntnis, dass jemand in seinem nächsten Umfeld illegale Geschäfte tätigte, hatte ihn bestimmt zutiefst getroffen. Mit mir im Nacken war er in eine Ausnahmesituation geraten, die ihn zusätzlich in Bedrängnis gebracht hatte.

Jäh kroch ein Schauer über meinen Rücken. Betrachtete ich das Format in seinem gesamten Ausmaß, hatte Mias und Mats Eingreifen eine bedeutende Änderung ausgelöst. Der Wirkungskreis beschränkte sich jedoch nicht auf Glacy City – er reichte bis nach Seattle.

Ich war weisungsgebunden, und die Dokumentationen an WWS Industries bestanden grundlegend nicht nur aus dem Ergebnis, sondern beinhalteten auch eine detaillierte Beschreibung des Wegs dorthin. Wie konnte ich einen Geschäftsführer empfehlen, der mich nachweislich bewusst belogen hatte?

Aber ich griff in der Zeit voraus. Erst galt es, den Diebstahl aufzuklären.

»Sie hätten es mir bei meiner Ankunft sagen sollen, Mr. Finnley. Am besten wäre überhaupt gewesen, WWS Industries sofort bei Entdeckung zu informieren.« Für meine Seelenruhe kam ich nicht umhin, diese unbestrittene Wahrheit wenigstens einmal auszuformulieren.

»Sie ahnen nicht, wie klar mir das gerade wird. Hätte ich …«

»Ich unterbreche deine Beteuerungen widerwillig, mein Freund, jetzt haben wir uns allerdings einer anderen Sache zu widmen.« Demonstrativ legte Mat den Arm um Mia. »In Glacy bleibt nichts unbemerkt. Selbst irrelevante Dinge verbreiten sich wie ein Lauffeuer – unser Beisammensein ist in spätestens drei Stunden publik. Bestellen wir ein Frühstück und präsentieren die Unterredung als privates Treffen. Automatisch wird jeder annehmen, es dreht sich um Mia und mich.« Er drückte sie an sich. »Ich habe nichts zu verstecken. Du etwa?«

Logan wartete Mias Erwiderung nicht ab. »Die Idee ist gut, Mat. Freikarte kriegst du trotzdem keine. Das Gespräch unter vier Augen werden wir so und so führen.«

Ich tauschte einen verständnisvollen Blick mit Logan aus. Auch Mia würde es nicht schaffen, sich aus einem Zweierdiskurs herauszuwinden.

Kurz lächelte Logan mir zu. »Nach dem Frühstück fahren wir wie üblich ins Büro. Ich überlege mir etwas Plausibles, um uns den Nachmittag freizuschaufeln. In Glacy ist tatsächlich nichts gänzlich geheim. Am schlimmsten sind die Gerüchte, die in der Folge herumgeistern. Denen müssen wir entgegenwirken.«

Zwar hatte keiner Aprils Beteiligung erwähnt, doch unweigerlich fokussierte sich alle Vorsicht, die wir walten ließen, auf sie. Ich war gewiss, dass nicht einmal Logan und Mat, die die junge Frau seit ihrer Geburt kannten, sie momentan einzuschätzen vermochten. Jedenfalls war ich nicht dazu imstande.

»Hilary ist einer unserer bedeutenden Umschlagplätze im Ort«, sagte Mat. »Mia könnte sie laufend mit gewünschten Informationen füttern.«

Logan nickte. »Gemunkel wird es trotzdem geben, aber wir steuern es. Wenn du so weitermachst, Mat, engagieren wir dich als externen Berater.« Er zwinkerte mir zu. »Ich hätte nie gedacht, dass Sie im Verborgenen an das Verbrechen herangehen, Ms. Creed.«

Lag außer sichtlicher Erleichterung und Verwunderung überdies Achtung in seinem Ausdruck? Ich hob die Schultern. »Es ist die einzig logische Konsequenz. Vergessen Sie nicht, dass auch Sie bis eben ein Verdächtiger waren.«

Obwohl sich Logan Finnley dieses Umstands natürlich bewusst gewesen war, schien ihn die Äußerung zu treffen. Etwas zu wissen, war eine Sache, es zu hören, eine völlig andere.

KAPITEL 18

Frank

Frank knöpfte sich die Jacke zu und ließ den Blick durch den Raum gleiten. Wenngleich jede metallene Fläche blitzsauber war und er selbst im hintersten Winkel eines Regals keinen Schmutzkrümel mehr finden würde, stank es erbärmlich. Der widerliche Geruch schien sich sogar in die aus Aluminium gefertigten Tische und die weißen Fliesen des Bodens gefressen zu haben. Die weiß getünchten Wände hatten ihn wahrscheinlich ebenfalls aufgesogen – er steckte in jeder Ritze.

Wie er diese Tätigkeit doch hasste! Nichts Ehrenhaftes lag in ihr, und dass er sich für sie ständig davonstahl, war beschämend. Bräuchte er das Geld nicht dermaßen dringend, hätte er sich niemals darauf eingelassen.

Rasch durchquerte Frank den Raum und zog die Tür auf. Als er unter freiem Himmel war, holte er erst einmal kräftig Luft.

Im Dämmerlicht erkannte er Joe, der am Ufer des Sees stand und auf das Wasser hinausschaute. Es war höchste Zeit, mit dem Mann zu reden.

Kurz entschlossen ging Frank zu ihm.

»He. Hast du ein paar Minuten für mich?«, fragte er.

Joe musterte ihn von der Seite. »Ich wusste nicht, dass du noch hier bist. Ist alles erledigt?«

»Ja, natürlich. Wir müssen über das Geld sprechen. Ich verdiene zu wenig für den Dreck, den ich für dich durchführe. Wenn du nicht tiefer in die Tasche greifst, höre ich auf.«

»Wie du sprichst, hast du bereits bessere Alternativen«, erwiderte Joe. »Oder willst du mich bloß unter Druck setzen? Der Tränendrüsentyp bist du jedenfalls nicht.« Einen Moment lang schwieg er. »An wie viel hast du gedacht? Ich möchte mir nicht nachsagen lassen, ich sei ein Ausbeuter.«

»Zehn Prozent.«

»Vergiss es, fünf, maximal.«

»Acht.«

Joe schüttelte den Kopf. »Wir sind auf keinem Basar im Orient. Nimm die fünf Prozent und bedank dich – oder verschwinde. Meinst du, ich hätte keinen anderen für den Job?«

»Okay.« Abrupt drehte sich Frank um und lief ohne eine Verabschiedung zu seinem Wagen.

Nachdem er eingestiegen war, verharrte er. Bis zu seinem achtzehnten Geburtstag hatte er in der schlimmsten Scheiße gesessen, die man sich vorstellen konnte. Ohne Hilfe hatte er sich aufgerappelt und sich mit eigenen Händen aus ihr herausgezogen. Nun, knapp vor dem Ziel, gab er bestimmt nicht auf.

Er hatte das ewige Herumziehen satt und musste sich endlich einen finanziellen Grundstock schaffen. Dieser Nebenverdienst kostete Überwindung und war verabscheuenswert, doch würde er durchhalten. In der Vergangenheit hatte er ganz andere Dinge für weniger Geld getan.

Obwohl er auf manches nicht stolz war, achtete er jeden getätigten Griff. Sie hatten ihn dahin gebracht, wo er heute war. Unter seiner Leitung stand der größte Holzfäller-Trupp der Gegend.

Unwillkürlich lächelte er. In Glacy hatte er einen Anker gefunden, und der Plan war gut. Was machte es schon aus, jetzt hineinzubeißen, wenn sich in einem Jahr alles verändert haben würde. Stolz war in Ordnung, konnte man ihn sich leisten.

Noch mit dem Lächeln auf den Lippen startete er den Motor. Es war höchste Eisenbahn, nach Glacy zu fahren und der süßen April im Lokal einen Besuch abzustatten. Zwar störte ihn ihre Mutter, aber sie war ein Übel, das er einstweilen in Kauf nahm. Auch diese Hürde erledigte sich zweifellos von selbst. Im Grunde brauchte er auf allen Ebenen nur die Zeit für sich arbeiten zu lassen.

Letztlich würde sogar Annabell erkennen, dass er kein x-beliebiger Herumtreiber war, den man einfach ignorierte. So seltsam das Gefühl anmutete, wünschte er sich im Verborgenen, von dieser Frau geschätzt zu werden. Dabei ging es nicht darum, freie Bahn bei der Tochter zu haben – der Weg war ohnehin längst geebnet –, sondern um Integration in eine Familie, deren Mitglieder füreinander da waren.

Mit ihrer Einflussnahme war Annabell ihm ein Dorn im Auge, doch sah er sehr wohl, was dahintersteckte. Sie sorgte sich um ihre Tochter und wollte sie vor Schaden bewahren. Dies lag fern einer Welt, in der man harte Schläge erhielt, weil man seine Jacke schief aufgehängt hatte oder zehn Minuten zu spät nach Hause gekommen war.

KAPITEL 19

Loreley

Logan schaltete zurück und nahm die enge Kurve langsam an der Innenseite, wo die Fahrbahn gepflastert war.

Ich hatte bereits mehrere derartige Stellen bemerkt. Dieser Weg war in einem deutlich besseren Zustand als die viel breitere Waldstraße zu dem Camp.

Wir waren seit knapp fünfzehn Minuten unterwegs, und ich fragte mich, wie hoch oben Logan Finnley wohnte.

»Erreichen Sie im Winter bei Schnee Ihr Haus?«, erkundigte ich mich.

»Grundsätzlich ja. Dafür habe ich die Straße herrichten lassen. Es ist Ihnen sicher aufgefallen, oder?«

Ich nickte.

»Einige Male muss ich allerdings unten schlafen, vor allem bei Wintereinbruch«, sprach Logan weiter. »Es wäre nutzlos, den Weg zu räumen, wenn es zwei oder drei Tage durchschneit. Sisyphos ließe grüßen.«

Seit Mias und Mats Offenbarung war mit Logan eine Wandlung vonstattengegangen. Sichtlich fand er sich in der neuen Situation gut zurecht und hatte sein Verhalten mir gegenüber um hundertachtzig Grad gedreht. Besonders fiel mir die Veränderung in einer normalen Konversation wie dieser auf. Logan bemühte sich um einen freundlichen und persönlichen Dialog, der jenseits der mir bisher entgegengebrachten Einsilbigkeit und unterschwelligen Abneigung lag.

Abgezeichnet hatte sich der Umschwung schon am Morgen, als ich meine Emotionen zur Seite geschoben und sachlich auf Mias und Mats Geständnis reagiert hatte. Prompt war Logan darauf eingestiegen und hatte wie selbstverständlich die gleiche produktive Gangart eingeschlagen.

Mit der Erkenntnis, dass er im besten Sinne und zum Wohl Hofstetter Woods agierte, könnte ich mich nun auch endlich von dem tief sitzenden Misstrauen lösen. Es war nicht mehr notwendig, jedes seiner Worte kritisch zu untersuchen und Handlungen argwöhnisch zu beäugen. Doch noch war ich nicht so weit.

Obwohl ich die Gesellschaft des *netten* Logans zu meinem Erstaunen als äußerst angenehm empfand, blieb ich wachsam. Wahrscheinlich musste ich mich bloß an die Lage gewöhnen und wünschte im Stillen, dass der Ursprung meines Gefühls auf unternehmerischem Denken und Verantwortungsbewusstsein gründete. Riefen meine privaten Wirren den Argwohn hervor, hätte ich den falschen Begleiter erwählt und sollte mich schleunigst umorientieren. Wenngleich ich Mia nach wie vor ein wenig zürnte, war ich ihr nämlich über alle Maßen dankbar, den Vorhang der Geheimniskrämerei gelüftet zu haben.

Mats und ihr Eingreifen hatte uns eine zusätzliche Perspektive verschafft. Die Vereinigung erhöhte die Chance, den gordischen Knoten zu entwirren.

»Sind Sie bei Mat, wenn Sie wegen des Schnees nicht nach Hause können?«, fragte ich.

»Nein. Ich habe eine Abmachung mit Annabell. Das private Gästezimmer, in dem Sie gerade wohnen, ist meins.«

»Oh.« Kurz schwieg ich. »Ich hatte keine Ahnung und hoffe, es stört Sie nicht.«

»Überhaupt nicht. Es war mein Vorschlag.« Logan zeigte nach vorn. »Gleich sind wir da.«

Kaum hatte er ausgesprochen, als sich die Bäume lichteten. Über einen weitläufigen Platz fuhren wir seitlich auf eine ebenerdige Holzhütte zu.

Logan parkte und schaltete den Motor aus. »Warten Sie. Ich helfe Ihnen beim Aussteigen.«

Er umrundete den Wagen, nahm als Erstes die Krücken und lehnte sie gegen das Auto. Dann hob er mich heraus und reichte mir die Gehhilfen.

»Rund ums Haus ist zwar gepflastert, aber achten Sie auf die Zwischenräume.«

»Danke. Ich passe auf«, sagte ich höflich und humpelte hinter Logan auf die Frontseite der Hütte zu.

Von selbst hielt ich den Atem an. Die Länge des Gebäudes belief sich auf mindestens fünfzehn Meter und wurde auf der anderen Breitseite von einem Wintergarten begrenzt – von wegen Hütte. Anders als viele Häuser in Glacy City, die vornehmlich weiß, blau oder rot gestrichen waren, hatte Logan das Holz in seiner natürlichen Farbe belassen. Durch große Fenster und eine weite Glasfront wirkte das Gebäude modern, fügte sich jedoch nahezu fließend in die Natur ein.

»O mein Gott«, murmelte ich unwillkürlich, als ich mich umdrehte und den Ausblick sah.

Vor dem Haus erstreckte sich eine sanft abfallende Wiese. Die ersten Bäume waren so weit unten, dass man über ihre Wipfel hinweg das gesamte Tal mit dem See betrachten konnte. »Mein Gott«, wiederholte ich ehrlich ergriffen. »Es ist wunderschön hier.«

Logan lächelte. »Sie müssten im Sommer da sein. Leider gestatten die Temperaturen nicht, dass wir draußen sitzen. Kommen Sie herein.« Er öffnete die Eingangstür.

Das Innere des Hauses erinnerte mich sofort an mein Quartier bei Annabell. Hatte Logan das Gästezimmer nach seinem Geschmack eingerichtet? Auf Anhieb fühlte ich mich wohl.

Eine große dunkelbraune Ledercouch mit dazu passenden Armsesseln und einem niedrigen Holztisch stand in der Mitte des Wohnzimmers. Vor einer Bücherwand befand sich eine Leseecke – zwei dunkelrot bezogene Polsterstühle, ein Tischchen und eine Stehlampe, deren Metallarm sich über die beiden Stühle bog. Gegenüber der Glasfront prangte ein riesiger Kachelofen.

»Nehmen Sie Platz, Ms. Creed. Möchten Sie etwas trinken? Vielleicht einen Kaffee? Meine Maschine schafft sogar Cappuccino mit Milchschaum.«

»Gerne.« Ich setzte mich auf die Couch und wartete, bis Logan mit zwei dampfenden Tassen zurückkehrte.

Er wies auf einen Stapel Papiere und Akten, die auf dem Tisch lagen. »Basisinformationen und meine bisherigen Ergebnisse. Ich bin an einem Punkt angelangt, den ich nicht überwinde.«

»Mia und mir geht es gleich. Nach April Fitzgerald als Konstante fächern sich die Möglichkeiten und Variationen zu sehr auf, als dass wir uns gezielt in eine Richtung wenden könnten.«

Zum ersten Mal in diesem Zusammenhang war jetzt Aprils Name gefallen – und ich hatte ihn genannt.

Bevor ich in Alaska angekommen war, hatte der Diebstahl ein pures Zahlenkonstrukt für mich bedeutet, und sämtliche Emotionen waren Rückprojektionen auf mich selbst gewesen. Dieses Bild hatte durch die Menschen in Glacy City seine Gültigkeit verloren.

Wie ein Mahnmal stand April in meiner Vorstellung für das, was durch unsere Arbeit trotz der momentanen Ratlosigkeit unweigerlich geschehen würde: die Enttarnung weiterer Personen, Verhaftungen, hinter dem Zaun das Entsetzen und die Qual unschuldiger Dritter wie Annabell.

Ich senkte den Blick. »Dass ausgerechnet April an dem Diebstahl beteiligt ist, bereitet mir Sorgen.«

»Inwiefern?«

Die Zeit jeglicher Ränkespiele zwischen Logan und mir war vorbei. Ich hatte mir vorgenommen, restlos ehrlich zu sein, und diesen Entschluss wollte ich nun einhalten. »Wegen Annabell möchte ich April als Opfer sehen und befürchte, sie deshalb nicht objektiv zu beurteilen.«

»Oh, ich verstehe Sie, Loreley.« Logan stöhnte auf. »Zu dem Bedürfnis, Aprils Täterschaft abzuwerten, habe ich außerdem das Gefühl, sie beschützen und auf sie achtgeben zu müssen.« Kurz pausierte er. »Mat und ich haben uns früher recht häufig um sie gekümmert. Annabell hatte damals das Lokal von ihren Eltern übernommen und renovierte es. In einem Ort wie Glacy ist es selbstverständlich, sich gegenseitig zu unterstützen – das lernt man schon als Kind. Wir Jungs schnappten uns den Kinderwagen und fuhren mit April herum.«

»Nicht nur mein Wunschdenken sagt mir, dass April manipuliert wird«, entgegnete ich leise. »Auch die Logik spricht dafür, wenn ich ihre Verbindung zu Frank einbeziehe.«

Logan streckte die Wirbelsäule durch. »Frank steht in meinem Fokus, genauso Brian de Cort. Sie sind quasi Fremde und noch das kleinere Übel. Ungleich problematischer wird es, wenn ich die anderen Varianten betrachte.«

»Meinen Sie Personen wie Robert Bley, Charly Carven oder den ehemaligen Besitzer, Ethan Hofstetter?«

Logan neigte den Kopf. »Robert und Charly sind top in ihren Bereichen. Ihnen jedoch die Organisation eines derart ausgeklügelten Diebstahls zuzutrauen, fällt mir schwer. Ich glaube, Sie wären eher gute Handlanger.« Er rieb sich über die Augen. »Das führt mich kerzengerade zu Ethan. Verbirgt er sich hinter dem Betrug, wäre das Ausmaß verheerend. Es würde mit fast hundertprozentiger Sicherheit bedeuten, dass unabhängig von den Saisonalen auch Einheimische mit drinnen stecken.«

Förmlich sah ich, wie sich Logans Inneres verkrampfte. Intuitiv beschloss ich, nichts zu erwidern, und nickte bloß.

Tatsächlich redete Logan weiter. »Bei Ethan habe ich noch drastischere Empfindungen als bei April. Von der ersten Stunde an war er mein Mentor. Ethan hat mich gefördert und bestärkt, zu studieren. War ich mal down und demotiviert, bekam ich einen Arschtritt. Alles, was ich über die Holzfällerei, das Sägewerk und den Betrieb weiß, stammt von ihm.«

»Gab es je eine Andeutung von Mr. Hofstetter? Wenn er Ihr Mentor war, hat er vielleicht indirekt versucht, Sie einzuweihen.«

»Nichts dergleichen. Im Gegenteil.« Logans Blick glitt durch den Raum. »Als ich beispielsweise das Haus baute, habe ich jeden Holzbalken bezahlt. Ethan räumte mir den Kauf zum Selbstkostenpreis ein, darüber hinaus blieb er strikt.«

Ich rollte die Schultern, um die plötzliche Verspannung in meinem Nacken zu lösen. Der Gedanke an Mr. Hofstetter bereitete mir Unbehagen. Logans Argumente waren stichhaltig, mein Instinkt sprach sich aber gegen ihn als Täter aus. Ich wusste nur noch nicht, warum.

»Sie und Mat betonten den Tratsch in Glacy City. Irgendetwas über den Diebstahl müsste im Laufe der vergangenen zwei Jahre doch durchgedrungen sein. Hätte es kein Gerede gegeben?«, fragte ich und wog ab, ob es sich hierbei wirklich um meinen persönlichen *Missing Link* handelte.

»Ihre Überlegung ist berechtigt, hat allerdings leider einen Haken«, sagte Logan. »Ob Saisonholzfäller, Einheimische oder eine Mischung aus beiden, haben wir es mit einer eingeschworenen Gruppe zu tun. Wie wir kennen sie die Hellhörigkeit der Stadt und agieren demgemäß. Da dringt felsenfest nichts nach außen.«

Er verdrehte die Augen. »Als ich die Unstimmigkeiten entdeckt hatte, war mein erster Impuls, April direkt zu konfrontieren. Zum Glück hat die Vernunft gesiegt, und ich bin davon abgewichen. Ohne einen festen Anhaltspunkt hätte sie sich allzu leicht mit fehlerhafter Arbeit oder Ähnlichem herauswinden können. In der Folge wäre sie sofort los und hätte die Beteiligten gewarnt. Damit endete zwar der Diebstahl, aber der Drahtzieher und seine Gefährten wären über alle Berge und würden nie enttarnt werden.«

Logan zog eine Akte aus dem Stapel und schlug sie auf. »Selbst meine Berechnungen hätten April nicht zwangsläufig in die Enge getrieben. Dabei zeigen sie deutlich, wie viel mehr Holz im Schnitt gewonnen wird, als sich buchstäblich im Auslieferungslager befindet. Sehen Sie.«

Ich überflog die Tabelle und blätterte um. Auf der nächsten Seite hatte Logan den Schwund in einem Balkendiagramm grafisch dargestellt. In groben Zügen zeigten mir seine Aufzeichnungen, dass sich unsere Erkenntnisse deckten. Ich hatte entsprechende Unterlagen von der Revisionsabteilung bei WWS Industries erhalten. Sie waren umfangreicher aufbereitet, jedoch keineswegs besser als Logans.

»Wir haben das Thema schon in der Früh angeschnitten. Ihre Entscheidung war richtig, Mr. Finnley. Wir kommen nur weiter, wenn wir verdeckt vorgehen.« Ich tippte auf Logans Akte. »Wie es aussieht, müssen wir als Erstes versuchen, Mr. Hofstetter auszuschließen.«

»Oder den Verdacht gegen ihn erhärten«, entgegnete Logan mit fester Stimme. »Nehmen Sie bitte keine Rücksicht auf mich, Ms. Creed. Wie Sie möchte ich den Täter entlarven und werde das Ergebnis verkraften. Von Beginn an war für mich klar, niemanden zu decken.«

»In Ordnung. Ich schlage vor, wir durchforsten erst einmal sämtliche Papiere, bis jetzt hat das bloß jeder für sich getan, dann vergleichen wir die von Ihnen und uns angefertigten Zeitabläufe. Die internen Analysen von WWS Industries zeige ich Ihnen ebenfalls. Mit Ihrem Wissen um die tatsächlichen Geschehnisse, Mr. Finnley, komplettieren wir das Bild. Wie wurden die Dinge in der Realität abgewickelt? Was hat wer getan und gesagt? Fällt Ihnen irgendeine Kleinigkeit ein, die rückblickend seltsam erscheint?«

»Für Letzteres stellen Sie mir am besten Fragen – bohren Sie ruhig ordentlich nach.« Logan rieb sich die Hände. »Okay. Sind Sie bereit, loszulegen?«

In diesem Moment wirbelte eine Böe die Blätter vor der Fensterfront hoch, und keine Sekunde darauf schlugen dicke Regentropfen gegen die Scheibe.

Logan griff nach der Kaffeetasse. »Das Wetter tut es uns gleich. Wenn ich daran denke, dass wir offiziell gerade ein abgeforstetes Waldstück besichtigen, fühle ich mich hier im Warmen trotz unserer Aufgabe deutlich wohler.«

»Und ich mich erst!«, erwiderte ich inbrünstig. »Obwohl ich in puncto Outfit dank Tara Springfield nun für jede Wetterlage gerüstet bin. Schnee, Eis und tiefste Temperaturen können mich nicht mehr erschüttern.«

»Das neue Outfit ist mir nicht entgangen. Einen diesbezüglichen Kommentar habe ich mir jedoch erspart. Sie hätten ihn eventuell falsch aufgefasst.«

Ich schmunzelte. »Doktor Montgomery würde sagen: Sie wollten kein Öl ins Feuer gießen.«

»Hat er Sie also bereits infiziert – mit seinen Sprüchen

und … seinen Weisungen.« Logan lächelte hintergründig. »Ich hörte, dass Sie direkt nach seinem Befehl, Schuhe zu kaufen, zu Tara gefahren sind und gründlich geshoppt haben. Wenn ich anmerken darf: Tara hat sich sichtlich bemüht, das Beste aus ihrer Kollektion herauszuholen, und der Entschluss war vernünftig. Trotzdem trauere ich Ihrer ursprünglichen Kleidung nach. Fabelhaft sehen Sie so und so aus, aber die wurde Ihnen gerecht.«

Zum ersten Mal fiel mir auf, dass sich Logans linker Mundwinkel etwas weiter nach oben zog und auf seinen Wangen kleine Grübchen erschienen, wenn er lächelte. Es wirkte ungemein charmant – und machte ihn sympathisch. Beides gestand ich mir mit einem gewissen Widerwillen ein.

KAPITEL 20
Mia

Mia legte das Besteck auf dem leeren Teller ab. »Ich habe nicht damit gerechnet, dass Loreley und Logan so lange arbeiten werden.«

»Logan ist ein Workaholic«, entgegnete Mat. »Hat er sich erst mal in eine Sache verbissen, hört er nicht mehr auf. Wie ein Hund, der stundenlang an einem trockenen Knochen nagt.« Er grinste und drehte die Augen zur Decke. »Nichts für ungut, mein abwesender Freund.«

»Loreley ist genauso. In Seattle sitzt sie oft bis Mitternacht im Büro. Vor allem bei einem neuen Projekt.« Mia stieß einen Seufzer aus. »Hoffentlich vertragen sie sich.«

»Warum erwähnst du das?«

»Ach, komm schon. Erzähl mir nicht, Logan hätte Loreley mit offenen Armen empfangen. Die beiden haben sich vom ersten Moment wie Hund und Katze benommen – wenn wir bei den Tier-Synonymen bleiben wollen.«

»Tja, das stimmt allerdings. Lobeshymnen hat er wirklich keine gesungen.«

Mia strich sich eine Haarlocke hinter das Ohr. »Rückblickend verstehe ich Logans Reaktion. Erst musste er den Verkauf bewältigen, und dann entdeckte er den Diebstahl, kurz bevor wir auf der Matte standen. Alles zusammen war sicherlich enorm belastend für ihn. Er konnte gar nicht anders, als Loreley zum Feindbild zu erklären. Nicht sie selbst, sondern ihre Funktion als Prozessoptimiererin.« Sie zuckte mit den Schultern. »Dass Loreley nicht in der besten Verfassung nach Alaska gereist ist, hat die Situation vielleicht zusätzlich angeheizt.«

»Was ist mit ihr?«

»Ach, sie hat mit ihrem langjährigen Freund Schluss gemacht. Bevor Loreley nach Florida zu ihrem vorherigen Auftrag gereist ist, hatten die beiden über eine gemeinsame Wohnung und Heirat gesprochen. Dann kam sie zurück, und die Beziehung war zu Ende. Obendrein wechselt Loreley mit ihrer besten Freundin kein Wort mehr.«

»Hat sich diese Freundin auf seine Seite gestellt?«, erkundigte sich Mat.

»Ehrlich? Ich weiß es nicht. Loreley ist noch nicht so weit, sich darüber zu unterhalten. Sie ist zutiefst getroffen und verschließt sich. Aber auch wenn ich die Details kennen würde, könnte ich sie dir nicht erzählen. Das fällt unter den Punkt *Frauengeheimnis.*« Mia streckte den Arm aus und ergriff über den Tisch hinweg Mats Hand. »So oder so musst du das Thema unbedingt für dich behalten.«

»Möchtest du als Pfand ein paar Geschichten über Logan hören?«

»Natürlich.« Mia beugte sich vor. »Einige Bemerkungen lassen darauf schließen, dass er ein ziemlicher Casanova zu sein scheint. Er war auch mit deiner Schwester zusammen.«

»Da waren die beiden jung, fast Teenager, und an dem Ende trug nicht nur Logan Schuld. Julia hat ihre Eigenheiten, die es dem Mann an ihrer Seite nicht einfach machen. Einerseits probiert sie unablässig, ihrem jeweiligen Gegenüber die Eier abzuschneiden, auf der anderen Seite will sie wie eine Prinzessin behandelt werden. Aus keiner Perspektive haut das hin. Logan hat den Spagat gemeistert, aber seine Interessen bei einer Frau sind gänzlich anders gelagert. Er braucht eine besondere, ebenbürtige Partnerin, und die ist ihm noch nicht begegnet.«

Mia verdrehte die Augen. »Die Standardausrede eines Playboys. Gott sei Dank ist Loreley davor gefeit, etwaigen Annäherungsversuchen zu erliegen.«

»Glaubst du, sie würde seinem Charme widerstehen? Charmant ist er nämlich, wenn er mag. Sein Lächeln bringt Eisblöcke zum Schmelzen.«

»Bei Loreley könnte er sich zu Tode lächeln, ohne dass sie reagiert. Einstweilen trauert sie zu sehr um ihre Beziehung, und außerdem gibt es doch diese Regel bei WWS Industries, von der ich dir berichtet habe. An die hält sich Loreley unter allen Umständen eisern.« Mia zwinkerte Mat zu. »Lassen wir Loreley und Logan einmal beiseite. Viel mehr interessiert mich dein bisheriges Liebesleben.«

»Du weißt, dass ich seit rund vier Jahren Single bin. Drüben in der Stadt ist eine Frau, mit der ich hin und wieder …« Mat brach ab und sah Mia eindringlich an. »Das ist – war – aber nur eine Affäre. Ich trage auch keinen Heiligenschein.« Er drückte ihre Hand. »Hast du eigentlich eine Ahnung, wie großartig du bist?«

»Du möchtest mich von deiner Liaison in der Stadt ablenken, nicht wahr? Ich soll keine Fragen stellen.«

»Herrgott, nein! Völlig falsch. Ich will dir gerade sagen, dass ich dabei bin, mich in dich zu verlieben.« Mat schmunzelte. »Gute Einleitung, schlechter Übergang.«

Mia starrte ihn entgeistert an. Förmlich spürte sie, wie sich ihr Magen zusammenzog und das Herz schneller schlug. Sie kannte Mat nicht gut genug, um seinen Charakter vollständig zu erfassen. Was sie allerdings bis jetzt mit ihm erlebt und von ihm erfahren hatte, fühlte sich wie ein wahr gewordener Traum an.

»Dann sind wir gleichermaßen dusselig. Ich verliebe mich nämlich auch in dich, sofern ich nicht höllisch aufpasse«, flüsterte sie und sprach nach einer Pause aus, was ihr schwer auf der Seele lag. »Wenn das Projekt zu Ende ist, fliege ich heim nach Seattle.«

Abrupt stand Mat auf, zog seine Geldbörse aus der Gesäßtasche seiner Jeans und legte einige Scheine auf den Tisch. »Schauen wir permanent zu diesem Damoklesschwert namens Zeitbegrenzung hoch, das über uns schwingt, verderben wir uns jeden schönen Moment. Darauf habe ich keine Lust, umso mehr auf dich.« Er beugte sich vor und küsste Mia auf den Mund. »Lass uns auf dein Zimmer gehen.«

Sofort erhob sie sich ebenfalls und küsste ihn zurück. »Nach unserer Morgenkonferenz mit Loreley und Logan die zweitbeste Idee des Tages.«

Sie durchquerten das Lokal und steuerten direkt auf den Hotelbereich zu. An der Bar hielt Mat an und rief: »Annabell! Geld ist auf dem Tisch!«

Sie hob die Hand und winkte. »In Ordnung!«

Aus einer Gruppe, die sich um den Tresen versammelt hatte, löste sich ein Mann und trat auf Mia zu. »Ich sehe Ms. Creed nirgends. Ist alles okay mit ihr?«

»Oh. Hallo, Mr. de Cort. Ja, der Knöchel erholt sich.«

»So hübsch und elegant, wie Sie zurechtgemacht sind, Mia, hat die Feierabendglocke längst geläutet.« Er lächelte einnehmend. »Wo ist Loreley?«

»Im Gegensatz zu mir bei der Arbeit. Durch die zwangsläufige Unterbrechung hat sie jede Menge nachzuholen.«

Brian zog die Brauen hoch. »Seltsam. Vor einer halben Stunde waren wir im Sägewerk. Im Büro ist niemand mehr.«

Mia musterte ihn. Die Neugierde des Mannes war auffällig. Und warum schmeichelte er ihr? »Dann hat sich Loreley mit den Unterlagen vermutlich auf ihr Zimmer zurückgezogen. Ich richte ihr aus, dass Sie sich nach ihr erkundigt haben, Mr. de Cort.« Mia wandte sich ab und verschwand – gefolgt von Mat – eilig hinter der Tür zu den Gästeräumen.

Erst als sie die Treppe erreichten, sagte sie: »Spinne ich, oder war seine Fragerei übertrieben?«

»Die – und das Bezirzen. Was bildet sich der Typ ein? Gefällt ihm Loreley, soll er gütigst in dieser Ecke bleiben.«

»Bitte keine Eifersucht. De Cort wollte mit dem Pseudo-Gefasel bloß Loreleys Aufenthaltsort ausspionieren.« Mia zischte verächtlich. »Hat er echt geglaubt, ich würde darauf anspringen und verraten, dass Loreley bei Logan zu Hause ist?«

»Nun ärgerst du dich auch über sein plattes ›hübsch und elegant‹ – wobei du das, nebenbei bemerkt, bist.« Mat legte den Kopf in den Nacken und stöhnte auf. »Wird es zur Gewohnheit, dass uns der Diebstahl-Fall vom Sex ablenkt? Wenn Lorcley und Logan die Täter nicht schnellstens finden, gehe ich eigenhändig auf die Suche nach ihnen, damit wir ungestört sind.«

Mia hielt vor ihrer Zimmertür an und steckte den Schlüssel ins Schloss. »Verläuft der Abend wie beim letzten Mal, fällst du in etwa einer Stunde über mich her – Verbrechen oder nicht.«

»Und führen wir den Takt fort, musst du mich gegen fünf Uhr wecken«, erwiderte Mat prompt. »Notfalls stellen wir den Wecker. Auf dieses wunderbare ›Guten Morgen‹ verzichte ich nicht.«

Mia blickte an Mat hinab. »Sofern du keine Socke in die Jeans geschoben hast, ist *er* sowieso anderer Meinung als dein Gehirn. Ich denke, wir werden den beginnenden Rhythmus ignorieren und Brians Verhalten später erörtern.«

Sie ergriff Mats Hand und stieß die Tür auf.

KAPITEL 21

Loreley

Ich gähnte und machte es mir auf dem Bett gemütlich. Dann startete ich die nächste Folge der *Gilmore Girls*. Sie waren jetzt genau das Richtige, um zu entspannen und den Geist zu befreien. Wenngleich ich müde war, würde ich nicht einschlafen können.

Die Recherchearbeit mit Logan Finnley hatte volle Konzentration erfordert, und in meinem Kopf schwirrten Fragen, Indizien und Einsichten wild durcheinander.

Bestimmt erging es Logan ähnlich. Ich hatte registriert, wie sehr ihn das Erforschen von Ethan Hofstetters Loyalität anstrengte. Es verdeutlichte, dass Ethan mehr als ein Mentor gewesen war. Mr. Hofstetter hatte Logans Intelligenz und Wissensdrang während eines Praktikums entdeckt und ihn daraufhin regelrecht gecoacht. Vielleicht sah Ethan in Logan den Sohn, den er nie gehabt hatte. Mr. Hofstetter und seine Frau Abigail waren kinderlos.

Je weiter wir in die Geschichte vorgedrungen waren und jede relevante Szene der vergangenen Jahre akribisch zerpflückt hatten, stieg in mir die Gewissheit, dass Ethan Hofstetter nichts mit dem Betrug zu tun hatte. Bis auf seine Unterschrift in Frank Smith' und Brian de Corts Verträgen, die man nur gemeinsam mit anderen Auffälligkeiten als Anhaltspunkt hätte werten können, fand sich nicht der kleinste Hinweis auf eine Beteiligung. Dafür trat hervor, mit welcher Aufopferung und Hingabe er Hofstetter Wood geführt hatte.

Im Gegensatz zu mir war Logan skeptisch geblieben, und durchaus verstand ich seine Vorsicht. Für sich selbst und vor mir wollte er keinen Fehler begehen und verharrte deshalb bewusst und nahezu verbissen auf der – wie er es nannte – neutralen Seite. Dass ich seine Einstellung nicht neutral, sondern als gegenparteiisch erachtete, hatte ich allerdings geflissentlich für mich behalten. Logan tat sich mit dem Thema »Ethan Hofstetter« auch ohne meine Weisheiten schwer genug.

Umso einiger waren wir uns bei Robert Bley und Charly Carven. Nach wie vor standen sie auf der Verdächtigenliste, waren faktenbedingt und aufgrund ihrer Persönlichkeiten jedoch nach unten gerutscht.

Ein leises Klopfen ließ mich hochschrecken. Wer besuchte mich mitten in der Nacht? Mia hatte sich mit Mat im Lokal getroffen und schlief bestimmt längst.

Ich räusperte mich. »Ja, bitte?«

Die Tür öffnete sich, und Mias Gesicht erschien im Spalt. »Ich habe an deiner Tür gelauscht und den Fernseher gehört. Darf ich reinkommen?«

Ich winkte sie zu mir. »Ja, natürlich. Ich werde sowieso ewig nicht einschlafen. Mir geistert eine Menge durch den Kopf. Aber warum bist du wach?«

Mia setzte sich. »Ach, ich stecke in einem mächtigen Gefühlschaos.«

»Eigentlich dachte ich, Mat wäre bei dir. Ist er nach dem Abendessen heimgefahren?«

»Oh nein. Er liegt in meinem Bett und ist in ein Koma gefallen.« Sichtlich verlegen knetete Mia ihre Finger. »Wir harmonieren … in *diesem* Bereich außerordentlich.«

Kurz taxierte ich sie. Mia strahlte. Das von ihr erwähnte Gefühlschaos schien also positiv motiviert zu sein, und zweifellos wollte sie über Mat und ihren Zustand sprechen. Gerne stieg ich darauf ein. »Ich freue mich für dich. Bitte genieß die Zeit mit ihm. Mat ist ein netter und interessanter Mann.«

Mia nickte so heftig, dass ihre Locken durch die Luft flogen. »Mit ihm verläuft jeder Moment so unkompliziert und einträchtig, wie ich es nicht kenne – und der Sex ist einzigartig. Mat ist stürmisch und zärtlich, wild und romantisch, ein bisschen verrückt, einfach alles zusammen. Und sein – du weißt schon – ist ohne Übertreibung der …« Jäh unterbrach sie den Satz. »Entschuldige, ich plappere drauflos, dabei ist es nicht angemessen, diese Dinge im Detail auszubreiten. Es ist nur so, dass ich vor Freude und Glück fast platze. Liam war ganz anders. Seine elegante Zurückhaltung, die mich ja fasziniert hat, legte er vor unserem Schlafzimmer nicht ab.«

Trotz unseres innigen Verhältnisses hatten Mia und ich uns noch nie explizit über Sex unterhalten. Wahrscheinlich war das unserer gemeinsamen Arbeit und mir geschuldet. Generell war ich reservierter als Mia, sowohl im Reden wie im Handeln. Vielleicht war es so weit, das zu ändern.

»Na ja, bei mir und William fehlte dieses vielbeschriebene große Feuerwerk genauso, aber es war immer schön. Mir ging es mehr um die besondere Form der Nähe als um ausufernde Erotik.« Ich verzog die Lippen zu einem schrägen Schmunzeln. »Klingt auch nicht allzu berauschend, oder?«

»Vermutlich kommt die Erkenntnis, was man bisher versäumt hat, erst dann, wenn man echte Leidenschaft erfährt. Tja, so ist das Leben. Wie lief es denn zwischen dir und Logan?«

Abwehrend hob ich die Hände. »Du liebe Güte! Glaubst du etwa …? Nein, nein. Neutral betrachtet ist Logan ein beeindruckender Mann – smart, gebildet und reizvoll. Drei, sogar vier schwerwiegende Argumente sprechen jedoch gegen jeden amourösen Gedanken. Da ist die berufliche Verbindung, in der Folge meine Situation, sein Umgang mit Frauen, wie wir hörten, und …« Ich hielt den Atem an. »Außerdem will er nichts von mir.«

Logans spärliche, durchaus charmante Zwischenmeldungen wie etwa über meine Kleidung wertete ich als Bestandteil seines Charakters. Er war ein Mann, der einer Frau Komplimente machte – nicht mehr, nicht weniger.

Mia wiegte den Kopf und musterte mich. Schließlich lächelte sie vielsagend. »Deine No-Go-Liste hat ihre Berechtigung, in einem Punkt liegst du allerdings falsch. Logan ist keineswegs uninteressiert. Unter anderen Umständen würde er auf der Stelle das Lasso nach dir auswerfen – oder womit die hier in Alaska ihre Beute fangen. Und du würdest dich eine Weile lang zieren, dich dann aber in das Abenteuer stürzen. Er gefällt dir nämlich wider Willen ebenfalls. Vergiss nicht, ich bin eine gute Beobachterin und schätze Menschen meistens richtig ein.«

Diese Gabe besaß Mia in der Tat, und sie hatte auch jetzt recht. Tief in mir verborgen reagierte ich auf Logan.

Dass ich wegen William gegenüber der Männerwelt nicht blind geworden war, hatte mir bereits die Begegnung mit Brian de Cort aufgezeigt. War ich bei ihm auf die Fürsorge und das Wohlbefinden angesprungen, spielte mir das Unterbewusstsein bei Logan einen gänzlich anderen Streich. Es schickte feinste Signale, die mich darauf hinwiesen, nicht ewig in dieser Trauerblase herumschwimmen zu müssen.

Unabhängig von Logan war ich zwar noch lange nicht so weit, mich für etwas Neues zu öffnen, doch der Nebel begann sich zaghaft zu lichten.

Ich hüstelte und senkte den Blick.

Mia schien sofort zu verstehen, was in mir vorging, und schwenkte um. »Seid Logan und du in unserem Fall weitergekommen? Und habt ihr euch zumindest halbwegs vertragen?«

Ich lächelte dankbar. »Ethan Hofstetter schließe ich als Täter nahezu völlig aus. Logan ist nicht überzeugt, also habe ich vorgeschlagen, Mr. Hofstetter zu besuchen und ihn mit dem Betrug zu konfrontieren. Je nach Wetterlage haben wir Samstag oder Sonntag eingeplant. Das Wochenende ist am unauffälligsten.« Kurz pausierte ich. »Logan war äußerst liebenswürdig, und es scheint zu funktionieren. Trotzdem bin ich vorsichtig und kritisch.«

Wie sollte ich Mia meinen Zustand erklären, wenn ich ihn selbst nicht erfasste?

Während der gemeinsamen Stunden mit Logan war mir deutlich klar geworden, dass ich weder mein Misstrauen noch meine Zuversicht als eindeutig »vernunftgemäß« oder »gefühlsbetont« bewerten konnte. Die beiden Seiten rissen mich hin und her und fochten einen Kampf in mir aus, den ich nur bedingt befehligte.

Generell hielt mich meine berufliche Ausrichtung zu den Menschen, mit denen ich im Zuge eines Projekts zu tun hatte, automatisch auf Distanz. Dessen ungeachtet lernte ich sie besser kennen und nahm an ihrem Leben teil. Für mich bedeutete das trotz des Abstands, dass ich gewisse Empfindungen hatte. Manche waren besonders sympathisch, und ich genoss die Zusammenarbeit, bei anderen absolvierte ich die Aufgabe. Der eine redete zu viel, sein Gegenüber zu wenig. Bisweilen hatte ich eine Person mit enormem Selbstbewusstsein vor mir, dann wieder begegnete ich gravierenden Unsicherheiten. Ich freute mich über produktives Verhalten und unterdrückte Unmut bei allzu destruktivem Gehabe. Nichts von alldem zeigte ich natürlich.

Was sich seit dem Schreckensmoment mit William zu diesem Potpourri hinzugesellt hatte, war eine argwöhnische Grundeinstellung. Früher hatte ich jeden Auftrag motiviert und leichtfüßig angepackt, nun tappte ich skeptisch und hinter jedem Wimpernschlag etwas Ablehnendes vermutend herum.

Indirekt stand dieses Gefühl mit dem Verschwimmen der strikten Abgrenzung des Jobs vom Privaten in Verbindung, hob sich jedoch als eigenständiges, isoliertes Element hervor. William hatte mir richtig eine verpasst, und ich fand keinen Weg aus diesem Labyrinth der unaufhörlichen Zweifel.

Obwohl Logan und ich sozusagen einen Neustart vollzogen hatten, steckte der vergiftete Stachel in mir und ließ sich nicht mit einem einzigen Ruck herausziehen. Dabei war ich von Logans Höflichkeit – genauso, wie ich es gerade bei Mia angemerkt hatte – wirklich angetan und schätzte die Aufrichtigkeit, die er mir heute entgegengebracht hatte. Den Hauch von Zuneigung, der daraus resultierte, akzeptierte ich in diesem Zusammenhang bereitwillig.

»Loreley? Du wirkst plötzlich, als hättest du einen Geist gesehen.«

In übertragenem Sinne traf Mia mit dem Wort »Geist« mitten ins Schwarze. Jäh verkrampfte sich alles in mir, und das Bedürfnis, diese ursächliche Bürde abzuschütteln, wurde schier übermächtig.

Ich stöhnte auf. »Ach, Mia! Was mit William passiert ist, beeinträchtigt mich, und ich kann mich nicht davon frei machen.«

Sie nickte. »Ich habe die Veränderung registriert. Es ist, als wärest du in einer Spirale gefangen und würdest dich pausenlos im Kreis drehen – rauf, runter, rauf, runter. Loreley, ehrlich, du musst dich endlich mit dem Thema auseinandersetzen. Ich bin für dich da, wenn du dich darüber unterhalten möchtest. Wie du mir sagtest, hast du nicht einmal mit Cathy gesprochen.«

»Cathy! Erwähne sie nicht.« Unwillkürlich ballte ich die Hände zu Fäusten. »Bis jetzt weiß ich nicht, wer mich mehr verletzt hat – William oder sie.«

»Stopp! Spulen wir bitte zurück und beginnen am Anfang. Schritt für Schritt, so fällt dir das Erzählen leichter.

Eine Weisheit, die ich nach meinem Beziehungsende in der Therapie gelernt habe.«

»Okay.« Ich holte tief Luft. Es war höchste Zeit, mich von dem zentnerschweren Stein auf meiner Brust zu befreien. »Du weißt, dass das Projekt in Florida fast vier Wochen vor Plan fertig geworden ist. William habe ich meine frühere Rückkehr verschwiegen, um ihn zu seinem Geburtstag mit meiner Anwesenheit zu überraschen – er liebt Überraschungen.« Ich hielt inne.

Mia schien sofort zu bemerken, dass ich ins Stocken geriet, und half mir mit einer für den Kern des Problems belanglosen Erwiderung auf die Sprünge. »Klar, William ist ein Mittelpunktmensch und suhlt sich im Zentrum des Geschehens – typisch Löwe im Sternzeichen. Wir als Stier und Fisch sind da anders.« Energisch krempelte sie die Ärmel ihrer Bluse hoch. »Du hast also mit Cathy heimlich eine Party geplant.«

Ich schüttelte den Kopf. »Cathy wusste auch nichts. Diskretion ist nicht ihre Stärke. So oder so hätte aber alles perfekt funktioniert. Ich wollte kein großes Fest organisieren, sondern ein intimes Beisammensein mit einigen seiner Freunde. Sogar Williams Geburtstagsgeschenk hatte ich bereits in Florida besorgt: eine sündteure Golfbag.«

»Wäre etwas Kleines nicht einfacher zu transportieren gewesen?«, fragte Mia.

»Verrückt, nicht wahr? Du hättest mich bei der Ankunft in Seattle sehen müssen. Mein riesiger Koffer, der Rucksack und die Handtasche, dazu dieses sperrige Ding. Der Weg vom Taxi zu meiner Wohnhausanlage ist nicht lang, war allerdings die reinste Tortur. Nun gut, jedenfalls stand ich dann endlich in meinem Vorraum und habe erst mal erleichtert den Ballast abgestellt.«

Selbst heute noch stieg Übelkeit in mir auf, wenn ich an den Moment dachte. »Aus dem hinteren Teil der Wohnung hörte ich Geräusche. Meine erste Überlegung war, dass Cathy sicherlich das Radio oder den Fernseher nicht ausgeschaltet hatte, als sie bei mir war, um die Blumen zu gießen. Cathy braucht immer eine Geräuschkulisse. Ich ging ins Wohnzimmer und …« Mit zittrigen Händen rieb ich über meine Augen. »Es war Cathys Stimme aus dem Schlafzimmer. Sie hat leise gelacht und gestöhnt. Auf der Stelle war mir klar, dass sie einen Mann bei sich hatte. Mia, du kennst Cathy. Sie ist spontan und steckt voller seltsamer Ideen. Die Situation war zwar peinlich, ich habe aber auch bis über beide Ohren geschmunzelt.« Deutlich erinnerte ich mich an die unbeschwerte Heiterkeit, die dieses Schmunzeln hervorgerufen hatte. Sie kennzeichnete den letzten Zeitpunkt, an dem ich fröhlich gewesen war.

Mia fixierte mich. »Und dann?«

Ich gab mir einen Ruck. »Die Tür zum Schlafzimmer war einen Spaltbreit offen. Ich habe an den Rahmen geklopft und laut gehustet, Cathy reagierte jedoch nicht. Da ich mich schließlich irgendwie bemerkbar machen musste, zog ich die Tür auf.«

Obwohl ich dagegen ankämpfte, breitete sich die Starre, die mich damals eingenommen hatte, wieder in mir aus. Schnell schluckte ich, um den Knoten in meinem Hals, der jäh anschwoll, loszuwerden.

Mias Kinn klappte hinunter. »Sag bloß?«

Ich nickte und flüsterte: »Ganz genau. Der Mann war William.« Einen Moment lang schwieg ich und wartete auf die Tränen, doch wahrscheinlich hatte ich sie bereits alle geweint. Als träte meine Seele zum Schutz einen Schritt zurück, sah ich die Szene plötzlich wie ein neutraler Beobachter.

Tonlos sprach ich weiter. »Cathy hat aufgeschrien und die Bettdecke über ihren Körper gezogen. William hingegen schien nicht zu begreifen. Mir ist es im Grunde wie ihm ergangen. Weder konnte ich etwas sagen noch mich rühren – ich war wie eine Salzsäule. Dann kroch Cathy aus meinem Bett und hat sich rasch behelfsmäßig angezogen. Als sie an mir vorbeischlich, murmelte sie ›Sorry‹ und rannte aus der Wohnung. Währenddessen hat William seine Kleidung aufgehoben und auch das Schlafzimmer verlassen – wortlos, den Blick auf den Boden geheftet, nackt. Irgendwann hörte ich die Tür zufallen, aber noch immer war ich wie paralysiert.«

Kurz presste ich die Lippen aufeinander. »Erst als es klingelte, löste ich mich von dem Platz und tappte wie in Trance zum Eingang. Cathy stand tränenüberströmt vor mir und hat sofort begonnen, komplett hysterisch auf mich einzureden. Ich schlug ihr die Tür vor der Nase zu – und das war's.«

»Mein Gott.« Mias Gesicht spiegelte all ihre Gefühle rückhaltlos wider – Bestürzung, Abscheu, Entsetzen. Sie benötigte eine Weile, bis sie sich gefangen hatte. »Warum waren die beiden überhaupt bei dir zu Hause?«

»Das weiß ich bis heute nicht. Genauso wenig, ob es sich um eine einmalige Sache aus der Situation heraus gehandelt hat oder ob sie schon länger eine Affäre miteinander hatten. Am nächsten Tag schrieb ich William eine Nachricht und habe sein Zeug zum vereinbarten Termin in einem Karton auf den Flur vor meiner Wohnung gestellt. Er hat mehrfach geklingelt und geklopft, ich habe aber nicht geöffnet. Cathy gehe ich seitdem aus dem Weg. Betrete ich das Wohnhaus, haste ich zum Lift und atme erst erleichtert auf, wenn ich meinen Vorraum erreicht habe.«

»Es tut mir so unendlich leid, dass du das erleben musstest«, wisperte Mia.

Ich schaffte ein leises Lächeln. »Mit der Zeit werde ich darüber hinwegkommen, dann sind William und Cathy nichts weiter als eine blasse Erinnerung.«

»Ach, ich würde so gern etwas tun, damit du dich besser fühlst«, erwiderte Mia und schniefte.

»Ich bin wirklich okay. Mach dir bitte keine Sorgen.« Ich beugte mich vor und legte meine Hand auf ihre. »Du kuschelst dich nun wieder zu Mat ins Bett, und ich widme mich den *Gilmore Girls*.«

Zögerlich erhob sie sich.

Ich sah Mia an, wie sehr sie meine Geschichte traf und sie mir helfen wollte. Das hatte sie jedoch bereits getan. Das Geschehene zu erzählen, war eine enorme Hürde für mich gewesen, und flüchtig hatte ich in Gedanken wieder starr und zutiefst getroffen vor meinem Schlafzimmer gestanden. Jetzt allerdings schien dieses Licht am Ende des Tunnels heller – nahezu unberührt von Schatten.

KAPITEL 22
Mat

Mat sprang vom *float* auf den Steg und schlenderte zurück zum Haus. Eine Stunde hatte er noch Zeit, um den Picknickkorb für den geplanten Ausflug mit Mia zu packen. Er freute sich schon auf den gemeinsamen Tag, zumal er eine Überraschung geplant hatte.

Ein Freund von ihm führte eine Weißkopfseeadler-Auffangstation die er mit Mia besuchen wollte. Je nachdem, wie lang sie dortbleiben würden, konnten sie vom nahe gelegenen Hafen danach eine Bootstour aufs Meer hinaus unternehmen. Die Kapitäne der Touristenschiffe wussten am besten, an welchen Stellen Wale zu beobachten waren.

Als er an der Werkstatt vorbeiging, trat Julia ins Freie. »Was hast du denn am Samstagmorgen so früh beim Flugzeug herumzukramen, Bruderherz? Auf der Liste ist kein Passagierflug eingetragen.«

»Eine kleine Tour mit Mia.« Mat deutete ein Winken an. »Ich habe einiges vorzubereiten.«

»Warte!« Julia stemmte die Hände in die Hüften und musterte ihn. »Weißt du eigentlich, was du da tust?«

»Wir fliegen zu Vincent. Er zeigt Mia die Station. Für uns

ist das nichts Besonderes, für andere aber ein tolles Erlebnis. Was ist daran seltsam?«

Julia schob die Unterlippe vor. »Ich meine doch nicht die Adler. Dein plötzliches Interesse an dieser Stadt-Tusse macht mich nervös. Und nicht nur deins. Als ich kürzlich eine Runde mit dem Quad gedreht habe, wären mir Logan und diese Loreley beinahe in die Arme gelaufen. Sie standen vor seinem Haus und genossen in trauter Einigkeit den Ausblick.«

»Hast du wieder mal den Weg oberhalb von Logans Grundstück genommen, um herumzuspionieren? Herrgott, Julia. Das mit dir und ihm ist eine Ewigkeit her.«

»So war das überhaupt nicht. Logan ist mir längst ziemlich egal. Ich habe die beiden durch Glacy fahren sehen und dachte, ich schaue nach. Was ist los mit euch Männern? Haben die zwei Prinzessinnen Feenstaub über euch ausgestreut oder so was?«

»Ach, verflucht. Hör bitte endlich auf, dich in mein Leben einzumischen. Ich mag Mia und fühle mich in ihrer Gegenwart wohl. Sie ist großartig, und ich lasse mir die Beziehung von niemandem vermiesen. Logan solltest du im Übrigen nicht beachten. Was er tut, hat dich nicht zu tangieren.«

»Sagtest du gerade Beziehung? Ich glaube, jetzt bist du komplett irre. Sie ist wegen der Übernahme der Firma in Glacy und vertreibt sich die Zeit mit dir. Du holst sie vom Lokal ab, fliegst mit ihr herum und spielst den galanten Kerl aus Alaska. Wie peinlich ist das denn?«

»Julia! Es tut mir leid, dass dein Erotikpendel momentan nach unten ausschlägt. Aber lass mich gefälligst außen vor.

Und damit du es weißt: Der Ausflug ist eine Überraschung von mir, und ich hole Mia nicht extra ab. Sie wollte hierher spazieren.« Abrupt wandte sich Mat um und ging zum Haus.

Befand sich Julia in Angriffsstimmung, war es unmöglich, ein vernünftiges Wort mit ihr zu reden. Mat ahnte, woher der Wind wehte. Sie hatte sich gestern mit einem Mann aus Franks Trupp getroffen, und offensichtlich war das Date nicht nach ihren Vorstellungen verlaufen. Wenn Julia ihre Launen nicht in den Griff bekam, würde jeder Mann früher oder später vor ihr flüchten.

Er betrat die Küche, wo er alles für das Picknick hergerichtet hatte. Behutsam legte er zwei Porzellanteller, eine Flasche Rotwein und Gläser in den Korb. Darüber platzierte er Sandwiches, Muffins und eine Box mit frisch geschnittenen Früchten.

Nachdem er den Korb geschlossen hatte, sah er aus dem Fenster. Unwillkürlich musste er trotz Julias nervigem Auftritt lächeln. Gerade hatte er seiner Schwester gesagt, dass er Mia mochte. Das traf seine Gefühle jedoch nur im Ansatz. Alles an Mia gefiel ihm.

Sie war hübsch – am meisten liebte er ihre großen, runden Augen – und klug. Mit ihr konnte er genauso scherzen wie ein ernsthaftes Gespräch führen. Sie zeigte keine Hemmungen, ihm auf allen Ebenen direkt zu begegnen, und zweifellos war sie ein guter, ehrlicher Mensch. Den Sex durfte er erst gar nicht ins Kalkül ziehen. Er erinnerte sich nicht, jemals eine derartige Leidenschaft entwickelt und empfangen zu haben.

Seine Gedanken glitten zurück zu Julia. Aufrichtig wünschte er ihr, dass sie einmal ähnlich empfand. Sie war eine attraktive Frau, und es mangelte nicht an Verehrern. Allerdings machte sie den großen Fehler, nicht die Zeit für sich arbeiten zu lassen. Ihr Bedürfnis nach Zweisamkeit ließ sie ungestüm und bestimmend vorgehen. Vorzugsweise erlangte sie schon beim ersten Treffen Brief und Siegel für die Zukunft. So funktionierte es zwischen Mann und Frau aber nicht.

Seine Liaison mit Mia hatte ein Ablaufdatum, doch das spielte heute keine Rolle. Die bevorstehenden Wochen mit ihr waren für ihn wertvoller als ein Leben mit irgendeiner Frau, die er tatsächlich nur mochte.

Zudem wusste er nicht, wie sich alles entwickeln würde. Er jedenfalls hätte keine Skrupel, eine Fernbeziehung mit Mia zu wagen. Probierten sie es nicht aus, nahmen sie sich von vornherein die Möglichkeit auf ein gemeinsames Glück. Wer entschied, wie eine Partnerschaft zu sein hatte? Man musste nicht vierundzwanzig Stunden, sieben Tage aneinanderkleben, um sich zu lieben.

Plötzlich runzelte Mat die Stirn. Über die Diskussion mit Julia und seine daraus resultierenden Gedanken hinweg hatte er im Wortschwall seiner Schwester die Kernaussage hinsichtlich des Diebstahls bei Hofstetter Wood nicht unverzüglich als wichtig eingestuft. Das war sie aber. Julia hatte Loreley und Logan bei seinem Haus gesehen und vielleicht bereits jemandem davon berichtet.

Mat schnappte den Picknickkorb und rannte aus dem Haus. Vor der Werkstatt hielt er an und blickte sich nach seiner Schwester um.

Julia stand vor der Werkzeugwand und zog einen Schraubenschlüssel aus der Halterung. Sie steckte den Schlüssel in die Hosentasche und kam mit einem schiefen Grinsen auf ihn zu. »He. Es tut mir leid, Mat. Ich bin nicht gut drauf, und die Sache mit Lockenköpfchen gefällt mir nicht, doch das Ganze ist deine Angelegenheit.«

»Alles in Ordnung. Schließlich kenne ich dich. Sag, hast du einer Person von Loreley und Logan erzählt?«

»Klar. Dir gerade eben, du Depp.« Julia klimperte mit den Wimpern. »Um elf Uhr bin ich bei Tara. Die Story wird ihr gefallen.«

Energisch schüttelte Mat den Kopf. »Behalte das bitte unter allen Umständen für dich.«

»Warum? Ist die feine Dame am Ende gar verheiratet? Hätte mich ja echt gewundert, wenn Logan sie nicht vögelt. Sie ist genau sein Typ. Ich wusste es, seit sie bei ihrer Ankunft über den Steg dahintrippelte. Hätte ich nur mit dir gewettet!«

»Nein, sie haben definitiv nichts miteinander. Trotzdem ist es wichtig, zu schweigen.«

Julia neigte den Kopf. »Interessant. Ich frage dich noch einmal: Warum?«

»Das darf ich dir nicht sagen. Vertrau mir einfach.«

»Okay, weil du mich darum bittest. Logan und die Prinzessin können mich aber am Arsch …«

Mit einer schnellen Geste stoppte Mat seine Schwester. »Jaja, schon verstanden. Danke.« Aus dem Augenwinkel registrierte er eine Bewegung.

Mia kam den Weg entlang und steuerte direkt auf sie zu.

Er winkte ihr und fixierte Julia. »Sei bloß nett, sonst werfe ich deine Stofftiergiraffe ins Meer, die du in der obersten Schublade der Schlafzimmerkommode versteckst.«

Ehe Julia etwas erwiderte, gesellte sich Mia bereits zu ihnen. Sie küsste Mat auf den Mund und streckte Julia die Hand entgegen. »Hallo. Wir haben uns am Tag meiner Anreise kennengelernt und manchmal im Lokal gesehen. Mia.«

»Das mit dem Händeschütteln lassen wir auch jetzt«, antwortete Julia. »Wie beim ersten Mal sind meine Finger voller Öl.« Sie lächelte zuckersüß. »Dann wünsche ich euch viel Spaß. Und grüßt *die Adler* von mir.«

»Adler?«, erkundigte sich Mia sofort.

Mat legte den Arm um ihre Schultern und dirigierte Mia sanft in Richtung des Stegs. »Ich erkläre es dir im Flugzeug.«

Für Julia, die seine Überraschung mit spitzbübischer Freude verraten hatte, würde er sich später eine Strafe überlegen.

KAPITEL 23

Loreley

Logan parkte den Wagen vor einer kleinen Blockhütte, die auf einer Waldlichtung umgeben von hohen Bäumen stand. Ein massiver Holzzaun begrenzte den Garten rund um das Haus.

Selbst im Inneren des Autos hörte ich das tiefe Bellen eines Hundes.

»Das ist Bobby. Er ist riesengroß, zottelig und herzensgut. Haben Sie Angst vor Hunden?«, fragte Logan.

»Nein. Meine Furcht beschränkt sich auf Spinnen.« Ich öffnete die Tür, hielt mich an ihrem Griff fest und sprang aus dem Wagen, wobei ich darauf achtete, mit dem gesunden Bein auf dem Boden zu landen – mittlerweile bewältigte ich die Übung durchaus geschickt. Die Krücken benutzte ich nur noch, weil Doktor Montgomery es mir befohlen hatte.

Logan zog das Gartentor auf und wartete, bis ich bei ihm ankam. Wir hatten den Eingang des Hauses gerade erreicht, als die Tür aufschwang.

Eine Frau mit fülligem grauem Haar, das sie in einem Knoten bändigte, und einer Nickelbrille auf der Nase strahlte uns an. Sie hob die Arme und schlang sie um Logans Hals.

»Hörst du nie auf zu wachsen, Junge? Ich habe das Gefühl, du wirst immer größer. Ach, wie schön, dich endlich wiederzusehen.« Sie wandte sich an mich. »Herzlich willkommen. Ich bin Abigail Hofstetter.«

»Guten Tag, Mrs. Hofstetter, Loreley Creed.«

»Von wegen Mrs. Hofstetter, nenn mich Abigail.« Sie machte einen Schritt zur Seite. »Kommt herein.«

Durch einen schmalen Flur gelangten wir in die Stube.

Genau so stellte ich mir die Inneneinrichtung einer Berghütte vor. Im Zentrum stand ein massiver Holztisch mit Eckbank, einige bequem wirkende Stühle waren im Raum verteilt. Vor dem Fenster befand sich ein Sofa mit Blümchenmuster, auf dem Bobby ruhte und uns ohne allzu großes Interesse betrachtete. Im Kamin prasselte ein wärmendes Feuer, daneben lagen Holzscheite ordentlich übereinandergestapelt. Es roch nach Vanille und Rauch.

»Ethan ist in der Küche. Er hat extra Plätzchen gebacken. Wie du sie magst, Logan, mit Schokostückchen«, sagte Abigail.

In diesem Moment betrat ein wahrer Hüne von Mann in kariertem Wollhemd das Zimmer. In der Hand hielt er einen Teller, auf dem sich große runde Kekse türmten. Rasch stellte er den Teller auf dem Tisch ab und umarmte Logan ebenfalls, dann streckte er mir seine Pranke entgegen. »Ich freue mich, Sie kennenzulernen. Haben Sie Angst vor Hunden?«

»Das hat mich Mr. Finnley auch bereits gefragt, als wir Ihren Bobby bei unserer Ankunft bellen hörten. Nein, überhaupt nicht.«

»Ja, im grimmigen Bellen ist er Weltmeister. Setzt sich auf, gibt Laut und kuschelt sich wieder hin. Dabei sollte er uns beschützen.« Ethan lachte dröhnend. »Wir sind selbst schuld. Unser Bobby darf nämlich alles tun, was er will.« Er zeigte auf die Eckbank. »Setzen wir uns.«

Abigail, die den Raum verlassen hatte, kehrte mit einem Tablett zurück, auf dem eine bauchige Kanne und vier Teetassen standen. »Kräftiger schwarzer Tee mit Rum. Genau das Richtige zu Plätzchen.« Sie verteilte die Tassen und schenkte ein.

Ethan stützte die Ellbogen auf dem Tisch ab. »Nun, Logan. Wie läuft es im Betrieb? Ich hatte – offen gestanden – gegenwärtig nicht mit dir gerechnet. Nichts für ungut, Loreley, aber Sie machen ihm sicherlich anständig Feuer unterm Hintern. Bei solchen Übernahmen wird wahrscheinlich jedes Blatt Papier inspiziert.«

»Ach, lass die beiden doch erst einmal verschnaufen, bevor du die Arbeit anschneidest«, sagte Abigail.

»Nein, das passt schon«, erwiderte Logan. »Es stimmt, wir haben viel zu tun, allerdings gibt es eine wichtige Sache, über die wir uns mit dir unterhalten müssen.«

Ethan nickte bedächtig. »Deinem Blick nach zu urteilen, handelt es sich um etwas Ernstes. Worum geht es? Und rede nicht um den heißen Brei herum. Du weißt, das kann ich nicht ausstehen. Fakten gehören direkt auf den Tisch gepackt.«

Erst schien Logan etwas entgegnen zu wollen, dann wandte er sich jedoch an mich. »Würden Sie mir bitte die Akte geben, Ms. Creed?«

Wie zweifellos Logan hatte auch ich nicht damit gerechnet, dass wir so schnell zum eigentlichen Thema des Besuches kommen würden. Unser Vorhaben, Mr. Hofstetter langsam in Richtung unserer Erkenntnisse zu führen und seine Reaktion abzuwarten, hatte der Mann mit wenigen Sätzen hinweggefegt. Wenngleich Logan nicht erfreut wirkte, gefiel mir Ethans klares Vorgehen.

Während ich die Mappe aus meiner Handtasche zog, fragte Abigail: »Sprecht ihr beide euch mit dem Nachnamen an? Ms. Creed, Mr. Finnley?« Sie schaute uns über den Brillenrand an. »Was ist denn das für eine Zusammenarbeit?«

Logan, der sich sichtlich wieder gefangen hatte, rettete uns elegant aus der Situation. »Wir sind so beschäftigt, dass uns das noch gar nicht aufgefallen ist. Es gibt aber keinen besseren Moment, als das bei dir und Ethan zu ändern.«

Mit einem dankenden Lächeln nahm er mir die Akte ab und reichte sie Ethan. »Zuerst haben wir das Wichtigste knapp resümiert, dann folgen die Aufstellungen. Mach dir selbst ein Bild – Zahlen sagen mehr als tausend Worte.«

»Den Spruch hast du von mir gelernt.« Ethan schlug die erste Seite auf und begann zu lesen.

»Was ist das?«, erkundigte sich Abigail.

Ethan hob abwehrend die Hand. »Ich muss mich konzentrieren.« Als er mit dem letzten Blatt fertig war, schloss er den Deckel. »Das ist furchtbar, Junge. Wirklich schrecklich.« Er senkte den Kopf. »Gegen Ende habe ich mich zu wenig um das Unternehmen gekümmert, und niemals hätte ich dich so rasch allein lassen dürfen. Diese verfluchten Kerle …« Er schob Abigail die Unterlagen zu. »Sieh dir das an.«

Abigail überflog die Seiten ebenfalls. »Du liebe Güte! Ist das wahr?« Sie steckte die Zeigefinger unter ihre Brille und rieb sich über die Augen. »Und das Mädchen ist auch daran beteiligt. Mein Gott, die arme Annabell. Als hätte sie es in ihrem Leben nicht schon schwer genug gehabt. Können Sie da etwas machen, Loreley?«

»Nun bring sie nicht in Verlegenheit«, ermahnte Ethan seine Frau. »Loreley ist ihrem Arbeitgeber verpflichtet. Sie vertuscht doch nichts, bloß weil dir das Herz wegen Annabell wehtut.«

Ich warf Ethan einen dankbaren Blick zu. »Noch haben wir nicht mit April geredet«, sagte ich. »Erst müssen wir enthüllen, wer hinter dem Diebstahl steckt.«

»Habt ihr dabei auch an mich gedacht?«, fragte Ethan.

Ich ersparte Logan eine Entgegnung und erlaubte mir, ausschließlich auf mein Resümee einzugehen. Ethan brauchte nichts von Logans Argwohn zu erfahren. »Ja, natürlich, aber Sie haben nichts damit zu tun – davon bin ich überzeugt. Es finden sich keinerlei Hinweise.«

Ethan nickte. »Eine klare, ehrliche Antwort – ganz nach meinem Geschmack. Bei WWS Industries zählen Sie bestimmt zu den Besten. Ich erkenne, wenn ein Mensch seinen Beruf versteht.« Er wandte sich an Logan. »Ich hoffe, du hast mich doppelt genau überprüft. Das schuldest du unserem Verhältnis. Das Schlimmste für mich wäre, würdest du nur einen leisen Zweifel mitschleppen.«

»Loreley hat gerade ihr persönliches Statement abgegeben«, erwiderte Logan. »Ich war weitaus vorsichtiger und tatsächlich nicht im Reinen. Jetzt bin ich es.« Kurz schwenkte sein Blick zu mir. »Loreley ist ein Profi. Auf ihr Urteil kann ich mich verlassen, jedoch wollte ich dir außerdem … in die Augen sehen.«

»Recht so, Junge.« Ethan lächelte. »Wie ich es dich gelehrt habe – Fakten und Gefühl, dazu eine gesunde Portion Skepsis und jemand, dem man vertraut.« Er biss von einem Plätzchen ab und sprach kauend weiter. »Was habt ihr nun vor? Beweise zusammenzutragen und Listen zu erstellen, ist schön und gut, aber es muss dann auch mal zur Sache gehen.«

»Wenn du eine Idee hast, wie wir am schnellsten an die Hintermänner herankommen, sind Loreley und ich dankbar.«

»Selbstverständlich habe ich die.« Ethan wischte sich den Mund mit dem Handrücken ab. »Ihr Jungen denkt viel zu kompliziert und um die Ecke herum. Das ist wegen des modernen Krams – Computer, Handys, Internet, der gesamte Schnickschnack. Die Technik wird euch allerdings nicht voranbringen, also legt euch ganz einfach auf die Lauer.«

»Du meinst, wir sollen nachts durch die Wälder schleichen und sie auf frischer Tat ertappen?«, fragte Logan.

Ethan ließ die flache Hand auf die Tischplatte niedersausen. »Natürlich! Glaubst du, früher hätte es keine Diebstähle gegeben? Derartige Vorfälle wurden von jeher direkt und ohne Tamtam gelöst. Wir haben sie erwischt, verprügelt und davongejagt. Es waren immer die Saisonalen. Leute von uns hätten sich nie getraut, etwas zu klauen. Sie wären von ganz Glacy verdammt worden.« Er grinste breit. »Wenn du Unterstützung benötigst, bin ich dabei. Meine alten Knochen nehmen es nach wie vor mit diesen Jungspunden auf.«

»Oh nein, auf keinen Fall. Du bist nicht mehr fünfundzwanzig.« Abigail gab ihm einen Klaps auf den Unterarm. »Viermal haben sie diese nächtlichen Züge unternommen. Dazwischen war ein paar Jahre Ruhe. Es hat sich zwar unter den Saisonarbeitern herumgesprochen, dass mit Ethan und seinen Männern nicht zu spaßen ist, aber nach einiger Zeit geriet die Furcht wieder in Vergessenheit. Wissen Sie, Loreley, wie er ausgesehen hat, als er danach heimkam? Blutüberströmt, mit Schrammen und blauen Flecken. Würde der alte Doc Montgomery noch leben, könnte er Ihnen einige Geschichten erzählen. Er musste die Helden schließlich zusammenflicken.«

Ethan schmunzelte. »Bis auf die eine Aktion, als er uns begleitet hat. Da war er dann selbst Patient, und der griesgrämige Knochenbrecher vom anderen Seeufer hat uns verarztet.« Ein wehmütiger Ausdruck erschien auf seinem Gesicht. »Dein Vater, Logan, war stets an meiner Seite. Ja, Jeff Finnley hatte fürwahr Ehre und Pflichtgefühl – und einen rechten Haken, der die Erde zum Beben brachte.«

Abigail stöhnte auf. »Was waren wir Frauen besorgt um euch!« Versonnen lächelte sie ihrem Mann zu. »Deborah Finnley – Gott hab sie selig – nannte dich und die Truppe immer die Teufelsbrut. Ihr seid wirklich wilde Kerle gewesen. Erinnerst du dich an …«

Vom Sofa ertönte plötzlich ein tiefes Knurren. Bobby hatte sich aufgesetzt und fixierte das Fenster. Dann hüpfte er vom Sofa, stellte das Nackenfell auf und begann, durchdringend zu bellen.

Abigail erhob sich, ging zu ihm und streichelte über seinen Kopf. »Ruhig, mein Lieber, das ist nur ein Bärli.«

»Ein ... Bärli?«, fragte ich.

»Der Winter naht. Da sind sie besonders aufdringlich«, erklärte mir Ethan. »Was meinen Sie, warum wir mitten im Wald einen Zaun um unsere Hütte errichtet haben?«

Abigail winkte. »Rasch, Loreley! Sonst ist er weg.«

Ich sprang auf und lief zum Fenster. Tatsächlich! Hinter dem Gartenzaun spazierte ein riesiger brauner Bär vorbei. Gebannt starrte ich ihm hinterher, wie er gemächlich zwischen den Bäumen verschwand.

»Passiert das häufiger?«, erkundigte ich mich voller Staunen.

Abermals ertönte Ethans dröhnendes Lachen. »Ständig. Uns besuchen deutlich mehr Tiere als Menschen.«

Abigail legte die Hand auf meine Schulter. »Setzen wir uns doch zum Feuer, meine Liebe. Ich zeige Ihnen unsere alten Fotoalben. Gewiss finden wir auch einige Bärenbilder – und Logan als Kind.« Sie zwinkerte mir zu. »Die Männer haben jetzt einiges zu bereden, das sie lieber unter sich lassen.«

Während sich Abigail bei mir einhakte und mich zum Feuer führte, überlegte ich, wann ich von wildfremden Menschen je so herzlich empfangen und aufgenommen worden war.

KAPITEL 24

Logan

Logan betrat das Lokal und sah sich um. Der Samstagabend und die Verzögerung des Wintereinbruchs hatten viele Glacier vor die Haustür gelockt. Majara und Thomas Townsend saßen mit Hilary und dem Doc an einem Tisch, Tara stand mit einigen Frauen an der Bar, und aus dem Pokerraum kam Gejauchze. Frank, Brian und ihre Männer okkupierten den Billardtisch sowie die Dartscheibe.

Mia und Mat hatten es sich an dem Tisch am Fenster gemütlich gemacht. Loreley war bestimmt noch auf ihrem Zimmer. Vor einer Stunde hatte er sie am Hotel abgesetzt und war weiter ins Sägewerk gefahren, um einen gemeinsamen Auftritt im Lokal zu vermeiden. Dass er selbst an den Wochenenden Loreleys Chauffeur spielte, interessierte indessen niemanden mehr. Umso schneller hatten sich alle daran gewöhnt, weil Loreley durch ihre Verletzung nicht laufen konnte.

Nachdem Logan Annabell begrüßt und ein Bier bestellt hatte, gesellte er sich mit dem Glas zu Mia und Mat.

»Loreley lässt sich etwas Zeit«, sagte Mia. »Sie meinte, so sähe es am ehesten wie ein zufälliges Beisammensein aus.« Mit einem Schmunzeln fügte sie hinzu: »Fast fühle ich mich wie bei einem Undercover-Einsatz.«

»Na ja, im Prinzip ist es einer.« Mat winkte ab. »Vincent lässt dich herzlich grüßen, Logan.«

»Danke. Wie fanden Sie den Ausflug, Mia? Ich hoffe, Vince hat Ihnen einen Adler auf den Arm gesetzt.«

»Oh ja, ein unvergleichliches Erlebnis. Aus der Entfernung ist einem nicht klar, wie groß und schwer diese Tiere sind. Wir haben sogar die Fütterung abgewartet, und ich durfte mithelfen. Das war zwar ein bisschen eklig, aber trotzdem toll.«

»Leider haben wir deshalb die Bootstour nicht mehr geschafft«, erwiderte Mat.

»Ach, das macht nichts.« Mia küsste ihn flüchtig auf den Mund. »Ich bin so und so noch immer ganz verzaubert. Das liegt nicht nur an den wunderbaren, edlen Vögeln, sondern auch an der fantastischen Landschaft rund um die Station – diese Weite, im Hintergrund das dunkelblaue Meer und auf der anderen Seite die Berge. Ist euch bewusst, wie großartig dieser Flecken Erde ist?«

»Ich befürchte, wir sind zu sehr daran gewöhnt, um die Schönheit des Landes wirklich zu sehen.« Mat streichelte Mias Hand. »Ich werde versuchen, meine Heimat bei nächster Gelegenheit mit deinen Augen zu betrachten.«

»Bedauerlicherweise verschwimmt diese Schönheit mit den klimabedingten Herausforderungen und den harten Jobs, die viele in Alaska für ihre pure Existenz verrichten«, bemerkte Logan versonnen. Der Besuch bei Ethan und dessen Erwähnung seines Vaters hatten ihn an die Kindheit erinnert.

Sein Dad hatte wie die meisten im Ort als Holzfäller bei Hofstetter Wood gearbeitet und für sein Geld schwer geschuftet. Er selbst hatte ebenfalls früh gelernt, mit anzupacken. Dass er die Chance erhalten hatte, sich weiterzubilden und letztlich zu studieren, war nicht üblich gewesen und schon gar nicht jedem vergönnt.

Für Logan war es unvorstellbar, dass all das, was er erreicht hatte, durch sein Handeln mit einem einzigen Schlag zu Ende sein könnte. Sturheit und Skepsis hatten ihn dazu verleitet, über den Diebstahl zu schweigen, und in Kürze würde er dafür geradestehen müssen. Ethans Worte hallten in seinem Kopf wider: »Loreley ist ihrem Arbeitgeber verpflichtet. Sie vertuscht doch nichts.« Das galt für April wie für ihn.

Loreleys verhaltenes »Guten Abend« riss ihn jäh aus seinen Gedanken. Da er mit dem Rücken zum Hoteleingang saß, hatte er sie nicht kommen sehen.

Während sie die Krücken auf den Boden legte und Platz nahm, fand Logan ausreichend Zeit, sie unauffällig zu beobachten. Ausnahmsweise trug sie ihr Haar offen, und sie hatte sich umgezogen. Sowohl die schwarze Hose als auch die cremefarbene Seidenbluse stammten sicherlich nicht von Tara. Mit ihren rosigen Wangen und den in einem hellen Rotton schimmernden Lippen wirkte sie voller Energie.

Widerstrebend riss er sich von dem Anblick los und lehnte sich demonstrativ zurück, um Loreley die Gesprächseinleitung zu überlassen.

Sie nickte ihm zu. »Langsam verringert sich der Kreis unserer Verdächtigen. Mr. Hofstetter ist tatsächlich über jeden Zweifel erhaben. Nichts bringt ihn mit dem Verbrechen in Verbindung. Er hat uns sogar einen Vorschlag zur weiteren Vorgehensweise geliefert, den wir – in abgewandelter Form – als zielführend erachten.« Loreley grinste. »Ihr ahnt nicht, wie Ethan die Sache anpacken würde.«

Mia gähnte hinter vorgehaltener Hand. »Und wie …« Abermals verzog sich ihr Mund als Vorbote eines erneuten Gähnens. »Bitte entschuldigt.«

»Vielleicht sollten wir die Unterhaltung auf morgen verlegen«, schlug Loreley vor. »Ohnehin müssen wir mit dem Beginn der Aktion bis Montag warten.« Sie zwinkerte Mia zu. »Ich brauche dich schließlich ausgeruht und in Topform.«

»Das werde ich sein, versprochen.« Mia stand auf. »Redet nicht zu viel über die Arbeit. Es ist Samstagabend.«

Auch Mat erhob sich wie selbstverständlich und verabschiedete sich.

»Leichter gesagt als getan, nicht über unseren Fall zu sprechen«, murmelte Logan, als die beiden gegangen waren.

»Richtig. Im Augenblick denke ich an nichts anderes und könnte die Nacht problemlos durchmachen. Dieses Fixieren auf etwas ist eine Eigenheit von mir, die ich aber nicht auf Mia projiziere. Es ist mein Tick, nicht ihrer.« Loreley zuckte mit den Schultern. »Dass ich sie nach Hause schicke, geschieht nicht zum ersten Mal. Ich weiß nicht, wie oft ich sie in Seattle schon aus dem Büro komplimentiert habe, weil sie vor Müdigkeit beinahe vom Stuhl gerutscht wäre.«

»Ähnliches habe ich bereits vermutet, da sie nicht überrascht war und prompt reagierte – klassisch für ein eingespieltes Team. Im Verbeißen in gewisse Themen bin ich übrigens wie Sie, Loreley … Ms. Creed.« Logan beugte sich vor. »Behalten wir Abigails Hinweis wegen unserer Anrede bei?«

»Ja. Das ewige Mr. Finnley und Ms. Creed klingt in der Tat seltsam, zumal keiner in der Gegend Zeit mit dem Nachnamen verschwendet. ›Miss‹ und ›Mister‹ lässt eher argwöhnen als Loreley und Logan.«

»Das ist wohl wahr.« Logan lachte gedämpft auf, wurde jedoch sofort wieder ernst. »Ich habe die Stunde im Büro genutzt und mir Gedanken über eine moderne Durchführung von Ethans Plan gemacht. Verprügelte und davongejagte Diebe wären zweifellos nicht im Sinne WWS Industries' – in meinem ebenso wenig.« Er verdrehte die Augen. »In der Vergangenheit hatte ich in puncto technische Innovationen einige Diskussionen mit Ethan. Schon vor Jahren wollte ich etwa ein Scanner-System einführen. Damit wären die handgeschriebenen Rodungslisten längst Geschichte und eine Manipulation nicht mehr möglich.«

»Ich kenne das Problem von meinem Vater«, erwiderte Loreley. »Bei manchen Dingen tut er sich altersbedingt schwer, andere verweigert er aus Prinzip. Bücher beispielsweise gehören für ihn gedruckt. Man muss die Haptik spüren und das Rascheln der Seiten beim Umblättern mitkriegen – er formuliert es wirklich genau so. Die neue Vielfalt mit E-Books und Hörbüchern lässt er nicht gelten, selbst wenn ich ihm die Vorzüge aufzähle.« Sie vollführte eine wegwerfende Handbewegung. »Welche *teuflische* Technik möchtest du einsetzen?«

Logan lächelte. »Wildkameras werden anstelle von uns Menschen auf der Lauer liegen. Die Aufzeichnungen liefern uns hieb- und stichfeste Beweise, die wir der Polizei übergeben. Damit nimmt alles seinen ordnungsgemäßen Verlauf. Geeignete Modelle habe ich bereits gegoogelt.«

»Eine hervorragende Idee.« Loreley nickte bedächtig. »Ließe sich im Vorfeld steuern, wo der nächste Diebstahl erfolgt? Wir können nicht jeden einzelnen Rodungsort mit Kameras ausstatten. Ich weiß zwar nicht, was ein solches Gerät kostet, aber in Summe wären die Aufwendungen mit Sicherheit zu hoch. Auch der Zeitfaktor ist nicht zu unterschätzen. Die Kameras müssen unbemerkt montiert und kontrolliert werden.«

Logan strich sich über das Kinn. »Der Ort hat einige Voraussetzungen zu erfüllen. Er darf sich nicht in zu unwegsamem Gelände befinden und braucht einen guten Zugang – ein nächtlicher Abtransport ist schwierig. Zu nahe gelegene Plätze fallen wegen der Lärmentwicklung flach. Die Transporter sind nicht die leisesten. Zudem werden die Generatoren für Licht und Gerätschaften benötigt. Genauso ist die Größe des Camps entscheidend, damit das Fehlen von Holz nicht hervorsticht.«

Der Reihe nach tippte er mit Zeige-, Mittel und Ringfinger auf die Tischplatte. »Drei Standorte kommen nach diesen Kriterien in Betracht. Zusätzlich lässt sich die Wahrscheinlichkeit erhöhen, indem ich ein Camp präferiere und dort verstärkt fällen lasse. Das ist durchaus üblich und ruft keinen Argwohn hervor. Gleich Montag gebe ich die Anweisung und organisiere die Arbeiten so, dass das Holz vorläufig am Ort verbleibt. Auch der Komplettabtransport am Schluss ist nicht selten. Nach zwei, drei Tagen hat sich ausreichend Holz angesammelt, um die Kerle anzulocken. Sie wären dämlich, würden sie da nicht zuschlagen.«

Kurz schwieg Logan und ließ seine Erläuterungen Revue passieren – alles stimmte. »Mat bitte ich, die Kameras am Montag zu besorgen, und Dienstagnacht montieren wir sie. Wichtig ist eine gute Tarnung. Schließlich spüren wir keine Tiere auf, sondern Menschen, die eine Kamera erkennen, wenn sie sie sehen.« Er hob sein Glas und trank den ersten Schluck. Angewidert kräuselte er die Lippen. Das Bier hatte zu lange gestanden und schmeckte schal. Rasch würgte er es hinunter und sprach weiter. »Sonntag sind alle Camps verlassen. Ich fahre hoch, prüfe die drei möglichen Varianten und ermittle nach der Entscheidung die optimalen Positionen für die Kameras. Willst du mich nicht begleiten?«

Logan hatte die Frage gestellt, ohne großartig darüber nachzudenken. Wie selbstverständlich es doch von einem Tag auf den anderen geworden war, Loreley einzubeziehen. Er genoss es sogar regelrecht, sich mit ihr auszutauschen. Schlagartig erfasste sie das Wesentliche, erkundigte sich punktuell richtig und nahm sein Fachwissen unkommentiert als gegeben an.

»Gern. Und natürlich helfe ich auch bei der nächtlichen Montageaktion.« Loreley neigte den Kopf. »Wildkameras sind mir ein Begriff, im Wald gibt es allerdings kein Internet. Wie funktioniert die Übertragung?«

»Tja, einen Livestream bekommen wir leider nicht. Standardmäßig sind Wildkameras mit Speicherkarten ausgestattet. Bei Bewegung machen sie Fotos oder Videos, die man auf den Computer überträgt.« Logan verschränkte die Arme.

»Die Anbringung der Geräte übernehmen Mat und ich. Das Gelände ist dir gänzlich fremd, und mit dem verletzten Fuß kannst du nicht durch den Wald streifen, schon gar nicht bei Dunkelheit.« Er schmunzelte. »Ich weiß bereits, wen ich zur Unterstützung außerdem mitnehmen werde. Ethan freut sich bestimmt über die Abwechslung, und Abigail hat nichts einzuwenden. Es handelt sich schließlich um keine Schlägerei.«

Loreley lächelte. »Ich bin froh, dass du nun sämtliche Zweifel gegenüber Ethan ausgeräumt hast.«

»Ernsthaft geglaubt habe ich es nie, dennoch war ich mir unsicher. Der Vertrag mit einer dubiosen Gestalt wie Frank, dann hatte mir Mat eine alte Geschichte erzählt, wo Ethan und seine Leute in einem anderen Sägewerk Maschinen lahmlegten, selbst Ethans Bericht über das Verscheuchen der Räuber – all das zusammen stimmt unweigerlich nachdenklich.«

»Ich vermute, man muss mit zweierlei Maß messen«, sagte Loreley. »Gewisse Dinge nahm man früher anstandslos in die eigene Hand. Jeder tat das.«

Logan nickte. »Wie wahr. Das beste Beispiel für die sogenannte gute alte Zeit hat Abigail Hofstetter heute geliefert. Ich schwöre dir, keinen aufrechteren, mustergültigeren Menschen zu kennen. Was aber fragt sie dich? Ob du bei April nicht *etwas machen könntest.*«

Logan bemerkte, wie ein Schatten über Loreleys Gesicht huschte. Aprils Beteiligung an dem Fall belastete sie augenscheinlich sehr.

»Wäre es realisierbar, würde ich etwas unternehmen. Ich bin jedoch dem Reglement unterworfen«, murmelte sie.

»April ist jung, dessen ungeachtet längst kein unbesonnener Teenager mehr. Sie wusste, worauf sie sich einließ. Ein schlechtes Gewissen scheint sich auch nicht eingestellt zu haben, zumal sie die Bücher seit zwei Jahren fälscht.« Wie befreite er Loreley von dieser Bürde? »Genau genommen liegt Aprils eigentliches Schicksal sowieso außerhalb deines Wirkungskreises. Es ist Sache der Polizei und des Gerichts. Dir bliebe allein, die Empfehlung für den Erhalt ihres Jobs auszusprechen. Schlimmstenfalls würdest du damit allerdings deine Karriere gefährden, weil es keinen einzigen guten Grund für ihre Weiterbeschäftigung gibt. Ehrlich, Loreley, du musst unbedingt dein übliches Prozedere verfolgen.« Logan unterdrückte das Bedürfnis, ihre Hand zu nehmen. »Für meine Person gilt im Übrigen exakt das Gleiche. Ich habe dir, und damit WWS Industries, mein Wissen vorenthalten. Das darfst du in deinem Bericht weder verheimlichen noch beschönigen. Ich habe in Teufels Küche gekocht, nicht du.«

Loreley senkte den Blick und sah ihn erst nach einer geraumen Weile wieder an. In ihrer Miene spiegelten sich Nachdenklichkeit und etwas wider, das Logan nicht zu eruieren vermochte. War es Sorge, innere Zerrissenheit?

»Setzen wir alles daran, die Diebe zu finden«, erwiderte sie resolut. »Mit einem positiven Resultat relativiert sich vieles.«

Kaum merklich seufzte Logan. Unweigerlich führte ihn das Aufwallen des Themas zurück zu seinen vorherigen Überlegungen. Obwohl seine Zukunft mit großem Gewicht in Loreleys Verantwortung lag, würde er unter keinen Umständen versuchen, zu seinem Vorteil auf sie einzuwirken.

Vom ersten Tag an war sie professionell und korrekt vorgegangen, und was er gerade über seine Beurteilung gesagt hatte, meinte er genau so. Die Situation, in der er feststeckte, entstammte allein seinem Handeln, und es war an ihm, die Konsequenzen zu tragen.

Diese Überzeugung machte es ihm leicht, über sich und andere zu urteilen. April etwa hatte ihren Job bei Hofstetter Wood verwirkt. Daran änderten nicht einmal sein Gemeinschaftsbezug und die Freundschaft zu Annabell etwas.

Wie würde der Doc es formulieren? »Kein Brotkrümel wird unter den Tisch gekehrt.«

KAPITEL 25

April

April stand auf der gegenüberliegenden Seite des Lokals und beobachtete durch die große Glasscheibe das Treiben im Inneren.

Loreley Creed und Mia Thompson saßen an ihrem Tisch am Fenster und unterhielten sich angeregt. Bestimmt redeten sie über den Beruf oder das Verhältnis Mats mit Mia. Es wäre interessant, zu erfahren, ob sich die andere auch einen Liebhaber aus Glacy zugelegt hatte. Wenn ja, konnte es nur Logan sein. Die Gerüchte um Brians Bemühungen waren bereits wenige Tage nach Ms. Creeds Unfall wieder verstummt.

Jedenfalls verbrachte Logan seit Kurzem viel Zeit mit ihr. Entweder lag es an der voranschreitenden Prüfung des Unternehmens, die sein ständiges Beisein erforderte, oder sie hatten tatsächlich eine heimliche Affäre miteinander begonnen.

April gefiel die Vorstellung. Zwar sorgte sie sich nicht mehr, dass die beiden Frauen aus Seattle die Abweichungen in den Büchern entdecken würden, trotzdem war eine zusätzliche Ablenkung vorteilhaft. Beschäftigten sie sich mit Logan und Mat, wurden sie bei der Arbeit noch unaufmerksamer.

Die ersten zwei Wochen nach Ms. Creeds und Ms. Thompsons Ankunft war April vor Angst fast verrückt geworden. Bei jedem an sie gerichteten Wort hatte sie gedacht, enttarnt worden zu sein. Doch nichts war geschehen, und letztlich hatte sie die Furcht abgelegt. Offenbar setzten diese Prüfungen erst auf einer höheren Ebene ein, sonst hätten Loreley und Mia den handgeschriebenen Rodungslisten mehr als einen oberflächlichen Blick geschenkt. Es war die einzige vernünftige Erklärung, an Know-how fehlte es den beiden nämlich nicht.

Aus der Dunkelheit lösten sich zwei Gestalten und traten in das Licht des Lokals. Es waren Hilary und der Doc. *Natürlich!*, fuhr es April durch den Kopf. Hilary hatte ihr im Büro erzählt, sie würden sich mit Loreley zu einem Themenabend über Mythologie und Geschichte treffen. Später wollte sich auch ihre Mutter dazugesellen. Zum Glück hatte Mum nicht gefragt, ob sie an der Bar einspringen könnte. Wahrscheinlich übernahm das Tante Ella, nachdem sie die Küche geschlossen hatte.

Wo waren eigentlich Logan und Mat? Über Logan wusste April, dass er sich für derartige Storys ebenfalls interessierte. Mat las zwar nur Thriller und Sachbücher über das Fliegen, aber ganz Glacy sprach darüber, dass er Mia keine freie Minute von der Seite wich. Das wäre doch Grund genug, anwesend zu sein, egal, worüber sie laberten.

Auf Aprils Straßenseite näherte sich ihr ein großer, kräftiger Mann.

»Verdammt. Wo warst du so lange? Ich warte seit fünfzehn Minuten in der Kälte auf dich«, zischte sie.

»Sorry, Baby. Ich hatte etwas zu erledigen und war danach bei mir zu Hause, um zu duschen und mich umzuziehen.« Flüchtig küsste er April auf den Mund.

»Hatte das wieder mit diesen ominösen Geschäften zu tun, über die du dich ausschweigst?« Bewusst machte sie einen Schritt zurück. »Frank! Ich möchte endlich erfahren, was du da tust.«

Seit etwa eineinhalb Monaten verschwand Frank oft für Stunden nach der Arbeit im Camp oder auch an den Wochenenden. Zu diesen Zeiten schickte er weder Nachrichten, noch war er am Handy erreichbar. In welche dunkle Sache hatte er sich bloß verstrickt? Diese Geschäfte, wie Frank sie nannte, bedeuteten nichts Gutes, sonst würde er ihr doch erzählen, worum es sich handelte.

Reichte es nicht aus, was sie ohne seine Kenntnis bei Hofstetter Wood tat?

»Wie oft soll ich dir sagen, dass dich das nichts angeht?«, erwiderte Frank mit bedrohlicher Stimme. »Wir brauchen Geld, um ein Haus in Glacy zu kaufen. Dafür setze ich Himmel und Hölle in Bewegung. Das ist unser großes Ziel, oder etwa nicht?«

April ignorierte die Frage. »Meinst du, ich tue nichts? Du hast keine Ahnung, was ich alles unternehme, um rasch an Geld zu kommen.«

»Ach, hör mit dem lächerlichen Gerede auf, Babe. Was willst du schon heranschaffen? Müssten wir uns auf dein Gehalt bei Hofstetter Wood verlassen, könnten wir uns in frühestens zwei oder drei Jahren gerade mal eine alte, verrottete Hütte leisten.« Jäh entspannte sich Franks Miene.

»Hören wir auf zu streiten, Baby. Spazieren wir lieber gemütlich zu mir und haben einen schönen Abend. So viele werden uns bis zu meiner Abreise nicht mehr bleiben.«

April spürte den Stich in ihrem Herzen und legte den Kopf an seine Brust. »Daran darf ich gar nicht denken – noch ein Winter ohne dich.«

»Dieser Job über die Wintermonate bringt gutes Geld. Wenn alles wie geplant läuft, stellst du mich nächsten Herbst deiner Mutter als den vor, der ich wirklich bin: dein Freund, mit dem du zusammenziehen wirst.«

»Findest du es so unerträglich, wie es im Augenblick ist?«

»Und ob!« Frank stieß einen tiefen Unmutslaut aus. »Annabell hat mich zum notgeilen Saisonholzfäller Nummer eins abgestempelt, und ich spiele zwangsläufig fleißig mit. Um sie von uns abzulenken, habe ich extra vor ihr sogar die beiden Frauen aus Seattle angequatscht und prompt eine Rüge von Logan kassiert. Danke, darauf verzichte ich gern.«

»Ich weiß, was du für mich auf dich nimmst. Sosehr Mum mich nervt, würde ich ihr jedoch nie wehtun mit einem …« April geriet ins Stocken.

»Einem … wie mir, oder was?«

»Reg dich nicht schon wieder auf. Meine Mutter hat schließlich den besten Grund, sich keinen Saisonholzfäller für ihre Tochter zu wünschen. Hast du erst ein Haus und die Festanstellung, wird sie nach einer Eingewöhnungsphase zufrieden sein.«

»Bei dem Ganzen geht es mir doch nicht um Annabell! Ach, komm, April. Sie ist nicht mehr als die letzte Hürde. Ich will ein Heim für uns schaffen. Hast du das noch immer nicht kapiert? Darum dreht sich alles.« Frank ergriff Aprils Hand.

Während sie, gut verborgen in der Dunkelheit, die Straße in Richtung Franks Quartier losspazierten, fielen erste vereinzelte Schneeflocken. April sah zum Himmel hoch, und eine große Flocke landete auf ihrer Nasenspitze.

Auch sie freute sich auf den Moment, wenn das Versteckspiel zu Ende war. Entgegen Franks Vorausschau würde es jedoch kein volles Jahr dauern, bis sie vor ihre Mutter treten konnten.

Wie sie Frank allerdings erklären würde, woher sie das Geld hatte, stand in den Sternen geschrieben. Sagte sie ihm die Wahrheit, beschwor sie zweifellos einen gewaltigen Shitstorm herauf. Aber er sollte ruhig sein. Tat er nicht vermutlich das Gleiche mit diesen geheimnisvollen Geschäften?

KAPITEL 26

Logan

Logan zog den Reißverschluss bis zum Hals hoch, formte eine Kugel mit den Fingern und blies warme Luft hinein.

Im dämmrigen Licht des frühen Morgens erahnte er die Nebelschwaden mehr, die über dem See und Glacy hingen, als dass er sie tatsächlich sah.

Er entfernte sich einige Schritte von der Eingangstür seines Hauses und hörte die dünne Schneedecke unter seinen Füßen knirschen. In der Nacht war die Temperatur weiter gesunken.

Von der Zufahrtsstraße vernahm er ein Motorengeräusch. Die Stille der Natur brachte den Ton schon von der Ferne bis zu ihm herauf.

Logan öffnete die Wagentür und legte den Laptop, den er unter den Arm geklemmt hatte, auf den Rücksitz.

Seit er erwacht war, stieg die Spannung mit jeder Minute an. Inständig hoffte er, dass die Falle bereits zugeschnappt war.

Dem Gedanken, dass gar nichts passieren würde, verwehrte er sich, zumal ihnen keine vernünftige Alternative zur Verfügung stand. Dieses Camp war der bestmögliche Köder, ein zusätzliches zu beobachten, demnach nicht erfolgversprechend. Und April in die Mangel zu nehmen, stellte das absolute Worst-Case-Szenario dar, wenn sie gar nicht mehr weiterwussten.

Zwischen den Bäumen erschien Ethans Wagen. Er parkte direkt neben dem Haus und stieg aus.

»Hallo, Junge! Du wirkst müde.«

»Nein. Ich habe gerade darüber sinniert, was wir tun, falls das mit den Kameras nicht funktioniert. Wer sagt uns, dass sie für die Saison nicht aufgehört haben?«

»Ich habe die Zahlen studiert, die du mir dagelassen hast. Vergangenes Jahr haben sie bis in den November hinein Holz abgezweigt. Warum sollten sie jetzt früher abbrechen? Der Mensch ist von Natur aus gierig und greift zu, wenn sich eine Gelegenheit bietet – vertrau mir. Ich habe ein paar Jährchen mehr Erfahrung auf dem Buckel als du.« Ethan klopfte Logan auf die Schulter. »Du grübelst zu viel. Lass uns doch erst mal nachsehen. Und hat sich noch nichts getan, wird es in den nächsten Nächten so weit sein.« Er blickte sich um. »Wo ist Mat? Normalerweise ist er überpünktlich.«

»Wir sind nur zu zweit. Mat muss einen Passagier von drüben in die Stadt fliegen. Loreley hat angeboten, für ihn einzuspringen. Ich habe aber – wie bei der Montage – abgelehnt.« Logan rieb sich die Hände, um die Nervosität zu unterdrücken, die durch seinen Körper kroch. »Nun gut, fahren wir los.« Er stieg in den Wagen und startete den Motor, nachdem Ethan es sich neben ihm bequem gemacht hatte.

»Gut, dass du Loreley nicht mitgenommen hast. Das ist kein Job für eine Frau, schon gar nicht für eine aus der Stadt«, antwortete Ethan nach einer Weile des Schweigens.

»Versteh mich nicht falsch. Loreley ist eine toughe Person, und sie gefällt mir außerordentlich.«

Mir auch, leider immer besser, dachte Logan und sagte: »Die Zusammenarbeit mit ihr funktioniert wirklich gut. Sie sorgt sich bloß zu intensiv um April. Abigail hat ihr da einen Floh ins Ohr gesetzt.«

»Ach, du kennst doch meine Abigail. Wenn es nach ihr ginge, würde jeder in Watte gepackt werden. Sie hat einfach ein zu weiches Herz. Loreley soll sich zu nichts verleiten lassen. Die kleine Fitzgerald hat gewaltige Scheiße gebaut und wird die Misere auslöffeln.« Ethan brummte. »Klär das mit Loreley. Verstanden?«

»Das habe ich – und hoffe, es kam an. Notfalls hake ich nach.« Logan stieß einen Seufzer aus. »Mich habe ich dabei nicht unerwähnt gelassen.«

»Was gibt es darauf zu erwidern, Junge? Ehrenhaft und verdammt dämlich zugleich.« Ethan lachte auf. »Ich hätte genauso gehandelt. Und damit meine ich nicht, dass du Loreley einredest, sie dürfe dich nicht schonen. Herrgott, selbstverständlich wäre ich nicht zu WWS Industries gerannt, sondern hätte die Klärung auf eigene Faust versucht.«

»Danke für die tröstlichen Worte, trotzdem wird es mich den Geschäftsführerposten kosten.«

»Und schon wieder brütest du Zukunftsszenarien aus, die nur womöglich eintreten«, entgegnete Ethan. »Natürlich hast du nicht die besten Karten, aber das Blatt kann sich wenden. Liegt das übertriebene Herumphantasieren an diesem – wie heißt das? – Social Media und dem ganzen anderen Computer-Kram? Jeder weiß heute, was morgen geschieht, und hat Angst davor. Und lieber fotografiert man sich selbst und verschickt das Bild, als zusammenzusitzen und sich ordentlich in die Augen zu schauen. Da muss man ja paranoid werden! Die verfluchte Technik bestimmt tatsächlich das Leben eurer Generation.«

»Sie beschert uns jedoch auch beispielsweise Wildkameras, die hoffentlich Fotos für uns geschossen haben.« Logan schmunzelte, umfasste das Lenkrad fest und stieg wohldosiert aufs Gas, um das letzte steile Stück vor dem Camp mit Schwung zu bewältigen.

Auf dem Basis-Plateau fuhr er bis in die Nähe der ersten Kamera und hielt an.

Er hatte den Motor noch nicht abgestellt, als Ethan bereits aus dem Wagen sprang und den gefrorenen Boden inspizierte. Dann lief er zu den beiden Holz-Transportern, die nebeneinander parkten, und legte seine Hand auf das Metall.

»Beide kalt!«, rief er.

Mit einem leisen Lächeln schüttelte Logan unmerklich den Kopf. Ethan schien vergessen zu haben, dass er nur die Speicherkarten der Kameras in den Computer zu stecken brauchte, um das etwaige nächtliche Treiben auszuforschen. Die althergebrachte Spurensuche war überflüssig geworden.

Er nahm den Laptop vom Rücksitz und holte aus dem Kofferraum eine Decke. Auf einem Baumstumpf breitete er sie aus, stellte den Laptop darauf und schaltete ihn ein.

»Soll ich die erste Speicherkarte holen?«, fragte Ethan, der sich indessen an Logans Seite begeben hatte.

»Weißt du, wie sie …«

»Bloß, weil ich kein Freund so mancher modernen Errungenschaft bin, vermag ich sie dennoch zu bedienen. Die Speicherkarte aus einer Kamera zu holen, schaffe ich demnach.« Ohne eine Antwort abzuwarten, drehte sich Ethan um und ging zu der Jungbaum-Gruppe, in der sie die Kamera versteckt hatten.

Kurz sah Logan ihm nach, dann widmete er sich erneut dem Laptop und startete das Bildbetrachtungsprogramm.

Wenngleich er gemeint hatte, die Anspannung könnte nicht weiter ansteigen, spürte er das Vibrieren seiner Nerven jetzt mit jeder Faser des Körpers.

Als Ethan zurückkehrte und ihm die Speicherkarte überreichte, schob er sie mit zittrigen Fingern in den Slot. Er wartete, bis das Verzeichnis angezeigt wurde, und klickte auf den entsprechenden Ordner. Auf dem Schirm erschienen unzählige Bilder in Miniaturansicht.

»Wow. Eine Menge.« Ethan beugte sich über Logans Schulter. »Mach sie größer. Los, Junge!«

Logan nickte und wechselte in den Vollbildmodus. Zweifellos war nicht nur er aufgeregt.

Als sich das erste Foto öffnete, ächzte Ethan auf. »Ein vermaledeites Reh.«

Das folgende Bild zeigte das Tier, als es von einem Strauch ein Blatt zupfte. Danach hatte die Kamera die Videofunktion aktiviert: Wie das Reh gerade seelenruhig gestanden und gefressen hatte, hob es nun den Kopf und hastete davon.

Logan betätigte die Enter-Taste, um die nächste Datei aufzurufen. Es handelte sich ebenfalls um eine Filmsequenz.

Ein Wagen fuhr in das Sichtfeld der Kamera.

»Shit. Die waren wirklich da«, murmelte Logan. Rasch klickte er weiter.

Noch zwei Autos erschienen. Der Fahrer des ersten Wagens stieg aus – dann stoppte das Video.

Ethan kam dem Bildschirm immer näher. »Verflucht, ich erkenne die Karre nicht. Und wer ist er?«

»Warte!« Logan ging wieder in die Vorschau und wählte ein späteres Foto aus.

Der Mann hatte sich von seinem Auto abgewandt und blickte direkt in Richtung der Kamera.

Ethan stieß einen grimmigen Ton aus und ballte die Hände zu Fäusten. »Da ist er also, der verfluchte Scheißkerl.«

Abrupt stand Logan auf. »Sammeln wir flott die Kameras ein und verschwinden von hier. Ich habe viel zu tun.« Er hielt inne. »Mit ihm hatte ich nicht gerechnet.«

»Tja, Junge«, erwiderte Ethan. »So ist das manchmal. Wie ich dir vorhin schon mit anderen Worten sagte: Die Zukunft zeigt sich oft in neuer Gestalt, wenn sie in der Gegenwart landet.«

KAPITEL 27

Loreley

Ich lehnte mich in der Couch zurück und streckte mich verhalten. Logan hatte jede ungestörte Minute des Tages genutzt, um das Bild- und Videomaterial zu sichten sowie unnötige Dateien auszusortieren. Dessen ungeachtet hatten wir den Löwenanteil der Arbeit erst nach Büroschluss erledigen können.

Nun war es bereits nach Mitternacht, aber endlich hatten wir es geschafft. Vor uns lag eine erschöpfende Liste aller Männer, die wir entdeckt hatten.

Ich beobachtete Logan, wie er eine externe Festplatte anschloss und die Ordner mit den Aufzeichnungen der Kameras vorsorglich sicherte. Als der Vorgang ausgeführt war, schloss er den Laptop und brachte sich ebenfalls in eine bequeme Position.

Er rieb sich über die Augen. »Wie fühlst du dich, Loreley?«

»Erschöpft und völlig aufgedreht, zufrieden und fassungslos, erleichtert und doch auch so, als läge eine schwere Last auf meiner Brust – ein buntes Potpourri von Gegensätzen.«

»Gut zusammengefasst, bei mir ist es ähnlich. Trotzdem sollten wir das weitere Prozedere sofort besprechen. Ich will nichts hinauszögern.« Logan stand auf. »Was hältst du von einem allerletzten Kaffee zur Stärkung unserer grauen Zellen?«

Ich nickte und griff nach der Täterliste. Die meisten von ihnen kannte ich nicht oder nur dem Namen nach aus den Unterlagen. Bis auf vier Personen, die aus einem benachbarten Ort stammten und im Sägewerk arbeiteten, handelte es sich ausschließlich um Saisonholzfäller. Demzufolge blieben meine Emotionen relativ gleichmütig.

Zuoberst prangte jedoch ein Name, der mich aufs Äußerste irritierte: Brian de Cort – er war der mutmaßliche Drahtzieher und Chef der Diebesbande.

Wie hatte ich mich dermaßen in ihm täuschen können? Gut erinnerte ich mich an das Empfinden, als er meinen Fuß versorgt hatte. Seine Höflichkeit und Anteilnahme hatten mir genau jenes wärmende Sicherheitsgefühl vermittelt, das ich durch William verloren zu haben glaubte. Reichten ein wenig Hilfsbereitschaft und ein charmantes Lächeln aus, um mich derart hinters Licht zu führen?

»Woran denkst du?« Logan war mit zwei dampfenden Kaffeetassen in den Händen zurückgekehrt. Während er sich wieder setzte, musterte er mich aufmerksam.

Ich seufzte. »An Brian de Cort und daran, dass meine Menschenkenntnis offensichtlich nicht die beste ist. Ich fand ihn … nett.«

»Das ist mir nicht entgangen, als er dich nach dem Unfall umschwärmt hat.« Logan verzog die Lippen. »Auch ich habe nicht damit gerechnet, ihn auf den Bildern und Videos zu sehen. In meinem persönlichen Ranking stand nach Ethans Rehabilitation Frank an erster Stelle, vor Brian – entgegen der ganzen Argumente – sogar noch Charly Carven, der als Leiter der hiesigen Holzfäller fast so schlimm gewesen wäre wie Ethan. Versöhnt dich das mit deiner *Menschenkenntnis?*«

Obwohl ich erschöpft war, registrierte ich Logans Miene. Zweifellos drückte sie Unzufriedenheit, wenn nicht gar Entrüstung aus. Ich überlegte, was ihn störte. War es die Erinnerung an meinen Unfall oder dass er sich ebenfalls in Brian getäuscht hatte?

Weder ging ich auf seine Frage noch auf meine Wahrnehmung ein, sondern sagte: »Mit Frank Smith müssen wir uns trotzdem beschäftigen. Zwei seiner Männer haben bei dem Diebstahl mitgemacht, und die Verbindung zu April dürfen wir nicht ignorieren.«

»Die beiden Männer von Frank sind nichts weiter als Abtrünnige. Wären Frank und seine Leute integriert, hätten wir alle, zumindest fast alle, aus seinem Trupp auf den Dateien gesehen, auf jeden Fall Frank selbst. Kein Gruppenführer lässt seine Kollegen allein – ein ungeschriebenes wie sinnvolles Gesetz zum Schutz der Männer. Der Leiter organisiert sämtliche Abläufe und achtet darauf, dass alles wie geplant abgewickelt wird. Ohne ihn entstünde ein heilloses Durcheinander, und in der Folge passierten Unfälle ohne Ende.« Logan wiegte den Kopf. »Aber du hast recht, einiges liegt bei Frank im Dunklen, und das gehört an die Oberfläche befördert.«

»Bevor wir morgen die Polizei verständigen, sollten wir ein Gespräch mit ihm führen … und mit April.« Obwohl ich den Lauf der Geschehnisse nicht verändern konnte und Logan mich ausdrücklich ermahnt hatte, nichts zu unternehmen, gab es vielleicht doch eine Möglichkeit, ihr zumindest indirekt beizustehen.

»Konfrontieren wir sie mit dem Betrug, und reagiert sie richtig, hilft ihr das eventuell bei der Einstufung ihrer Beteiligung«, erklärte ich.

Logan zog die Brauen hoch. »Mittlerweile bin ich trotz der Überdosis Koffein schon etwas langsam im Denken und Kombinieren. Was meinst du damit?«

»Nun, wenn April gesteht und Detailinformationen an uns weitergibt, werden wir das bei der Polizei natürlich positiv erwähnen und ihre Unterstützung betonen. Besser, wir setzen sie unter Druck als später ein Beamter. Befragungen werden so oder so stattfinden, doch der feine Unterschied würde sich hoffentlich bemerkbar machen.« Vorsichtig nippte ich an dem heißen Kaffee. »Damit agiere ich weder entgegen meiner Aufgabe, noch gefährde ich in irgendeiner Weise meine Karriere. April hat die Gunst nicht verdient, ihre Mutter sehr wohl.«

»Ja, in Ordnung. Bleibt sie aber stur und schweigt, ist sie selbst schuld – und für uns war's das dann endgültig.« Logan strich sich über die Stirn. »Entschuldige die herzlosen Worte. Von morgens bis jetzt die Bilder und Videos anzuschauen, hat mich nicht nur ausgelaugt, sondern auch ernüchtert. Dieser Diebstahl ist ein durchgeplantes, abgebrühtes Verbrechen, weit entfernt von einem Kavaliersdelikt.«

Logans Züge hatten sich während des Redens verhärtet. Welche Gefühle mussten in ihm schwelen, wo die variantenreichen Empfindungen sogar mich als Außenstehende packten und durchrüttelten?

Jedem Eingeweihten war auf Basis der Zahlen von Beginn an klar gewesen, dass es sich um keine geringe Angelegenheit handelte. Die Tat allerdings mit eigenen Augen zu sehen, rief tiefere, hautnahe Emotionen hervor. Sie drangen in das Bewusstsein ein und wurden wie zu einer persönlichen Sache.

Intuitiv ließ ich April einstweilen außen vor und fragte: »Wie möchtest du mit Frank verfahren?«

»Ich berufe ihn morgen unter einem Vorwand ins Büro – sofern das okay für dich ist.«

»Selbstverständlich. Du brauchst mich nicht um Erlaubnis zu bitten.«

»Doch«, erwiderte Logan prompt und legte die flache Hand auf die Täterliste. »Unsere internen Ermittlungen sind abgeschlossen. Damit ist der Punkt erreicht, an dem wir offizielle Schritte einleiten – einerseits das Einschalten der Polizei, auf der anderen Seite deine Berichterstattung an WWS Industries. Als Beauftragte von WWS hast du das Sagen und entscheidest.«

In Logans Stimme war kein Groll. Er hatte bloß die Fakten dargelegt – tatsächlich war ich die letzte Instanz –, und nahezu wirkte es, als wäre er gar nicht unglücklich über die Verteilung der Entscheidungsgewalt.

Ich nickte. »Dann operieren wir wie besprochen. Zuerst führen wir die Unterhaltungen mit April und Frank. Danach verständigen wir die Polizei. Mia soll sich indessen um Hilary kümmern, damit nichts verfrüht nach außen dringt.«

»Es wird mächtig rundgehen.« Logan versuchte ein Lächeln. Es gelang ihm halbherzig.

KAPITEL 28

Mia

Mia schreckte aus einem unruhigen Schlaf hoch und sah zum Fenster. Durch den Spalt zwischen den beiden Vorhängen drang kein Licht. Sie setzte sich auf und tippte auf das Display ihres Handys. Es war fünf Uhr, und zwei Nachrichten wurden angezeigt – Loreley hatte in der Nacht geschrieben.

Mit Bedacht, um kein Geräusch zu erzeugen, schwang Mia die Beine über den Bettrand und erhob sich. Auf Zehenspitzen schlich sie zur Tür und zog sie leise auf. Zum Glück kannte sie sich mittlerweile in Mats Haus gut genug aus, um die Küche im Dunklen zu finden.

Sie stieg die Stufen hinab und wandte sich nach links. Erst als sie in der Küche angelangt war, schaltete sie das Licht ein. Dann aktivierte sie die Kaffeemaschine und stellte eine Tasse unter den Auslauf.

Mats Schlafzimmer war im Obergeschoss, und die Einliegerwohnung, in der Julia lebte, lag auf der anderen Seite des Gebäudes. Bestimmt weckte sie niemanden.

Der Geruch des Kaffees rüttelte Mias letzte dahindösende Sinne wach. Sie nahm die Tasse, setzte sich an den Tisch und öffnete Loreleys Nachrichten.

Knapp hatte Loreley die Geschehnisse des gestrigen Abends zusammengefasst und ging in der zweiten Mitteilung oberflächlich darauf ein, was heute passieren würde. Die drei Smileys – ein lachender, ein weinender, ein müder – am Schluss zeugten von ihrem Zustand.

Ein Schauer lief durch Mias Körper. Nun war der große Moment der Offenbarung also gekommen. Jäh zuckten in ihrem Kopf Annabells Antlitz und danach Mats auf. Noch waren die vier Monate nicht vorbei, aber der Abschied rückte näher, und die spitze Klinge seines Degens durchbohrte unerbittlich ihr Herz.

Kurz verbarg Mia das Gesicht in den Händen und ermahnte sich zur Konzentration. Definitiv war jetzt der falsche Zeitpunkt, um an etwas anderes zu denken als an den Abschluss der Ermittlungen.

Mia wusste, wie sehr Loreley die Angelegenheit mit ihren drohenden Folgen belastete, doch echte Unterstützung konnte sie ihr in der gegenwärtigen Phase kaum bieten. Hilary in Schach zu halten, war eine vergleichsweise nichtige Aufgabe zu dem, was Loreley zu bewältigen hatte. Besonders das Gespräch mit April würde ihr schwerfallen. Damit war es allerdings längst nicht getan. Loreley musste den offiziellen Bericht über den Diebstahl für die Zentrale verfassen – und in diesem Zuge Logans Verhalten darlegen.

Das Verbrechen war aufgedeckt, und Loreley würde von WWS Industries mit einem riesigen Lorbeerkranz geschmückt werden – zwei derartige Erfolge innerhalb eines Jahres waren beispielhaft, erst Florida, nun Alaska –, was jedoch dahintersteckte und welcher Zwiespalt dafür ausgekämpft wurde, bemerkte im Headquarter niemand.

»Was machst du hier?«

Erschrocken fuhr Mia auf.

Julia stand mit in die Hüften gestemmten Armen im Türrahmen und musterte sie sichtlich voller Skepsis.

Sämtliche Begegnungen mit Julia waren trotz aller Höflichkeiten angespannt und auf undefinierbare Weise beklemmend abgelaufen. Mia verließ sich auf ihr Bauchgefühl, das ihr jedes Mal eindeutige Empfindungen schickte: Julia missfiel, was sich zwischen Mat und ihr entwickelt hatte.

»Ich konnte nicht mehr schlafen«, erwiderte Mia knapp. »Habe ich dich geweckt?«

»Nein. Ich bin jeden Tag um diese Zeit wach. Meine Kaffeemaschine spinnt, deshalb bin ich da. Nicht wegen dir.«

»Willst du dich zu mir setzen?«, fragte Mia.

Julia zog die Brauen zusammen. »Das ist das Haus meines Bruders. *Will* ich mich an den Tisch setzen, dann …«

»Was ist … *dann?*« Mat betrat die Küche. Er schenkte Mia ein Lächeln, daraufhin fixierte er Julia. »Ich stehe seit einer geschlagenen Minute auf dem Flur und habe gehört, was du zu Mia gesagt hast. Deine Meinung in allen Ehren, aber nun gehst du zu weit.«

»Moment!« Mia sprang auf. »Welche *Meinung?*«

Mat machte eine unglückliche Miene. »Ach, das unwichtige Gewäsch meiner Schwester. Julia glaubt, dass du mich …«

»Ich rede für mich selbst!« Julia riss den Arm hoch, als würde sie sich melden. »Mein lieber Bruder ist bis über beide Ohren in dich verknallt. So ein albernes Getue habe ich bei ihm überhaupt noch nie gesehen. Ich *glaube,* dass du Mat nur als nettes Nebenbei während deines Aufenthalts in Glacy benutzt – quasi als hübsche Zerstreuung. In Kürze verschwindest du wieder nach Seattle und scherst dich einen Dreck, was danach mit ihm ist – hinter dir die Sintflut. Wem bleibt der Scherbenhaufen? Mir!«

Einen Augenblick lang starrte Mia Julia entgeistert an. Sie war zu verblüfft, um auf die Schnelle einen klaren Gedanken zu fassen. *Mein Bauchgefühl trügt wahrhaft nie,* schoss es ihr durch den Kopf. Sie setzte zu einer heftigen Entgegnung an, hielt jedoch jäh inne und besann sich. Mat hatte ihr erzählt, dass Julias und seine Eltern bei einem Unfall früh verstorben waren – Julia war neunzehn Jahre alt gewesen und Mat sechzehn.

Vermutlich hatte Julia als ältere Schwester und gemäß ihrem Naturell die Beschützerrolle übernommen, die sie wahrscheinlich nie gänzlich ablegen würde. Eilig versuchte Mia abzuwägen, wie Julia sie einschätzte. Die Antwort ließ keine Varianten zu: eine Städterin, die für vier Monate in Glacy City wohnte und sich, ohne zu zögern, an den Hals eines Mannes aus dem Ort geworfen hatte. Julia konnte gar nichts anderes annehmen als das, was sie eben direkt ausgesprochen hatte.

»Ich verstehe deine Besorgnis, Julia«, sagte Mia leise. »Aber so ist es nicht. Ich habe mich ernsthaft in deinen Bruder verliebt und grüble hin und her. Wenn ich daran denke, nach Seattle zurückzufliegen, verkrampft sich alles in mir. Ehrlich.«

Julia zog die Oberlippe hoch. »Igitt. Dann hat es euch echt

beide erwischt? Herr im Himmel! Ich habe es mit zwei liebestollen Idioten zu tun. Da gefiele mir ja das andere besser. Wisst ihr was? Ich verzichte auf den Kaffee und lasse euch allein. Offensichtlich habt ihr Redebedarf.«

Mit weiten Schritten durchquerte sie die Küche. An der Tür drehte sie sich um. »Macht was Sinnvolles draus. Weder dich, Bruderherz, noch Lockenköpfchen will ich heulend an der Backe kleben haben.«

Mia wartete, bis sie im Hintergrund eine Tür zufallen hörte. »Du bist also verknallt in mich?«

»Und du ernsthaft in mich verliebt. Ja, das kleine Wort ›ernsthaft‹ ist mir nicht entgangen.« Mat lächelte. »Darf ich erfahren, was du so vor dich *hin und her grübelst*?«

»Ach, bloß ... dies und das.« Mia winkte ab.

»Hin und her, dies und das? Wünschst du dir gar, dass wir uns trotz der Entfernung weiterhin treffen?« Mats Lächeln wurde breiter.

Mia stöhnte auf. Nicht falscher Stolz oder die Angst, enttäuscht zu werden, trieben sie an, ihre Empfindungen zu verbergen. Schließlich hatte sie nichts zu verlieren.

»Oh, Mat. Was ich zu Julia gesagt habe, ist die pure Wahrheit. Ich kann aber doch nicht von dir verlangen, eine solche Partnerschaft zu führen.«

»Was spukt wohl längst in meinem Kopf herum? Urlaube, Wochenenden, lange Telefonate – für mich wäre das nicht schlimm. Für dich etwa?«

Mia spürte die Wärme, die sie unvermutet einnahm. »Überhaupt nicht. Ich male es mir romantisch und wunderschön aus.«

»Nun, dann ist alles klar.« Mat schmunzelte. »Demnach sollten wir schleunigst wieder nach oben gehen und unser Vorhaben besiegeln.«

»Diese intime Feier müssen wir leider verschieben. Ein schwerer Tag steht bevor, und ich will rasch ins Büro, um mich vorzubereiten.«

»Gott, ja! Über die Diskussion mit Julia hinweg und vor allem unser neues Ziel habe ich alles andere verdrängt.« Mat strich sich durchs Haar. »Ich zaubere jetzt in Nullkommanichts ein kräftiges Frühstück und bringe dich hinterher in den Betrieb. Okay?«

»Danke.« Mia nickte. Nach einer kurzen Pause flüsterte sie kaum hörbar: »Ist es wirklich wahr? Wir bleiben zusammen?«

Mat schlang die Arme um sie. »Ja, und ich bin so was von glücklich darüber.«

KAPITEL 29

Loreley

Mit April im Schlepptau betrat ich Logans Büro und wies auf den Besprechungstisch, an dem Logan bereits saß. »Nehmen wir Platz.«

Wirkte ich auch völlig ruhig, waren meine Nerven bis zum Anschlag gespannt. Obwohl Logan und ich letztlich bis zwei Uhr nachts gearbeitet hatten, waren meine Sinne – vermutlich dank des Adrenalins im Körper – hellwach, und der Fokus lag auf den bevorstehenden Gesprächen.

Die Gabe, mich trotz widriger Umstände punktuell gänzlich auf eine Sache konzentrieren zu können, hatte mir schon während der Schulzeit und später im Studium bei Prüfungen beste Dienste geleistet. Egal, welche Wirren und mannigfaltigen Gefühle mich beutelten, schaffte ich es, im richtigen Moment alles rundum auszublenden.

Dass mich die geballte Ladung an Emotionen danach erfahrungsgemäß doppelt und dreifach einholte, war ein Problem, das ich kannte und dem ich mich in der Folge widmen würde.

Bisher verlief alles wie geplant. Logan hatte mich um sieben Uhr vom Hotel abgeholt, Mia und Mat waren wenige Minuten nach uns im Büro angelangt. Dank Mats Idee – er war zum Schlussbriefing geblieben – befanden sich Mia und Hilary nicht im Raum nebenan, sondern spazierten mit einer langen Kontrollliste durch das Sägewerk.

Frank war für zehn Uhr bestellt. Logan hatte mit ihm telefoniert und als Grund für den Termin die diesjährigen Abschlussarbeiten genannt. Die Erklärung klang plausibel und würde niemanden hellhörig machen.

Vielleicht agierten wir übervorsichtig, doch war es durchaus möglich, dass Brian und seine Kumpane bei Verdacht prompt flüchteten.

Logan beugte sich vor, wobei er die Wirbelsäule in einer Linie hielt und die Ellbogen einen Tick zur Seite streckte. »April, wir in Glacy reden nicht gern lange herum, sondern nennen die Dinge beim Namen. Insofern werde ich auch jetzt kurz und direkt sein. Du hilfst mit, ein Verbrechen zu verschleiern. Dass du vor dem Verständigen der Polizei hier sitzt und wir dir die Gelegenheit geben, uns alles zu erzählen, hast du Loreley zu verdanken – und indirekt deiner Mutter. Den Schmerz über deine Taten können wir Annabell nicht ersparen, aber ihn eventuell lindern, indem wir dich in einem besseren Licht dastehen lassen.«

Einen Augenblick lang wirkte April wie erstarrt, dann verschränkte sie die Arme. »Ich habe keine Ahnung, wovon du da faselst, Logan.« Sie reckte das Kinn. »Sorry. Was willst du von mir hören?«

Abrupt sprang Logan auf. »Okay, du hattest deine Chance. Möchtest du sie nicht ergreifen, ist das für mich in Ordnung.« Er ging zu seinem Schreibtisch und nahm sein Handy.

Rasch hob ich die Hand. »Logan, bitte warte.«

Im Vorfeld hatten wir zwar besprochen, April notfalls unter Druck zu setzen, doch dies spulte sich gar zu schnell ab.

Energisch schüttelte ich den Kopf. »April, ich bin mir bewusst, dass du deinen Aufgabenbereich umfassend verstehst. Du zweifelst meine Qualifikation genauso wenig an. Korrekt?« Ohne Pause redete ich weiter. »Demzufolge wäre es äußerst unklug, die Unbescholtene zu mimen. Muss ich wirklich ausholen und dir darlegen, wie man es nennt, Zahlen von einer handgeschriebenen Liste falsch in den Computer einzugeben? Damit meine ich nicht einen zufälligen Fehler, weil du dich vertippt hast – ich meine die *vorsätzliche* Handlung.«

Einige Sekunden verharrte April in ihrer Position, dann endlich zeigte sie eine Reaktion. Sie ließ die Schultern sinken und blinzelte. Unvermutet schluchzte sie laut auf, und wie bei einem Platzregen rann auf einmal eine Tränenflut über ihre Wangen.

Logan legte sein Handy zurück und holte aus der mittleren Schublade seines Schreibtischs eine Papier-Allzweckrolle. Mit einer entschuldigenden Geste stellte er die Rolle vor April auf den Tisch. »Etwas anderes habe ich leider nicht«, murmelte er.

April schien Logans Worte und den Taschentuch-Ersatz nicht zu registrieren – sie weinte weiter. Erst nach Minuten versiegten die Tränen.

Sie schluchzte abermals, riss sich ein Blatt ab und schnäuzte sich. Mit einem zweiten wischte sie sich über das nasse Gesicht.

»Erzähle«, sagte Logan knapp.

Nach einem erneuten Schluchzen nickte sie. »Was wollt ihr wissen?«

Welche Empfindungen April in ihrem Inneren gerade durchlebte, konnte ich nur erahnen, die plötzliche Ruhe erstaunte mich allerdings. Nach dem überbordenden Aufwallen der Gefühle hätte ich eher mit einem Zusammenbruch als mit dieser Gefasstheit gerechnet.

Ich übernahm. »Wie hat es begonnen?«

»Na, mit Frank und Brian.« April riss die Augen auf. »Nein, nein! Das war falsch. Frank weiß nichts, überhaupt nichts von ... dem Ganzen. Ich habe mich bloß mit beiden zur gleichen Zeit angefreundet.« Sie senkte die Lider. »Irgendwann machte Brian so seltsame Andeutungen. Mit einer Mischung aus Schmeicheleien und Drohungen hat er mir dann von seinem Vorhaben berichtet. Er brauchte mich und ich das Geld, also bin ich aufgesprungen. So einfach war das – fertig. Für die kleinen Änderungen und Klappehalten kriege ich eine ordentliche Summe. Hätten Sie da nicht auch zugestimmt, Loreley?«

Natürlich würde ich weder auf die Frage noch darauf eingehen, dass April mich beim Vornamen genannt hatte. Intuitiv folgte sie dem Bedürfnis, Verständnis für ihr Handeln zu erhaschen, darüber hinaus den Kontrahenten – in diesem Fall mich – auf ihre Seite zu ziehen.

Trotzdem war meine Antwort entscheidend. Sagte ich jetzt das Falsche, würde sie sich wahrscheinlich wieder verschließen. Damit hätte sie ihre letzte Chance vertan.

Logan kam mir zu Hilfe. »Wir möchten erfahren, wer alles

daran beteiligt ist und – sofern du Kenntnis hast – was mit dem Holz in der Folge geschieht. Je mehr du uns erzählst, umso besser sieht es später bei der Polizei für dich aus.«

»Du willst mich echt melden, Logan?«

Aprils Verblüffung war nicht gespielt. Lag es an der Blauäugigkeit der Jugend oder daran, dass sie sich als Einheimische in einem geschützten Bereich wähnte?

Ehe Logan etwas erwidern konnte, wurde die Tür aufgezogen, und Frank betrat den Raum.

»Morgen, Boss. Ich bin zu früh, sorry, aber das ist …« Jäh hielt er inne und musterte erst Logan, dann mich. Schließlich schwenkte sein Blick zu den zusammengeknüllten Papiertüchern und blieb an Aprils rot geweintem Gesicht hängen. »Was soll das?«

Er machte einen weiten Schritt, legte seine Hände auf Aprils Schultern und beugte sich zu ihr hinunter. »Ist alles okay, Baby?«

»Nein, ganz und gar nicht«, wimmerte April, und weitere Tränen lösten sich aus ihren Augenwinkeln.

»Frank, warte draußen«, sagte Logan. »Das hier betrifft dich nicht.«

»Vergiss es. Keinen Millimeter rühre ich mich weg.« Frank richtete sich auf und starrte Logan herausfordernd an.

»Brian stiehlt Holz, und ich habe ihm dabei geholfen«, platzte April heraus.

»Wie bitte? Spinnst du denn komplett, Baby? Das ist eine Straftat.« Kurz verharrte Frank, dann setzte er sich ungefragt auf den freien Stuhl neben April. »Das muss ich erst mal verdauen.«

So besonnen April gerade noch vorgegangen war, geriet sie nun unversehens in Aufregung. »Was heißt, ich spinne? Du bist nicht der Einzige, der Geld für unsere Sache herbeischafft. Ich habe bloß eine Möglichkeit ergriffen, um schneller ans Ziel zu gelangen.«

»Aber doch nicht mit Betrug! Hast du eine Ahnung, was dir auf so einen Scheiß blüht? Herrgott, wie dämlich kann man sein?«

»Ich spinne also nicht nur, sondern bin auch dämlich.« April runzelte die Stirn. »Und du bist der große Saubermann? Ständig verschwindest du, und keiner erreicht dich. Was sind das für rätselhafte Geschäfte? Los, sag es mir!«

Frank seufzte auf und zog eine Grimasse, die seinen Unwillen zeigte. »Ach, was soll's. Stundenweise arbeite ich drüben auf der anderen Seite des Sees in dem Fischereibetrieb. Ich putze die Geräte, nehme Fische aus und was sonst anfällt. Es ist ein widerlicher, dreckiger Job. Deshalb habe ich den Mund gehalten. Verstehst du? Es war mir peinlich.«

Logan fixierte April. »Von welchem Ziel hast du eben gesprochen?«

»Tja, damit ist es früher raus, als wir wollten«, antwortete Frank, obwohl die Frage nicht an ihn gerichtet war. »April und ich sind seit letztem Jahr ein Paar. Ich möchte die Herumzieherei als Saisonholzfäller sein lassen und in Glacy ansässig werden. Um ein Haus zu kaufen, brauchen wir Geld.«

»Und warum die Geheimniskrämerei?«, erkundigte sich Logan.

April, die sich offensichtlich wieder beruhigt hatte, sagte: »Wegen meiner Mutter. Als sie bemerkt hat, dass ich öfter

Zeit mit Frank verbringe, ist sie ausgeflippt. Da war noch nicht mal was zwischen ihm und mir.« Sie verdrehte die Augen. »Du kennst die Geschichte mit meinem Vater, Logan. Saisonarbeiter sind ein rotes Tuch für sie.«

Mit zunehmendem Erstaunen hatte ich die Diskussion verfolgt, dabei auf jedes Wimpernzucken Aprils und Franks geachtet. Nun war vieles klarer. Ein Punkt, der nicht ursächlich etwas mit dem Diebstahl zu tun hatte, stand jedoch noch aus.

Ich räusperte mich. »Ihre Personalakte, Mr. Smith, weist gravierende Lücken auf.«

Frank reagierte prompt. »Sie müssen nicht weiter ausholen, Ms. Creed. Jetzt ist eh schon alles egal. Mein richtiger Name ist Franklin Taylor. Ich bin in der Nähe des Kachess Lake aufgewachsen, in Easton. Sie können es gern nachprüfen. Mein Vater war dort der Sheriff. Kramen Sie etwas tiefer, werden Sie auf interessante Dinge stoßen, über die ich selbst allerdings nicht rede.« Er wandte sich April zu, die ihn entgeistert ansah. »Sorry, Babe.«

»Easton liegt eine Stunde von Seattle entfernt. Ich kenne die Gegend«, murmelte ich.

»Und ich Seattle, ziemlich gut sogar.« Frank lächelte vorsichtig.

Eine Weile lang herrschte Stille. Schließlich stand Logan auf, wobei er mir einen unauffälligen Wink gab. »Wir lassen euch allein. Ihr habt einiges zu erörtern. Wenn Loreley und ich zurückkommen, hast du eine Entscheidung gefällt, April. Entweder du erzählst uns alles, was du weißt, oder du schweigst.« Er schenkte Frank einen bedeutsamen Blick, der kaum merklich nickte, dann ging er zur Tür.

Ich folgte ihm.

»Du setzt Frank ein, sie zu motivieren«, flüsterte ich, sobald wir den Vorraum erreicht hatten.

»Dass er in die Besprechung hineingeplatzt ist, war Glück im Unglück. April ist aufgewühlt und durcheinander. Frank hat seinen Standpunkt deutlich gemacht und wird auf sie einwirken. Ist Aprils Angelegenheit erledigt, befragen wir ihn. Okay?«

»Ja. Hoffentlich ist er geschickt genug.« Logan hatte die richtigen Schlüsse gezogen, doch war ich nicht überzeugt, dass Frank April zur endgültigen Einkehr brachte. Ein weiteres falsches Wort à la »dämlich«, und April würde sich querlegen.

Die junge Frau hatte mehr von ihrer Mutter, als sie sich bewusst war.

KAPITEL 30

Loreley

»Warum steht ihr in der Kälte vor dem Büro?« Hilary, die gemeinsam mit Mia vom Sägewerk kommend über den Platz spazierte, musterte Logan und mich argwöhnisch. »Hatte ich doch im Gespür, dass da etwas im Busch ist. Wofür sollten wir plötzlich den ganzen Tag mit dieser komischen Bestandsaufnahme im Sägewerk sein? In Bleys Büro fühle ich mich wie in einem Vogel-Museum. Und bis auf die Tatsache, dass sich Mia am laufenden Band mit Robert über die Piepmätze unterhält und das Federvieh am Wochenende sogar besuchen wird, schlendern wir sinnfrei herum und kontrollieren Maschinenbezeichnungen sowie deren Seriennummern.«

»Hilary benötigt dringend etwas aus ihrem Schreibtisch«, erklärte Mia mit entschuldigender Miene. »Wir sind gleich wieder weg.«

»Von wegen!« Hilary grinste schief. »In Wahrheit brauche ich gar nichts. Das war nur ein Vorwand, weil ich wissen will, was hier los ist.«

In diesem Moment fuhren zwei Wagen vor und hielten in einigem Abstand an. Sechs Männer stiegen aus.

Mia nahm Hilary am Arm. »Kommen Sie mit mir, hier stören wir.«

»Den Teufel werde ich tun.« Entschieden schüttelte Hilary den Kopf.

»Dann stell dich da hinüber und sei still«, zischte Logan. Er schob die Schultern zurück und machte einige Schritte auf die Gruppe zu.

Ein Mann trat vor und streckte Logan die Hand entgegen. »Mr. Finnley? Mein Name ist Jacob Walker, ich bin der Einsatzleiter.« Sein Blick schwenkte zu mir. »Und Sie sind Ms. Creed von WWS Industries. Guten Tag.« Erneut wandte er sich an Logan. »Danke für die detaillierte Berichterstattung am Telefon. Ich weiß, das Gespräch war lang und für Sie sicher anstrengend, aber basierend auf Ihren Informationen konnten wir den Zugriff optimal vorbereiten. Wer sind die beiden?«, fügte er mit gesenkter Stimme hinzu und deutete auf Mia und Hilary.

»Mia Thompson, ebenfalls von WWS Industries, und Hilary Montgomery, eine Angestellte von Hofstetter Woods«, erwiderte Logan knapp.

Jacob Walker zeigte auf die Eingangstür und sagte laut: »Meine Damen! Bitte verlassen Sie den Platz und begeben sich ins Innere des Gebäudes. Wir suchen Sie später auf. Halten Sie sich bereit.«

Hilary öffnete den Mund, schloss ihn jedoch sofort wieder und tat wie ihr geheißen. Mia folgte ihr, wobei sie mir mit den Augen zu verstehen gab, die Lage – sprich Hilary – im Griff zu haben.

Jacob Walker wartete, bis Mia die Tür hinter sich geschlossen hatte. »Ms. April Fitzgerald befindet sich … wo?«

»In meinem Büro. Mr. Frank Smith ist bei ihr. Er ist der Leiter eines anderen saisonalen Holzfällertrupps. Zu ihm gehören die zwei zusätzlich beteiligten Männer.«

»In Ordnung. Bob, Jesse, Clark, macht euch mit den Büroräumen vertraut und kümmert euch um Ms. Fitzgerald. Den Mann setzt ihr zu den beiden Frauen. Und nehmt ihnen allen die Mobiltelefone ab. Ich habe etwas gegen selbst ernannte Filmer und Fotografen, außerdem darf keine Info raus.«

Wie auf ein Stichwort zog Jacob Walker sein eigenes Handy aus der Jackentasche und warf einen Blick auf das Display. »Darauf müssen wir besonders achten. Der Zugriff ist zeitmäßig getaktet, wobei wir aufgrund der verschiedenen Einsatzorte leider nicht minutiös vorgehen können. Mr. Finnley, haben Sie eine Möglichkeit, die vier Männer aus dem Sägewerk unauffällig zu separieren? Die restlichen Mitarbeiter sollen vorzugsweise nichts mitbekommen.«

Logan nickte. »Am besten mit Robert Bleys Hilfe. Er ist der Chef des Sägewerks.«

»Sehr gut. Den holen Sie mir her. Vorerst erkläre ich Ihnen beiden allerdings den weiteren Ablauf.« Jacob Walker strich sich über das Kinn. »Wie ich gerade sagte, werden die Zugriffe in den Camps annähernd synchron erfolgen, wobei das Hauptaugenmerk natürlich auf Brian de Cort und seinen Männern liegt. Mr. Finnley, bei diesem Lager wäre eine alternative Zufahrt vorteilhaft. Ich benötige geografische Infos von Ihnen.«

»Selbstverständlich«, entgegnete Logan rasch. »Es gibt einen kaum benutzten Weg von der anderen Seite des Bergs.

Der ist wegen einiger Abzweigungen aber schwer zu finden. Am besten, ich lotse Sie.«

»Zeigen Sie mir die Straße erst auf einem Plan. Sofern Sie uns führen, stoppen Sie weit genug entfernt vor dem Ziel und kehren umgehend zurück. Ein Zivilist wäre fehl am Platz. Wir wissen nicht, mit welcher Form des Widerstands zu rechnen ist. Bei Bedarf benachrichtige ich den zuständigen Einsatzleiter über Ihre Anwesenheit. Ich warne Sie, Mr. Finnley – keine Mutproben oder Alleingänge.«

Jacob Walker wandte sich an mich. »Ich bleibe vor Ort. Sobald die Aktion startet, beginnen wir beide einstweilen mit der Sichtung der Unterlagen.«

»Jawohl.« Die klaren Aussagen und Weisungen Jacob Walkers erforderten weder Fragen noch ausführliche Antworten – eine schlichte Bestätigung reichte aus.

KAPITEL 31

Loreley

Mit einer dünnen Mappe unter dem Arm betrat ich das Lokal und sah mich nach Annabell um.

Gerade kam sie aus der Küche. Als sie mich erblickte, lehnte sie den Besen, den sie in der Hand hielt, gegen die Wand. »Guten Morgen, Loreley. Kaffee?«

»Ja, bitte. Und – Annabell – nimm dir auch einen und setz dich zu mir. Ich möchte mit dir sprechen.«

Wortlos drehte sie sich um und holte zwei Tassen von dem Regal oberhalb der Kaffeemaschine.

Inzwischen nahm ich Platz.

Seit die Dinge ihren Lauf genommen hatten, waren einige Tage vergangen. Annabell hatte von Beginn an Stärke bewiesen, indem sie besonnen geblieben war und die Wahrheit nahezu stoisch aufgenommen hatte. Die dunklen Ringe unter ihren Augen bezeugten, wie sie sich tatsächlich fühlte.

Tara, Mat, Logan und die anderen aus dem Ort, vor allem Hilary, kümmerten sich aufopfernd um sie. Aprils Leid wurde dabei nicht ignoriert, jedoch differenzierten die Menschen in Glacy City sehr wohl. Annabell war eine unschuldig Betroffene, April hatte die Umstände wissentlich herbeigeführt.

Nachdem sich Annabell gesetzt und mir eine Kaffeetasse zugeschoben hatte, trank ich erst einmal einen Schluck.

»Wie geht es dir?«, fragte ich leise. Da Annabell nicht antwortete, redete ich weiter. »Es ist mir bewusst, dass ich die falsche Person bin, aber vertrau dich unbedingt jemandem an. Wenn du dich verschließt, werden die negativen Emotionen größer und größer, bis sie jede Sekunde beeinflussen – ich habe Erfahrung darin. Was ist mit Hilary?«

Annabell strich sich über die Stirn. »Hilary ist da für mich, doch noch bin ich nicht so weit, mein Dilemma auszuwalzen. Eine Welt ist zusammengebrochen, und im Moment stehe ich komplett neben mir. Buchstäblich zieht es mir den Boden unter den Füßen weg. Ich weiß weder, was geschehen wird, noch, was ich genau empfinde. Binnen Minuten reißt es mich von links nach rechts und wieder zurück.« Kurz schwieg sie. »Warum solltest du eigentlich die Falsche sein?«

»Nun, erstens bin ich eine Außenstehende …« Verlegen senkte ich den Blick. »Und zweitens daran beteiligt, dass April angeklagt wird.«

»Oh nein, nein! Diese Bürde brauchst du nicht zu tragen – vergiss es, Loreley. Du hast deinen Job getan, sonst nichts. Logan hat mir ausführlich berichtet, was du ausgeheckt hast, um April zu helfen. Ich liebe meine Tochter über alles, dennoch bin ich nicht blind und taub. April hat bei einem Verbrechen mitgewirkt, absichtlich und ohne Skrupel, dafür muss sie jetzt geradestehen.«

Annabell stöhnte auf. »April war so ein unkompliziertes und fröhliches Kind. Selbst die Pubertät haben wir glimpflich überstanden. Dann kommt irgendein verfluchter Kerl aus dem Nichts, und sie dreht völlig durch. Frank hatte keine Ahnung von dem Ganzen, trotzdem ist er schuld. Hätte er meine Tochter in Ruhe gelassen, wäre das alles nicht passiert.« Sie rieb sich über die Augen und schniefte. »Das würde ich zumindest gerne glauben und möchte Frank – oder Franklin – mit voller Inbrunst hassen. Plötzlich höre ich jedoch diese anderen Dinge über ihn. Dass er April aufrichtig liebt und sich heimlich in dem Fischbetrieb drüben abrackert, um für sie ein Haus in Glacy zu kaufen. Als wäre das nicht genug, erzählt mir Logan, dass es letztlich Frank war, der April überzeugt hat, auszupacken. Wie passt das denn alles in das Bild, das ich mir erschaffen habe?« Annabell rang die Hände. »Ein Lügner bleibt ein Lügner, Loreley, für immer und ewig – manchen liegt es einfach im Blut. Nicht einmal die Geschichtenschreiber der *Gilmore Girls* könnten etwas daran ändern, obwohl die wunderbare Happy Ends verfassen.«

»Nun, Drehbuchautoren vielleicht nicht, aber möglicherweise die Wirklichkeit.« Ich tippte auf die Mappe. »Es gibt etwas, das du über Frank erfahren solltest.«

Annabell musterte mich. »Habe ich mit dem Lügner den Nagel auf den Kopf getroffen? Ist er am Ende nochmals ein anderer, als er vorgegeben hat zu sein?«

»Nein, du hast mich falsch verstanden. Sein richtiger Name ist in der Tat Franklin Taylor.« Ich hielt inne. »Während der Besprechung sagte Frank etwas, das mich nachdenklich gestimmt hat. Außerdem wollten Logan und ich für eine innerbetriebliche Entscheidung mehr über ihn herausfinden.«

Ich schlug die erste Seite auf. »WWS Industries hat zwei Mitarbeiter, die Personenüberprüfungen durchführen. Zwar sind sie hauptsächlich damit beschäftigt, potenzielle Führungskräfte zu durchleuchten, doch auch andere Fälle werden in diesem Rahmen gecheckt. Da ich mit einer der beiden recht gut befreundet bin, habe ich sie gebeten, etwas tiefer zu graben. Sie ist sogar nach Easton gefahren. Das ist der Ort, in dem Frank aufgewachsen ist.«

»Und? Wie schlimm ist es? Mach es wie mit einem Pflaster, Loreley – schnell und in einem Ruck von der Haut reißen.«

»Okay. Frank hat einen jüngeren Bruder, Phil. Er lebt noch in Easton, und meine Kollegin hat sich mit ihm unterhalten. Wie du gehört hast, war sein Vater dort der Sheriff – kein Mann der guten Sorte. Ein Tyrann und Patriarch, der die gesamte Familie unterdrückt hat. Seine massiven Gewaltausbrüche bekam überwiegend Frank als älterer Sohn ab. Von Kindesbeinen an wurde er verprügelt und misshandelt. Anzeigen hat es nie gegeben. An seinem achtzehnten Geburtstag ist er schließlich mit nichts außer einem Rucksack auf dem Rücken davongelaufen.«

Kurz presste Annabell die Lippen aufeinander. »Mein Gott. Was manche Menschen schon von klein auf durchzustehen haben. Das ist also der wahre Grund, warum Frank seinen Namen geändert hat und wie ein Vagabund durch die Gegend zieht.« Sie hob die Schultern. »Ich habe keine Ahnung, wie ich mit der Information umgehen soll.«

»Lass sie wirken, und eventuell öffnest du doch deine Tür für ihn.«

Annabell gab einen brummigen Ton von sich. »Wie es aussieht, werde ich das müssen. Lässt du mir diese Papiere da?«

Ich nickte. »Es sind Kopien für dich. Schön zu lesen sind sie allerdings nicht. Sein Vater war wirklich ein richtiges … Arschloch.«

Zum ersten Mal seit Tagen hörte ich Annabells herzhaftes Lachen.

»Die feine Dame aus der Stadt sagt *Arschloch.* Es besteht Hoffnung für uns alle.« Ein versonnener Ausdruck erschien auf ihrem Gesicht. »Nicht umsonst heißt es, sie stirbt zuletzt. Danke, Loreley. Ich weiß deine Offenheit zu schätzen. Sie bedeutet mir viel. Zwar werde ich es nicht mehr schaffen, die Loreley aus Seattle mit Logan aus Glacy zu verkuppeln, in meinem Herzen hast du dennoch einen Platz.«

»Immerhin sind Mia und Mat ein Paar geworden.«

»Ja, das runde Lockenhaupt werde ich wohl gelegentlich in Glacy zu sehen bekommen«, erwiderte Annabell. »Wo ist sie überhaupt? Wenn Mia noch länger auf dem Zimmer herumtrödelt, versäumt sie ihren Morgenkaffee und das Frühstück. O Gott, das Frühstück!« Abrupt sprang sie auf.

»Keinen Stress, bitte.« Beschwichtigend wippte ich mit der Hand. »Mia hat bei Mat übernachtet. Er bringt sie direkt ins Büro. Und ich bleibe heute hier.«

»Legst du eine Rast ein?«

»Nein, leider. Der Bericht über den Diebstahl an WWS Industries ist fällig. Den möchte ich lieber allein auf meinem Zimmer schreiben. Nur da habe ich absolute Ruhe.«

Wie im Zeitraffer blitzten in meinem Kopf die Ereignisse der vergangenen Tage auf. Aprils ausführliches Geständnis, nachdem Frank auf sie eingewirkt hatte. Jacob Walker und der erfolgreich durchgeführte Großeinsatz – sämtliche Beteiligte waren widerstandslos festgenommen worden. All die Aufregung und Bestürzung in Glacy City, die nach Bekanntwerden des Verbrechens wie eine Welle über die Menschen hinweggerollt war. Und nun – am Ende – die Frage nach Logans Schicksal, das ich bis zu einem gewissen Grad in den Händen hielt.

Annabells Stimme riss mich aus meinen Gedanken. »Vor April liegt eine schwere Etappe. Ich habe solche Angst, dass sie unter der Last zerbricht. Glaubst du, sie wird es schaffen?«

»Sie durfte nach Hause. Das ist ein gutes Zeichen. Und du bist an ihrer Seite.« Kurz pausierte ich. »Auch Frank steht zu ihr und ist für sie da. Verzeih, dass ich ihn erwähne, aber er ist Aprils zweiter Fels in der Brandung.«

Annabell verzog die Lippen zu einem schiefen Grinsen. »Als *meinen* Schwiegersohn werde ich den Herumtreiber jedoch mit Sicherheit nie bezeichnen. Da kann alle Welt Gift drauf nehmen.«

KAPITEL 32

Loreley

Immer wieder stand ich von meinem Stuhl auf und lief vor dem behelfsmäßig eingerichteten Schreibtisch, den ich aus dem kleinen Esstisch, den restlichen drei Stühlen und meinem Koffer als Ablagefläche gebastelt hatte, hin und her. Zuvor hatte ich sogar unterbrochen und mir zwei weitere Folgen der *Gilmore Girls* angesehen. Nichts half. Es fühlte sich an, als hätte ich ein Brett vor der Stirn.

Der erste Abschnitt meines Berichts war mir förmlich aus den Fingern geflossen. Ich hatte Brian de Cort und seine Bande detailliert beschrieben sowie den Polizeieinsatz aus meiner Perspektive skizziert. Selbst Aprils Beteiligung darzustellen, war einfach gewesen. Verband ich mit ihrer Person zwar persönliche Empfindungen, ging es nicht um das Bewahren ihres Jobs. Logan hatte sie noch am Tag der Festnahme entlassen.

Ob er die Kündigung aus eigener Überzeugung oder zu meinem Schutz vor einer möglichen Fehlentscheidung dermaßen rasch vollzogen hatte, wusste ich nicht. Im Trubel der Geschehnisse war ein diesbezügliches Gespräch schlichtweg untergegangen. Jedenfalls hätte sich Logan nicht zu sorgen brauchen. Integrität stand für mich über allem, und ich handelte ausnahmslos innerhalb meines Wirkungskreises. Etwas anderes hätte ich mir – mit und ohne Logans Beteuerungen – nicht erlaubt.

Die Grenze zu überschreiten, war auch jetzt bei Logans Bewertung nicht das Problem. Ich fand nur einfach nicht die richtigen Worte, um seine Rolle angemessen zu formulieren. Kaum hatte ich einen Satz geschrieben, löschte ich ihn wieder. Entweder klang er zu nüchtern oder zu pathetisch – nichts war gut genug.

Vielleicht musste ich mich von dem Stigma befreien, dass auf Basis meiner Ausführungen der Vorstand über Logans Erhalt als Geschäftsführer von Hofstetter Wood entscheiden würde.

Unwillkürlich schüttelte ich den Kopf. Ein Fortschieben war der falsche Weg, zumal ich damit gewiss auf eine persönliche Ebene glitt. Mehr benötigte ich Unterstützung von einer Person, die mit WWS Industries verbunden war.

Mia anzurufen brachte mich in diesem speziellen Fall einer Lösung leider nicht näher. Sie war mit den Gepflogenheiten einer derartigen Berichterstattung vertraut, kannte jedoch die Feinheiten und winzigen Differenzierungen nicht, die ich zu bedenken hatte. Einen meiner Kollegen um Hilfe zu bitten, war aus einem anderen Grund nicht sinnvoll.

Unter uns Prozessoptimierern herrschte ein sogenannter freundlicher Mitbewerb, der in der Vergangenheit nicht zum ersten Mal in einen erbarmungslosen Konkurrenzkampf ausgeartet war. Meine ausgezeichnete Quote machte mich automatisch zu einem Gegner.

Im Grunde war der Einzige, auf den ich ohne Rückhalt zählen konnte, mein Chef – Hugh Hoffner.

Kurz entschlossen griff ich zum Handy und wählte seine Nummer. Er nahm das Gespräch nach einmaligem Klingeln an.

»Meine Star-PO! Bist du bereits eingeschneit?«

»Einstweilen haben wir bloß eine dünne Schneedecke, aber alle warten auf das Inferno.«

»Und, läuft nach dem großen Knall alles zu deiner Zufriedenheit?«, fragte Hugh weiter.

»Jaja, bestens. Früher fertig werde ich zwar nicht, doch wir arbeiten im Plan.« Ich räusperte mich. »Hugh, ich brauche deinen Rat in einer heiklen Angelegenheit. Gerade sitze ich über dem Diebstahl-Report und komme bei einem Punkt nicht voran.«

»Ja, natürlich. Schieß los. Du hast allerdings nur knapp zehn Minuten zur Verfügung. Danach bin ich in einem Meeting. Stakkato, bitte.«

»Schon klar. Es geht um den Geschäftsführer von Hofstetter Wood. Mr. Finnley ist ein äußerst fähiger Mann, dessen Bestätigung seiner Funktion ich prinzipiell zu hundert Prozent unterstütze. Anfänglich gab es jedoch einige Ungereimtheiten zwischen uns, die ich nicht unerwähnt lassen darf. Diese Gegensätze schriftlich in Einklang zu bringen, fällt mir schwer.«

»Um dir konkret zu antworten, müsste ich erfahren, um welche Ungereimtheiten es sich handelt.« Er lachte gedämpft auf. »Also, wessen Leiche hält Mr. Finnley in seinem Keller versteckt?«

»Die Leiche heißt ›Geheimhaltung‹.« Ich holte tief Luft. »Mr. Finnley hatte den Betrug vor unserer Ankunft ebenfalls entdeckt, mich dennoch nicht sofort in Kenntnis gesetzt, sondern erst versucht, auf eigene Faust zu agieren.« Nun war das Wesentliche heraus. Die Details erlaubte ich mir, außen vor zu lassen. Grundsätzlich würden sie niemanden interessieren, nichtsdestoweniger unnötigen Aufruhr erzeugen – allem voran Mias Missachtung meiner ausdrücklichen Weisung, nicht über den Sachverhalt zu reden.

»Okay«, sagte Hugh. »Ja, das ist in der Tat problematisch. Kennst du sein Motiv?«

»Genau genommen waren es zwei. Zum einen misstraute er mir, zum anderen sorgte er sich um seinen Job.«

Hugh hüstelte. »Nachdem er dich informiert hatte, lief die Zusammenarbeit aber gut, oder?«

»Hervorragend sogar. Ohne Mr. Finnleys beherztes Eingreifen hätte der Diebstahl womöglich nicht aufgeklärt werden können. Der ehemalige Besitzer, Mr. Hofstetter, war ebenfalls beteiligt.«

»Von Mr. Hofstetter werde ich im Bericht lesen. Bleiben wir bei der Sache.«

Im Hintergrund hörte ich ein Geräusch und gleich darauf Hughs Stimme wie aus weiter Entfernung. »Jetzt nicht! Ich telefoniere.«

Einen Augenblick später war er wieder da. »Nun, eigentlich ist es einfach. Du hast die Lösung nämlich gerade genannt, Loreley. Erläutere die Abläufe in jenem Takt, den du eben verwendet hast. Das Thema ›Angst um den Job‹ kennen wir zur Genüge. Misstrauen entspringt der Vorsicht und ist demnach nur eingeschränkt negativ zu bewerten. In der Folge lege Mr. Finnleys Handlungen detailliert dar, die zur Auffindung der Täter beigetragen haben. Wie intensiv hat er sich involviert? Welche Ideen hatte er? Was tat er? Geh chronologisch vor und füge die jeweiligen Resultate sowie ein persönliches Fazit hinzu.« Kurz schwieg Hugh. »Ich habe doch richtig verstanden, dass du Mr. Finnley auf dem Geschäftsführerposten zu halten gedenkst, oder?«

»Unbedingt. Ich bin der …«

»Entschuldige, Loreley, aber jetzt ist Deadline. Nach meinem Termin plaudern wir weiter.«

»Das ist nicht notwendig. Der Knoten hat sich dank dir entwirrt. Die Mail erhältst du heute Abend.«

»Sehr gut. Nach der diesbezüglichen Konferenz informiere ich dich in einem Online-Meeting über das Ergebnis. All the best, Loreley.«

Nachdem auch ich mich verabschiedet hatte, setzte ich mich sofort an den Laptop und positionierte die Finger auf der Tastatur. Die ersten Sätze schrieb ich noch zögerlich, dann lief es, als hätten mich die Muse geküsst.

KAPITEL 33
Mia

Mia sah Hilary nach, die schon wieder im Waschraum verschwand. So verhielt sie sich seit zwei Stunden. Was war bloß los mit ihr? Die sonst so wissbegierige und vorlaute Frau schaffte es nicht, sich auch nur zwanzig Minuten zu konzentrieren, und fand ständig Ausflüchte, die Arbeit zu unterbrechen.

Dabei war Mia selbst nervös und musste sich zusammennehmen, um bei der Sache zu bleiben. Loreley hatte zur Mittagszeit das Büro verlassen, war erst zum Doc, dann zu Tara spaziert und führte in diesem Moment die Schlussbesprechung im Diebstahlfall mit Hugh Hoffner. Mia brannte darauf, zu erfahren, was WWS Industries in puncto Logan beschlossen hatte.

Durch die Nähe zu Mat fühlte sie sich den Menschen in Glacy noch verbundener, als sie es durch den langen Aufenthalt ohnehin bereits tat, und bangte um Logans Zukunft. Was wurde aus ihm, wenn WWS Industries ihn entließ?

Mia hatte Loreleys Bericht gelesen, der sie hoffen ließ. Spürten die Vorstandsmitglieder nicht das Herzblut, das Loreley trotz der sachlichen Ebene in ihre Zeilen gelegt hatte, würden sie auf nichts anderes als Zahlen reagieren – und selbst die suchten ihresgleichen.

Als Hilary schließlich zurückkehrte, musterte Mia sie kritisch. Es waren weniger die geröteten Augen, die hervorstachen, als das mittlerweile gänzliche Fehlen des Make-ups. Abrupt stand sie auf.

»Kommen Sie, Hilary, wir setzen uns jetzt in das kleine Besprechungszimmer und reden. Nehmen Sie den Kaffee mit.« Ohne ein weiteres Wort ergriff Mia ihre Tasse und ging vor.

Nachdem Hilary die Tür geschlossen und sich gesetzt hatte, sagte Mia: »Ich möchte Ihnen nicht zu nahe treten, Hilary, aber etwas stimmt nicht. Vergessen wir mal die Arbeit. Kann ich Ihnen irgendwie helfen?«

Unvermutet schluchzte Hilary auf und begann rückhaltlos zu weinen.

Mit diesem emotionalen Ausbruch hatte Mia nicht gerechnet. Schnell schob sie die Frage beiseite, was Loreley in solch einem Fall tun würde. Loreley war nicht hier, und sie musste sich auf ihre eigene Intuition verlassen.

Mia tätschelte Hilarys Hand. »Um Himmels willen, was ist denn los?« Einer Eingebung folgend fügte sie hinzu: »Ich bin nicht nur die Fremde aus Seattle, sondern auch ein Mensch. Vertrauen Sie mir.«

Hilary schniefte und wischte sich die Nässe aus dem Gesicht. »Ach, das weiß ich doch.« Kurz hielt sie inne, dann platzte es aus ihr heraus. »Mir ist alles zu viel. Nachts schlafe ich entweder gar nicht oder habe Alpträume, und am Tag bin ich wie ferngesteuert. Mit Gewalt spiele ich die Unverwüstliche, in meinem Inneren breche ich allerdings zusammen. Wüsste mein Mann von dem Zustand, würde er meinen, dass ich es wie der Vogel Strauß mache und den Kopf in den Sand stecke. Recht hätte er. Am liebsten will ich davonlaufen.«

In aller Eile sortierte Mia den Wortschwall. Zweifellos befand sich Hilary in einem psychischen Dilemma, den Ursprung oder Auslöser hatte sie jedoch nicht genannt. Wie reagierte man auf einen solchen Seelenstrip? *Picke einen Punkt heraus und taste dich langsam an die Sache heran,* sagte sich Mia in Gedanken vor.

»Warum erzählen Sie Ihrem Mann nicht, wie Sie sich gerade fühlen? Sie sind doch ein wunderbares Team.« Steckte hinter Hilarys Verzweiflung gar womöglich eine Ehekrise?

»Und ob, das sind wir wirklich – seit unzähligen Jahren.« Hilary stöhnte auf. »Von jeher hat Raymond meine Stärke und mein Durchsetzungsvermögen geliebt. Wie stünde ich denn da, wenn ich plötzlich Schwäche zeigen würde?« Kaum hörbar flüsterte sie: »Er ist es nicht. Ich selbst habe kein Verständnis für dieses komische Leid, das mir Tag für Tag die Kehle zuschnürt. Entschuldigen Sie, Mia, dass ich ausgerechnet jetzt bei Ihnen explodiere. Das ist mir furchtbar unangenehm. Lassen Sie uns besser weiterarbeiten und sofort vergessen, was ich dahingefaselt habe.« Hilary schob den Stuhl zurück und ergriff ihre Tasse.

Rasch hob Mia die Hand. »Nein, bitte – bleiben wir. Etwas belastet Sie schwer, und dem sollten wir auf den Grund gehen.« Sie besann sich auf die Unterhaltung mit Loreley, als diese ihr endlich die Geschehnisse mit William und Cathy offenbart hatte. *Schrittweise, nicht den gesamten Ballast auf einmal.* »Es ist die Situation mit April, nicht wahr?«

Zu Mias Erstaunen registrierte sie nicht nur Hilarys Notlage in allen Einzelheiten, sondern auch kleinste Rahmeninformationen. Zum ersten Mal hatte sie etwa den Vornamen des Docs gehört: Raymond.

»Ja, doch anders, als Sie denken.« Hilary zog die Brauen zusammen. »Was die Kleine angestellt hat, trifft mich zutiefst, schließlich ist sie fast wie eine Tochter für mich, ich bin aber auch so was von wütend auf sie. Wie konnte sie Annabell das antun? Und mir!«

»Sie sind enttäuscht und verletzt.« Hilarys erster Satz und ihre Miene zeigten Mia deutlich, dass mehr als diese Empfindungen in der Frau brodelten. Sie tappte nur völlig im Dunklen, worum es sich handelte. »Das ist jedoch nicht der Knackpunkt, oder?«, ergänzte sie.

»Völlig richtig.« Mit gespreizten Fingern strich sich Hilary durch das gegelte Haar. »Es ist, weil April mich durch diese verfluchte Angelegenheit alleingelassen hat. Wie soll ich denn mit den ganzen Neuerungen zurechtkommen? Alles lastet auf mir, und ich stemme das nicht. Was glauben Sie, warum ich ständig herummeckere und mich bei vielen Dingen querlege? Ich verstehe genug vom Büro, um zu wissen, wie sinnvoll die von Ihnen eingeführten Änderungen sind. Trotzdem habe ich eine Höllenangst, zu scheitern. Wäre ich heute fünfundzwanzig oder dreißig Jahre alt, würde ich wahrscheinlich darüber lachen. Jetzt allerdings erdrückt mich die Last.« Sie reckte das Kinn und starrte Mia mit zusammengekniffenen Lidern direkt an. »Ich werde kündigen.

Nehmen Sie das bitte hiermit offiziell zur Kenntnis. Schriftlich mache ich es nachher.«

Das war es also! Hilary litt unter Versagensängsten. Der Druck, der vermutlich mit Beginn der Unternehmensprüfung eingesetzt hatte, musste sich durch Aprils abrupten Abgang massiv gesteigert haben und fegte nun wie ein Orkan über Hilary hinweg. In Mias Kopf blitzte die Erinnerung an die Vorstellungsbesprechung auf. Sie wäre nie auf die Idee gekommen, dass sich hinter Hilarys Abwehr Furcht verbarg – Loreley zweifellos genauso wenig, sonst wäre sie sanfter vorgegangen.

Mia verspürte ein seltsames Kribbeln, und in ihren Gedanken formten sich verschiedene Szenarien. Jäh erschien vor ihrem inneren Auge ein Gesamtbild der Situation, und daraufhin liefen diverse Lösungen wie Codes auf einem Computerschirm ab. Voller Verwunderung gewahrte sie die Wandlung und versuchte rasch, sie einzuordnen. Tatsächlich fühlte es sich wie eine Metamorphose an. Von der stets freundlichen Assistentin wurde sie ohne bewusstes Eingreifen zu einer Person, die Entscheidungen traf und Verantwortung übernahm.

Wenngleich Mia Hilarys Lage begriff und Mitleid hatte, fokussierte sie sich auf die Auswirkungen. Hilary verfügte nicht nur über Erfahrung in ihrem Bereich, sondern besaß den Überblick. April, Brian de Corts Trupp sowie die zwei Männer Franks und die vier hiesigen Sägewerksmitarbeiter hinterließen bereits ein riesiges Loch, das kompensiert werden musste. Brach Hilary mit all ihrem Wissen nun auch noch weg, war die Misere komplett.

Mia hüstelte. »Ich kann Ihre Ängste nicht wegzaubern, doch seien Sie sich einer Sache gewiss, Hilary: Ich lasse Sie nicht allein. Es gibt Neuerungen, ja, aber wenn es notwendig ist, erkläre ich Ihnen jede Kleinigkeit zehnmal. Einen adäquaten Ersatz für April zu finden, erledigen Loreley und ich. Die Suche wird von der Zentrale in Seattle organisiert. Nach den Bewerbungsgesprächen werden Sie in den Entscheidungsprozess selbstverständlich eingebunden.«

Hilary schob die Unterlippe vor. »Sie sind nicht ewig hier, Mia. Was mache ich, nachdem Sie abgeflogen sind?«

»Es gibt Telefone und Computer für Online-Konferenzen. Ob ich in Glacy oder Seattle bin, ist fast egal.« Mia streckte die Wirbelsäule durch. Obwohl sie sich im Klaren war, ihre Kompetenzen zu überschreiten, sagte sie: »Außerdem werde ich in Zukunft öfter in Glacy sein, als Ihnen vielleicht lieb ist. Treten Probleme auf, bin ich zur Stelle und bleibe so lange an Ihrer Seite, bis wir sie gelöst haben.«

Hilary starrte sie entgeistert an. »Wie … das? Warum?« Plötzlich schmunzelte sie. »Ach ja, das mit Mat und Ihnen ist was Ernstes.«

»So ist es.« Mia nickte bekräftigend. »Mat und ich stecken bereits mitten in der Planung. Julia ist ein bisschen bärbeißig, weil Mat natürlich auch gewisse Zeiten bei mir in Seattle verbringen will, aber das kriegen wir schon hin.« Abrupt beugte sie sich wieder vor und stützte die Ellbogen auf dem Tisch ab. »Und, Hilary? Laufen Sie nun hinaus und tippen Ihre Kündigung, oder nehmen Sie die Herausforderung gemeinsam mit mir an?«

Noch einmal schob Hilary ihren Stuhl zurück. »Als Erstes

begebe ich mich jetzt in den Waschraum und schminke mich nach – ich muss grauenvoll aussehen –, dann arbeiten wir weiter. Wäre doch gelacht, wenn ich das nicht packen würde.« Sie hob den Zeigefinger. »Ich sag's Ihnen gleich: Von der oder dem Neuen werde ich der Boss – offiziell und mit einer hübschen Bezeichnung meiner Position.«

Mia grinste. »Sollte ich allerdings je nach Glacy ziehen, räumen Sie wieselflink den Chefsessel.«

»Abgemacht.« Hilary stand auf und verließ das Besprechungszimmer.

Nach einigen Sekunden erhob sich Mia ebenfalls und ging zu ihrem Schreibtisch. Sie setzte sich und schloss die Augen. Was war gerade geschehen?

Nicht nur, dass sie über sich hinausgewachsen war und Hilary zur Umkehr bewegt hatte – der Erfolg fühlte sich im Übrigen großartig an –, war ihr in Bezug auf Mat etwas entschlüpft, das sie nicht einzustufen vermochte. *Ziehe ich je nach Glacy* – woher kam diese Äußerung? Seit ihrer Entscheidung unterhielten sich Mat und sie zwar ständig über die bestmöglichen Varianten in ihrer Partnerschaft, doch prangte in dicken Buchstaben das Wort »Fern« vor der Beziehung.

Mia richtete sich auf und legte die Hände in den Nacken. Weder Zeit noch Ort waren richtig, um sich darüber den Kopf zu zerbrechen. Sie holte ihren Computer aus dem Ruhemodus und tippte auf das Display ihres Handys.

Loreley hatte dreimal angerufen und eine Nachricht geschickt.

Hastig wechselte Mia in den Messenger und las:

Konnte dich nicht erreichen. Neuigkeiten! Muss ungestört mit Logan reden. Er holt mich ab, fahren zu ihm. Wir sprechen morgen in Ruhe. Es gibt viel zu berichten. Halt dich jetzt schon fest.

Mia ließ das Handy sinken. »Shit«, murmelte sie.

Während Hilary heute wahrscheinlich in einen ruhigen Schlaf sank, würde sie selbst Kreise um die Planeten ziehen und Schäfchen zählen.

KAPITEL 34

Loreley

Zum ersten Mal seit einer gefühlten Ewigkeit war ich nahezu rundum zufrieden und verspürte sogar einen Hauch von Glück.

Der Tag war in jeder Hinsicht positiv verlaufen, und dieses glimmende Licht in der Ferne kam zusehends näher und begann, meine Seele zu wärmen.

Mittags hatte ich das Büro verlassen und war zu Doktor Montgomery spaziert. Dass mein Fuß vollständig genesen war, hätte ich auch ohne ärztliche Bestätigung gewusst, doch der Doc hatte es sich nicht nehmen lassen, einen letzten Blick auf ihn zu werfen. Ich vermutete, dass der eigentliche Grund für die Visite in einem Schwätzchen über Odysseus gründete. Jedenfalls hatte Doktor Montgomery meinen Fuß knapp mit »hervorragend« bewertet und sich daraufhin unvermittelt auf die Insel Aiaia zu der Zauberin Circe begeben, für die er weitaus mehr Worte gefunden hatte.

Gleich im Anschluss war ich zu Tara weitergegangen und hatte mir die von ihr vorgeschlagene Haarfarbe auftragen lassen. Während der Einwirkzeit hatte Tara meine Nägel manikürt – ein Präsent für die Strategie, die ich bei April angewandt hatte.

Annabells Tochter vor Verständigung der Polizei zu befragen und sie anzuhalten, ihr Wissen sozusagen freiwillig zu unserer Unterstützung preiszugeben, war mir gering erschienen. Was hatte ich auch schon großartig getan? Erst durch die Reaktion der Menschen in Glacy City war mir bewusst geworden, dass genau diese kleinen Handlungen füreinander den Gemeinschaftssinn ausmachten. Ich war nicht plötzlich eine von ihnen geworden, doch sie akzeptierten mich und hatten *die Loreley aus Seattle* in ihrer Runde aufgenommen.

Fast wäre ich dank Taras Verschönerung – die hellen Strähnchen in meinem Haar gaben mir wirklich jenen lebendigen Touch, den sie prophezeit hatte – zum großen Ereignis des Tages mit Verspätung eingetroffen: der Online-Konferenz mit meinem Chef Hugh.

Meine Nerven, die ohnehin wie Drahtseile gespannt gewesen waren, hätten beim Darüberstreichen wahrscheinlich Töne von sich gegeben, als am Bildschirm außer Hugh unerwartet Mr. Double, der technische Leiter des Bereichs OE – alte Energien –, Mrs. Wildner, die Leiterin der Personalabteilung, und Kirk Fontain, einer unserer Architekten, erschienen waren.

Als Resultat dessen, was ich während des Meetings erfahren hatte, saß ich nun auf Logans Couch und blickte aus dem Panoramafenster. Die Außenlichter des Hauses erhellten die Dunkelheit kreisförmig und ließen die dünne Schneedecke wie einen Diamantenteppich glitzern.

Logan kam mit zwei Kaffeetassen in der Hand aus der Küche und nahm neben mir Platz.

»Jacob Walker hat mich heute Nachmittag wegen einiger Daten von Hofstetter Wood angerufen«, erzählte er. »Als ich ihn beiläufig fragte, ob Brian de Cort den Abnehmer für das Holz genannt hat, wurde es ruhig am anderen Ende. Zweifellos hat Walker etwas vor mir verborgen, war jedoch höflich genug, mich wenigstens nicht zu belügen.«

Ich zuckte mit den Schultern. »Über aktive Ermittlungen darf er vermutlich nicht reden.«

Logan neigte den Kopf. »Das habe ich spontan auch gedacht und deshalb nicht nachgehakt. Dennoch war die Reaktion seltsam. Es hat sich angehört, als hielte Walker – fast erschrocken – den Atem an. Vielleicht habe ich mir das aber nur eingebildet. Ich bin einfach zu verfangen in dem Fall. Der Doc würde es mit ›Ich höre das Gras wachsen‹ beschreiben.« Abrupt stoppte er. »Entschuldige, ich fasle vor mich hin. Du sagtest am Telefon, es gäbe wichtige Neuigkeiten.«

Ich nickte. »Wie du weißt, fand gestern die Vorstandsbesprechung in Seattle statt. Mein Chef hat mich vorhin über das Ergebnis informiert.«

Jäh ging eine Veränderung mit Logan vonstatten. Er richtete sich kerzengerade auf, und seine Gesichtsmuskeln begannen zu arbeiten. Ich sah es am Zucken der Mundwinkel und dem Kiefer, den Logan hin- und herschob, als würde er kauen.

»Und, bin ich raus?«, erkundigte er sich tonlos.

»Nein, genau das Gegenteil. Du wurdest als Geschäftsführer bestätigt, und Hofstetter Wood wird zu einem Point-of-Interest-Unternehmen bei WWS Industries.« Ich strahlte ihn an. »Das heißt Freigabe von Investitionsgeldern für neue

Maschinen und den Ausbau des Sägewerks, Aufstockung des Bereichs Holzfällerei und Aufnahme von Mitarbeitern. Nächste Woche fliege ich nach Seattle zum Briefing. In Summe werde ich ein bis zwei Monate länger in Glacy City bleiben, um mit dir ein Konzept für die Vergrößerung des Betriebs zu erstellen. Vor uns liegt eine riesige Aufgabe.«

Für einen Moment starrte mich Logan mit geweiteten Augen an, dann stieß er einen freudigen Laut aus und umarmte mich stürmisch.

Ich spürte die Wärme seines Körpers und fühlte durch meinen Pullover das Spiel seiner Muskeln. Ohne es bewusst zu steuern, schmiegte ich mich an ihn und registrierte voller Erstaunen ein Zittern sowie wohlige Anspannung in mir hochsteigen.

Abrupt ließ Logan mich los. »Ich weiß überhaupt nicht, was ich sagen soll.« Er lachte. »Du ahnst nicht, wie ich mich gesorgt habe. Was hätte ich ohne den Job in Glacy gemacht? Im näheren Umfeld gibt es zwar einige Firmen, doch die warten nicht auf mich. Tatsächlich hatte ich mich schon für einen Umzug gerüstet.«

»Umziehen musst du nicht, allerdings gewisse Zeitspannen in Seattle verbringen. Einige Schulungszyklen, vor allem im Bereich Management, warten auf dich. Da kommst du nicht drumherum.«

Wieder lachte er auf. »Liebend gern. Du wirst es mir nicht glauben, aber in meinem Inneren schlummert ein verkappter Großstädter. Die Studienzeit in Anchorage war phantastisch.« Unvermutet sprang Logan auf. »Das feiern wir!«

Er lief aus dem Wohnzimmer und kehrte nach einigen Minuten mit einer Flasche Moët & Chandon und zwei Champagnergläsern zurück.

»Entschuldige, es hat ein bisschen gedauert. Auf der Hinterseite des Hauses habe ich im Hang einen kleinen Erdkeller – der ideale Ort für die Aufbewahrung meiner besonderen Schätze.« Er setzte sich und entfernte die dünne Metallhülle sowie die Drahtsicherung von der Flasche. Mit einem leisen »Plopp« zog er vorsichtig den Korken heraus.

Nachdem Logan eingeschenkt hatte, reichte er mir ein Glas und erhob seines. »Ich kann es noch immer nicht fassen. Worauf stößt man in einer derart außerordentlichen Situation an?«

»Auf eine weiterhin gute Zusammenarbeit, würde ich meinen«, erwiderte ich, prostete ihm zu und trank einen kräftigen Schluck. Der Champagner würde mein Aufwallen bei Logans Umarmung hoffentlich dämpfen.

»Wird Mia auch länger in Glacy sein?«, fragte Logan. »Mat wäre überglücklich. Er formuliert es zwar nicht lang und breit aus, trägt jedoch sehr wohl sein Kreuz mit der Fernbeziehung.«

»Mia weiß es noch nicht. Mit ihr rede ich morgen. WWS Industries – explizit Hugh und ich – möchten, dass sie ebenfalls verlängert. Sie meistert ihre Aufgaben bravourös.« Ich schmunzelte. »Wenn ich richtigliege, wird sie sich wie verrückt freuen. Sorgt sich Mat, der Entfernung nicht standzuhalten?«, fügte ich wie nebenbei hinzu.

»Aber nein. Er hat Angst, dass Mia jemand anderen in Seattle kennenlernen wird und er zu einer Erinnerung verkommt. Mat ist ein beständiger Mensch, der weiß, was er tut.«

»Das ist Mia genauso. Die beiden haben wahrscheinlich bessere Chancen, ein Paar zu bleiben, als manche mit weitaus optimaleren Voraussetzungen.« Wieder griff ich zu dem Glas und trank.

Eine Weile schwiegen wir.

Die Neuigkeit hatte Logan sichtlich aus seiner üblichen Bahn katapultiert. Langsam musste er die Eröffnung auf sich wirken und in die Realität hinübergleiten lassen. Ich konnte mir lebhaft vorstellen, was sich in seinem Kopf abspielte. In solchen Momenten flogen meine Gedanken stets wild durcheinander, und ich benötigte eine kurze Phase, um sie zu ordnen.

Logan ergriff die Flasche und schenkte nach. »Wird sich Glacy verändern?«

Ich nickte. »Auf jeden Fall. Die Umbauten allein werden schon einiges aufrühren. Ich habe keine festen Angaben erhalten, wie viele Mitarbeiter aufgenommen werden sollen. Für das Backoffice sprach Hugh von drei bis vier zusätzlichen Personen, sofern wir nicht weitere als notwendig erachten. Der Rest lässt sich hochrechnen. Befürchtest du, dass die Vergrößerung des Betriebs negative Folgen für Glacy haben könnte?« Zum ersten Mal benutzte ich bewusst die gebräuchliche Abkürzung »Glacy« anstatt des vollen Namens.

»Überhaupt nicht, der Ausbau ist eine Bereicherung. Viele Dörfer in Alaska erleben ein gegenteiliges Schicksal. Menschen siedeln sich für den Job an jeder beliebigen Stelle an und bauen sich eine Existenz auf. Gibt es nichts mehr zu tun, stirbt der Ort rascher, als man mit den Fingern schnippt. Glacy hat eine Struktur und Bestand, fiele Hofstetter Wood jedoch beispielsweise einer Rationalisierung zum Opfer, wäre der Abzug nicht aufzuhalten. Es beträfe die gesamte Gegend.« Versonnen glitt Logans Blick zum Fenster. »Oh! Jetzt ist es also so weit.« Er stand auf, ging zur Scheibe und winkte mich zu sich.

Während der Unterhaltung hatte ich die Augen nicht von ihm abgewandt. Nun sah ich, was er meinte.

Vor dem Fenster hatte sich eine dichte Wand aus Schneeflocken gebildet. Die dicken Kristalle tanzten so eng beieinander durch die Luft, als wären sie eins.

Obwohl ich mir den Wintereinbruch ausgemalt hatte, war ich nicht auf diese Naturgewalt vorbereitet und auch nicht auf die Empfindungen, die sie in mir auslöste. Das war kein verzauberndes Schauspiel, sondern ein ebenso beeindruckendes wie einschüchterndes Ereignis. Ich fühlte mich klein und der Situation ausgeliefert, zugleich spürte ich Wärme und Geborgenheit. *Voller Zwiespalte und doch ein harmonisches Ganzes – das ist »mein« Alaska,* dachte ich und erbebte mit der Erkenntnis. Ein unendliches, raues Land, das den Einwohnern – und mir – eine Menge abverlangte und dabei eine wahrhaftige Heimat mit Substanz bot.

Ich romantisierte nicht. Glacy City war ein Ort jenseits der gängigen Postkarten-Idylle, und das Entsetzen bei meiner Ankunft steckte nach wie vor in mir. Es hatte einige Zeit benötigt, bis aus den matschigen Straßen vertraute Wege geworden waren, der eisige Wind mich erfrischte und die Ursprünglichkeit mich von den Zwängen des Lebens in der Großstadt frei machte.

Seattle nannte ich *meine Heimat*, und ich war ihr verbunden. Auf andere Weise und trotz aller Widrigkeiten stellte sich für Glacy eine ähnliche Wahrnehmung bei mir ein.

Logans Stimme holte mich wieder in die Realität. »Mat und ich hatten gewettet, wann die weiße Hölle ihre Türen öffnet. Beide lagen wir weit daneben. Wir hatten vergessen, dass es letzten Winter genauso eine Galgenfrist gab.«

Ich lächelte. »Alles wirkt auf einmal so friedlich. Als würde die Welt zugedeckt werden, um für eine Weile zu schlafen.«

»Die Welt ... inklusive meiner Zufahrt. Erst wenn das Schneegestöber aufhört, kommen wir nach Glacy hinunter.«

Ich drehte mich Logan zu. Er war so nah, dass er bloß den Kopf beugen müsste, um mich zu küssen. Die Vorstellung bescherte mir einen Schauer. »Bedeutet das, wir sind eingeschneit?«

Er nickte. »Ich habe ein Gästezimmer, sofern du es benutzen willst.«

Ich brauchte nicht zu rätseln, worauf Logan abzielte. Deutlich spürte ich, wie mein Gesicht zu glühen begann und sich mein Magen mit einem sehnsüchtigen Ziehen verkrampfte. Zugleich schrie es angstverzerrt in mir auf und ermahnte mich zur Vorsicht.

Schnell machte ich einen Schritt zurück und senkte die Lider. Wie gern würde ich jetzt in der Zeit nach vorne springen. Um Wochen, vielleicht sogar Monate, wo sich mein Geist endlich von der Vergangenheit befreit hatte.

»Ich … kann nicht«, flüsterte ich.

Logan hob die Hand und streichelte sanft über mein Haar. »Ich verstehe dich. Mat hat mir davon berichtet, er weiß es von Mia. Du bist eine besondere Frau, und ich bin maßlos fasziniert, das solltest du jedenfalls erfahren.«

Obwohl ich Logans letzte Worte registriert hatte und sie sich wie Balsam an meine Seele schmiegten, war ich an dem vorherigen Satz hängen geblieben. *Mat hat mir davon berichtet, er weiß es von Mia.* Geräuschvoll sog ich die Luft in die Lunge. *Nein!* Mia würde eine derart persönliche Angelegenheit niemals mit einem anderen besprechen – oder doch? War es möglich, dass ich mich dermaßen in ihr getäuscht hatte? Jäh flammte Cathy in meinen Gedanken auf. Sie stand als Mahnmal, was eine Freundin zu tun vermochte.

Wurde ich denn nie klüger?

»Worüber haben du und Mat geredet?«, erkundigte ich mich vorsichtig.

»Na, über eure strengen WWS-Regeln. Es ist dir in deiner Position verboten, mit einem aus dem neuen Unternehmen … du weißt schon.« Er grinste. »Die paar läppischen Monate halte ich auch noch durch. Komme ich nach Seattle, bin ich nicht mehr Bestandteil deines Projekts. Das ist dir klar, oder?«

Erleichtert stöhnte ich auf. Wie hatte ich nur für einen Moment an Mias Loyalität zweifeln können? Sie und Cathy zu vergleichen, wäre, wie den Tag mit der Nacht in Einklang zu bringen.

William hatte meinem Vertrauen zu Männern einen schweren Schlag verpasst. Keinesfalls würde mir Cathys Verhalten jedoch meine Frauenfreundschaften verleiden – dem schob ich felsenfest einen Riegel vor.

»So lange bist du gewillt, zu warten?« Ohne Champagner und dem plötzlichenHochgefühl hätte ich die Frage nicht gestellt. Aber warum sollte ich nicht auch ein wenig zündeln dürfen? Mia und ihre Unbefangenheit waren gute Lehrer, und bestimmt fiel Logan eine ebenso freche wie charmante Antwort ein.

Entgegen meiner Erwartung verschwand der Schalk aus seinen Augen, und eine ernsthafte Miene ließ die Grübchen auf den Wangen verschwinden. »Ich denke, du bist es wert.«

Er beugte sich zu mir herunter und berührte mit seinen Lippen die meinen. Dann wandte er sich abrupt um und ging zurück zur Couch.

Ich folgte ihm mit weichen Knien. Als ich mich wieder gesetzt hatte, zwinkerte er mir zu.

»Mein Problem ist nur, dass du jetzt immens viel Zeit hast, all meine Schwächen und Laster, die du inzwischen kennst, zu analysieren und zu zerpflücken. Wenn du Annabell, Tara oder gar Hilary aushorchst, werden noch einige unschöne Dinge hinzukommen. Bist du gewappnet?«

Wider besseres Wissen beugte ich mich vor und erwiderte den keuschen Kuss.

KAPITEL 35

Loreley

Ich gab meinem Stuhl einen Schubs und drehte mich dem Fenster zu. Die Sonne lag hinter Wolken verborgen, und es nieselte. Die Wetterprognose sagte Vergleichbares für das Wochenende voraus.

Inständig hoffte ich, dass mein Vater nicht darauf bestehen würde, den Ausflug zum Mount Rainier tatsächlich zu unternehmen. Im Grunde hatte ich nur zugestimmt, weil ich meine Eltern wegen der Arbeit seit drei Wochen nicht mehr gesehen hatte. Befand ich mich auf Tour, zählten die Monate nicht, doch war ich in Seattle, freuten sie sich über meinen allsonntäglichen Besuch.

Eventuell überredete ich Dad, zu Hause zu bleiben und einen gemütlichen Nachmittag zu verbringen. Der Mount Rainier lief uns nicht davon, seine Wasserfälle genauso wenig.

Ich drehte mich zurück und zog einen Bleistift aus dem Behälter. Ehe ich mich wieder der Mindmap-Skizze widmen konnte, wurde die Tür meines Büros energisch aufgezogen.

Als würde sie einen Pokal in Händen halten, eilte Mia mit erhobenem Tablet auf mich zu und ließ sich in einen Stuhl vor meinem Schreibtisch fallen.

»Das glaubst du nicht!«, rief sie aus. »Mat hat mir gerade den Link zu einem Bericht der *Anchorage Daily News* geschickt.« Mia schob das Gerät über die Glasplatte. »Lies!«

Ich nahm das Tablet und überflog die Headline: *Der große Betrug mit Holz.*

Mit hochgezogenen Brauen vertiefte ich mich sofort in den Text.

Ein Großunternehmer an der Grenze zu Kanada hatte über Alaska und den nördlichen Westen Kanadas hinweg ein ausgeklügeltes Netz gelegt und mittels Strohmännern Diebstähle in Sägewerken und Holzfäller-Betrieben durchführen lassen. Hauptabnehmer der gestohlenen Ware war unser größter Mitbewerber, Weller Construction.

Weller hatte auf Anfrage der Zeitung kein Statement abgegeben und auf ein in Kürze erscheinendes offizielles Dementi verwiesen. Strikt wiesen sie jedoch bereits jetzt jegliches Wissen über unlautere Geschäfte zurück.

Ich ließ das Tablet sinken. »Wow. Ich überlege, warum die Information noch nicht bis zu WWS Industries durchgedrungen ist.«

»Der Artikel ist frisch raus, und bis auf die *Anchorage Daily News* hat es niemand gedruckt. Bevor ich zu dir kam, habe ich das schnell gecheckt.« Mia hob die Schultern. »Vielleicht hat ein Journalist Watergate nachgespielt.« Sie beugte sich vor. »Weißt du, was mich viel mehr interessiert? Ob der Diebstahl bei Hofstetter Wood auch von diesem Kerl initiiert worden ist.«

»Es würde passen.« In meinen Gedanken flammte Logans Gefühl bei diesem einen Telefonat mit Jacob Walker auf.

Wie hatte Logan es formuliert? *Es hat sich angehört, als hielte er – fast erschrocken – den Atem an.*

»Erinnerst du dich, wie ich dir von Logans Gespräch mit dem Einsatzleiter, Mr. Walker, erzählt habe?«, fragte ich.

»Klar. Ich möchte wetten, die waren damals schon hinter der Sache her. Deshalb hat dieser Polizist auch so komisch reagiert, als Logan sich nach dem Abnehmer erkundigt hat.« Mia zeigte auf das Tablet. »Was machen wir damit?«

»Wir informieren Hugh. Um zehn habe ich eine Besprechung mit ihm – passenderweise zum Thema Hofstetter Wood. Am besten, du gehst mit.« Ich wiegte den Kopf. »Falls das wahr ist, hat sich Weller Construction gewaltig in die Nesseln gesetzt. Ich kann mir zwar nicht vorstellen, dass sie wissentlich gestohlenes Holz gekauft haben, dennoch bringt eine derartige Beteiligung enorme Schwierigkeiten und vor allem schlechte Presse. Es würde mich nicht wundern, wenn sie sich still und heimlich aus dem Segment zurückzögen. Das wiederum wäre eine Megachance für WWS, sich endgültig in dem Bereich zu etablieren.«

»Und in der Folge für Hofstetter Wood. Womöglich erlebt Logan bei seinem ersten Besuch in Seattle eine große Überraschung.«

»Stimmt«, entgegnete ich. »Im Handeln sind wir flott. Zum Schluss weitet sich der Plan zur Vergrößerung des Betriebs aus. Platz und Ressourcen wären vorhanden.«

Mia spitzte die Lippen. »Ist dir eigentlich bewusst, dass Logan in drei Wochen den ersten Schulungspart bei uns durchläuft?«

Ich nickte. »Oh ja, und gegen jede Logik bin ich jetzt schon nervös. Ob er überhaupt noch an mich denkt? Bis auf einige situationsbedingte Schmeicheleien hat es schließlich nichts gegeben.«

»Vergiss diesen einen Abend nicht!« Mia schüttelte den Kopf. »Bis jetzt staune ich über deine Selbstbeherrschung. Wunderbare Neuigkeiten, Champagner, wildes Schneegestöber und ein sanfter Kuss – das ist Romantik pur. Wie konntest du in einer solchen Lage widerstehen?«

Ich wertete Mias Frage als rhetorisch und schwieg. Die Erinnerung an den Abend zauberte allerdings noch heute ein Lächeln herbei. Nach Monaten der Kälte hatte ich endlich wieder das *Frausein* gespürt. Obwohl mir klar gewesen war, nicht so weit zu sein, hatten die Anzeichen mich nicht getrogen – das Kribbeln in der Magengegend, der Hauch von Erregung, das Empfinden von Leidenschaft. Leise seufzte ich auf und gab doch eine Antwort. »Es war der falsche Zeitpunkt.«

»Und, wird in drei Wochen der richtige sein?«

Ich hob die Hände. »Keine Ahnung. Ich will nicht grübeln und mich auch in nichts verstricken. Logan wäre für mich ohnehin genau der Falsche. Nach Williams Betrug sollte ich mich nicht auf einen passionierten Casanova, der meilenweit entfernt wohnt, einlassen.«

»Ich möchte nur nicht, dass du dir aus den falschen Gründen schöne Momente verbaust. Außerdem ist Logan nicht der einzige Mann auf der Welt. Gibt es denn keinen im Umfeld, der dir zumindest im Ansatz gefällt?«

»Seit wir aus Alaska zurück sind, sitze ich von früh bis spät im Büro. Es grenzte an ein Wunder, würde ich einen kennenlernen.« Kurz pausierte ich. »Träte wider Erwarten doch ein Mann in mein Leben, bräuchte er ungeheure Geduld.«

»Tja, ein bisschen Leichtigkeit und Spontanität müsstest du in der Anfangsphase schon gelten lassen«, erwiderte Mia. »Als es mit Mat begann, habe ich keine Sekunde an die Zukunft verschwendet – und schau uns heute an.« Jäh erstrahlte sie. »Wir schweben im siebten Himmel und sind überglücklich. Selbst aus der Entfernung haben wir wahrscheinlich heißeren Sex als viele andere Paare.« Sie kniff die Augen zusammen. »Das war wieder mal etwas zu direkt, oder?«

»Seit unserer Zeit in Alaska weiß ich, wie du tickst. Mittlerweile erschüttert mich nichts mehr. Im Gegenteil, ich versuche, von dir zu lernen.« Über den Tisch hinweg ergriff ich Mias Hand. »Ich werde mir deine Worte zu Herzen nehmen.«

In meiner Vorstellung erschien Logans Antlitz. Er verzog den Mund zu seinem leicht schiefen, verwegenen Lächeln, und auf den Wangen zeichneten sich die beiden Grübchen ab.

Als hätte mein Gedanke ihn herbeigerufen, sprang das Display meines Handys an und zeigte seinen Namen – im Büro befand sich mein Telefon meistens im Stumm-Modus.

Ich nahm das Gespräch an. »Hallo, Logan. Mia ist gerade bei mir im Zimmer. Warte, ich schalte dich auf ›laut‹.«

»Gleiche Situation bei mir mit Mat. Er hat mir eben den Artikel ins Sägewerk gebracht. Und, was sagst du?«

»Eine Bombe! Wir wussten von nichts.«

Logan hüstelte. »Als Nächstes rufe ich Jacob Walker an. Vielleicht gibt er mir jetzt einen Hinweis, ob unser Diebstahlfall mit diesem organisierten Betrug zu tun hat. Und dann unterhalte ich mich mit einer ehemaligen Studienkollegin. Amber White arbeitet als Redakteurin bei der *Anchorage Daily News*. Sie hat bestimmt Hintergrundinfos. Danach melde ich mich wieder bei dir. Okay?«

»Ich bin in Kürze bei Hugh Hoffner. Mit dieser Neuigkeit dauert der Termin sicherlich länger. Besser, ich rufe dich an. Bis später.«

Ich beendete das Telefonat und presste die Lippen aufeinander. War Logans Stimme beim Aussprechen des Namens »Amber White« weicher geworden? Energisch schob ich meinen Stuhl zurück und stand auf. »Gehen wir zu Hugh.«

LESEPROBE

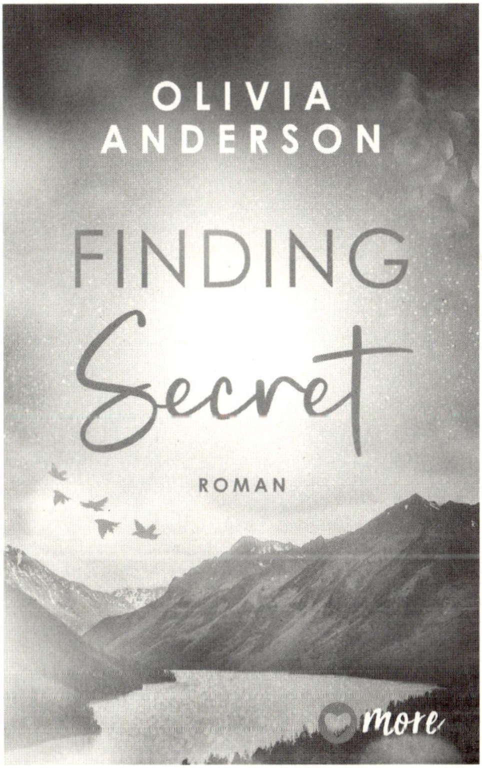

KAPITEL 1

Loreley

»Was?« Mit aufgerissenen Augen starrte ich meinen Chef Hugh Hoffner an. »WWS Industries plant, eine Papierfabrik in Glacy City zu bauen?«

»Das Wort ›planen‹ ist eine Spur zu hoch gegriffen. Einstweilen reden wir von einer IIE one. Du kennst das langwierige Prozedere und weißt, wie schnell das Thema vom Tisch sein kann.«

Ich nickte bloß. Bevor ich angemessen reagierte, musste ich die Neuigkeit verdauen.

Hinter der Abkürzung »IIE one« – information internal and external step one – verbarg sich der erste Schritt eines dreistufigen Prozesses, in dem interne Abteilungen sowie externe Berater prüften, ob ein Projekt Sinn ergab. Fiel der Entwurf in einem Punkt durch, oder traf man auf Unstimmigkeiten, verschwand die Idee sofort wieder von der Bildfläche.

Da Hugh nur mein Nicken erhielt, holte er notgedrungen weiter aus. »Es lohnt sich, im Marksegment ›Holz‹ ausgedehnter zu investieren, und dank des Diebstahl-Skandals kommt uns Weller Construction nicht mehr in die Quere. Außerdem habt du und Logan Finnley beim Ausbaukonzept für Hofstetter Wood ganze Arbeit geleistet. Ohne diese Vergrößerung wäre die Fabrik erst gar nicht angedacht worden. In Summe gäbe es keine bessere Zeit, die Ressourcen Hofstetter Woods auszuschöpfen.«

»Wird Kirk Fontain auch das Papierfabrik-Projekt betreuen?«, fragte ich und hoffte auf Hughs Bestätigung.

Als leitender Architekt der Hofstetter-Wood-Erweiterung war Kirk mit dem Betrieb vertraut, und ich mochte ihn. Er war ein freundlicher, besonnener Mensch, der ein Gespür dafür besaß, die Wünsche von WWS Industries, seine Visionen und die Gegebenheiten vor Ort in Einklang zu bringen.

»Ja.« Hugh setzte sein Motivationslächeln auf. »Für die Planung der Umbauten war es nicht notwendig, Kirk nach Alaska zu schicken. Das ändert sich bei der Größenordnung einer HE selbstverständlich. Er und ein eigens engagierter Nachhaltigkeitsspezialist fliegen nächste Woche nach Glacy City. Geländebesichtigung, Kontaktaufnahme zu den Behörden, Check der Infrastruktur – das Übliche.« Sein Lächeln wurde gefährlich breit. »Du wirst die Herren bitte begleiten, Loreley. Führe sie in die lokalen Gepflogenheiten ein, und unterstütze sie in jeder Hinsicht, insbesondere bei der Bevölkerung. Wir wünschen uns keinen Shitstorm, der das Projekt bereits im Vorfeld lahmlegt.«

»Logan Finnley reist kommenden Dienstag für sein erstes Geschäftsführer-Training an. Eigentlich wollte ich ihn –« Jäh verstummte ich und schwenkte um. »Wann soll es losgehen?«

»Am Montag. Es sind knapp zwei Wochen veranschlagt, also keine große Sache für dich.«

Kurz hielt ich den Atem an. Zumindest einen Versuch musste ich wagen, das Vorhaben umzukehren. »Wäre es nicht sinnvoller, zu warten, bis Mr. Finnley nach Glacy City zurückgekehrt ist? Seine Schulung dauert nur drei Wochen.«

Hugh schüttelte den Kopf. »Diese Etappe dient vorrangig der Sichtung und Kontaktaufnahme. Mr. Finnley wird dafür nicht benötigt. Tauchen spezifische Fragen auf, können die nach eurem Comeback hier mit ihm erörtert werden. Drei minus zwei ergibt eine gemeinsame Woche in Seattle.« Er stieß einen tiefen Seufzer aus. »Natürlich hast du recht, Loreley. Fakt ist aber, dass die Terminkoordination von zwei Abteilungen durchgeführt wurde, wobei das Personalressort mit Mr. Finnleys Trainings deutlich früher dran war. ›Planning & Construction‹ hat es schlicht und ergreifend nicht für erforderlich befunden, sich abzustimmen. Demzufolge springen wir – wieder einmal – als Problemlöser ein. In diesem Fall trifft es dich. Wäre Mr. Finnley zu Hause, bräuchtest du nicht mitzufliegen.« Erneut seufzte er. »Was soll's. Obwohl wir das Alaska-Projekt ordnungsgemäß abgeschlossen haben, wird es aufgrund der Historie und deiner fundierten Kenntnisse an uns kleben bleiben wie ein Kaugummi auf der Schuhsohle.«

Er warf einen Blick auf seine Armbanduhr. »Das Briefing zu deiner Reise führen wir später durch. Ich muss zu einem Meeting, in dem darüber gesprochen wird, wer für die Aufsicht des Hofstetter-Ausbaus abgestellt wird. Was ich dort zu suchen habe, schlägt in dieselbe Kerbe. Quod erat demonstrandum – Alaska gehört uns.« Hugh musterte mich mit hochgezogenen Brauen. »Willst du nicht wissen, was das Zitat bedeutet?«

»Bedenke, von wem ich abstamme«, erwiderte ich ungerührt. »Mein Vater ist Geschichts- und Literaturprofessor mit Faible für die Antike. Latein zu lernen, kam direkt hinter Lesen und Schreiben. Meine erste Lektion hatte ich mit acht Jahren. *Quod erat demonstrandum* heißt übersetzt: Was zu beweisen war.«

Hugh lachte auf. »In vielen Bereichen ein wandelndes Lexikon und Workaholic auf der Überholspur, dazu sprachenkundig – Spanisch, Französisch und nun das Latein-Outing. Irgendwann sitzt du entweder auf meinem Platz oder führst selbst ein Tochterunternehmen von WWS Industries. Im Gegensatz zu dir habe ich den Spruch in einem Zeitungsartikel gelesen und auswendig gelernt.« Er winkte ab. »Niemand scheint sich um den Job des Koordinators in Glacy City zu reißen. Wer will schon monatelang in Alaska festsitzen? Trotzdem gibt es einige Bewerber. Kein Wunder, immerhin haben wir Hofstetter Wood zu einem Renommee-Projekt gemacht. Für eine Sprosse auf der Karriereleiter beißt man auch in einen sauren Apfel.« Abrupt schob Hugh seinen Stuhl zurück und stand auf.

Ich erhob mich ebenfalls und folgte ihm auf den Gang hinaus. Während er nach rechts davonmarschierte, ging ich in die entgegengesetzte Richtung zu meinem Büro. Auf dem Weg gab ich meiner Assistentin und Freundin Mia Thompson ein Zeichen, die in ihrer Frontkoje im Großraumbüro unserer Abteilung saß.

Sie sprang sofort auf und kam hinter mir her.

»Du wirkst, als wäre dir die sprichwörtliche Laus über die Leber gelaufen«, bemerkte sie, nachdem wir an meinem Schreibtisch Platz genommen hatten.

Ich stöhnte auf. »Wohl eher eine ganze Läusefamilie, die sich nicht von Blut, sondern von der Ironie meines Lebens ernährt. Du wirst es nicht glauben! Einen Tag bevor Logan in Seattle landet, fliege ich nach Glacy.«

»Was? Das wirft doch dein gesamtes Vorhaben über den Haufen.«

Ich versuchte ein schiefes Grinsen, das mir misslang. »Hätte ich Hugh sagen sollen, dass ich hierbleiben muss, um meine Gefühle für Logan zu ergründen?« Rasch schluckte ich, um den anschwellenden Knoten in meinem Hals loszuwerden. Der Gedanke, weiterhin im Dunklen zu tappen, schnürte mir tatsächlich die Kehle zu. War die Lage nicht ohnehin verwirrend genug?

Dabei war mein Plan gut gewesen.

Unter dem Deckmantel der Gastgeberin hätte ich Logan die Sehenswürdigkeiten Seattles gezeigt, ihn zum Abendessen ausgeführt und mit ihm Innenstadtbars zum After-Work besucht – eine Aufstellung attraktiver Plätze und möglicher Lokale lag bereits fix und fertig in meiner Schublade. Auf diese Weise wären wir uns auf anderer Ebene begegnet, und ich hätte meine chaotischen Empfindungen endlich ordnen können.

Nach diesem besonderen Abend in Logans Haus hatten wir für die Erarbeitung des Ausbau-Konzepts zwar beinahe Tag und Nacht gemeinsam verbracht, zu einem weiteren intimen Moment war es allerdings nicht gekommen. Weder wusste ich, ob sein Interesse andauerte, noch, was ich wollte. Schließlich hatten sich die Fakten nicht verändert. Logan war ein Playboy und lebte meilenweit von Seattle entfernt in Alaska – die denkbar schlimmste Kombination in meiner Situation.

Obwohl ich über die Trennung von William indessen hinweg war, hatte ich einen Schaden davongetragen. Der Verlust meiner Naivität würde sich mit nichts wieder wettmachen lassen.

»Warum musst du eigentlich nach Glacy?«, fragte Mia.

»Für die Errichtung einer Papierfabrik wurde eine IIE gestartet. Ich begleite Kirk Fontain und einen zweiten Mann.«

»Eine … IIE?« Mia starrte mich entgeistert an.

Spiegelte sich Entsetzen in ihrer Miene wider? Auf der Stelle beschlich mich ein mulmiges Gefühl. Logan hatte mir viel über die Probleme Alaskas berichtet und war ein Verfechter des Aufschwungs. Eine Ansiedlung bestand nur, wenn es Arbeitsplätze gab – und die würde ein derartiges Projekt in großer Zahl schaffen. Was aber geschah mit der Umwelt und den Menschen, die dort lebten?

Als mir Hugh von der IIE erzählt hatte, war meine erste Reaktion eine Mischung aus Staunen und Freude für Glacy gewesen. Nun begann ich unsicher zu werden.

Ich räusperte mich. »Mir ist bewusst, dass die Errichtung eines solchen Werks die Gegend komplett verändern würde.«

»Und ob. Kein Stein bliebe auf dem anderen.« Ein Strahlen blitzte in Mias Augen auf. »Allein die Idee, dass eine Fabrik gebaut werden könnte, eröffnet ungeahnte Möglichkeiten. Die Glacier werden begeistert sein.« Sie wiegte den

Kopf. »Ist das nicht irgendwie schräg? Was für die einen das absolute Schreckensszenario bedeutet, ist für manche die Basis der Existenz.«

»Machst du dir keine Sorgen?«, erkundigte ich mich.

»Nicht, was die Sache an sich betrifft. Wir arbeiten lange genug für WWS Industries, um zu wissen, wie achtsam sie vorgehen. Wenn ich mich sorge, dann um das Schüren falscher Hoffnungen. Die kleinste Abweichung und eine IIE landet in der Rundablage.«

Ich nickte. »Ja, das stimmt leider. Letztlich müssen sich hohe Investitionen rechnen. Demnach sollten wir jeglichen Enthusiasmus einstweilen dämpfen.«

Mia richtete sich auf. »Sehen wir es vorsichtig positiv. Der Markt spricht klar dafür, und grundsätzlich ist der Standort mit angeschlossener Holzfällerei und dem Sägewerk optimal. Damit reduziert man Transportkosten. Außerdem ist die Manpower hervorragend. Die Menschen in Alaska kennen den Wert eines Jobs und verstehen es, anzupacken.« Sie beugte sich einen Tick vor. »Mit einem Schlag wäre die Furcht, trotz eines florierenden Betriebs wie Hofstetter Wood eines Tages von der Landkarte zu verschwinden, wie weggefegt.«

Ohne es bewusst zu steuern, hatte ich Mia während ihrer Ausführungen genau beobachtet. Sie hatte die Mitteilung nicht einfach bloß aufgenommen, sondern schlüssig und souverän geantwortet. Was sich in unserer gemeinsamen Alaska-Zeit bereits abgezeichnet hatte, trat immer deutlicher hervor. Mia war ihrer Assistententätigkeit entwachsen und bereit für den nächsten Schritt.

Ich atmete tief durch. Hatte sich nicht gerade eine Chance

für diesen *nächsten Schritt* aufgetan? Jäh überschlugen sich meine Gedanken.

»Mia, hör mal zu«, sagte ich hastig. »Für den Ausbau Hofstetter Woods wird aktuell ein Kontrollorgan vor Ort gesucht – das bedeutet: monatelanger Aufenthalt in Glacy. Es klingt vielleicht verrückt, aber du solltest dich bewerben.«

»Was, ich?« Hatte Mia über die Papierfabrik gestaunt, schien sie nun völlig perplex. »Wäre ich denn überhaupt qualifiziert dafür?«, murmelte sie.

»Und ob.« Der Reihe nach streckte ich meine Finger in die Höhe und zählte auf: »Abgesehen von mir bist du über Hofstetter Wood besser informiert als jeder WWS-Mitarbeiter, und du verfügst über das notwendige Know-how. Zudem bist du befähigt, die anstehenden Vorstellungsgespräche für das Backoffice zu führen, die Neuen einzuschulen und die Büroabläufe zu organisieren.«

Für eine Weile wirkte Mia wie erstarrt. Als sie endlich reagierte, klang ihre Stimme rau und zittrig. »Das wäre … Ich weiß gar nicht, wie ich …« Sie vollendete den Satz nicht und zuckte mit den Schultern.

Prompt regte sich mein Gewissen. War ich zu rasch und unverblümt vorgegangen? »Ich wollte dich nicht überfahren. Wie dumm von mir! Bitte entschuldige.« Noch während ich redete, dachte ich an Mias vorherige Bemerkung, keine falschen Hoffnungen zu schüren. »Hugh schickt dich sicherlich mit Freude ins Rennen, aber an der Entscheidung sind mehrere beteiligt. Es besteht die Möglichkeit, dass sie jemand anderen wählen.«

»Das ist mir klar. Keine Sorge.« Mia lächelte. »Damit würden sich sämtliche Träume erfüllen.« Abrupt verwandelte sich ihr Lächeln in ein breites Schmunzeln. »Erinnerst du dich, was ich sagte, als du mir damals vorgeschlagen hast, dich nach Glacy City zu begleiten?«

»War das ›auf nach Alaska‹?«

»Ganz genau.« Mia klatschte in die Hände. »Und dasselbe antworte ich jetzt auch wieder: Ja! Auf nach Alaska! So eine Chance kommt nicht zweimal.«